»Wie bitte?! Eine Reportage über Kontaktanzeigen im Internet?!« Missbilligend schaut die jung verwitwete Journalistin ihren Chefredakteur an, macht sich ein paar Stunden später dann aber doch an die Arbeit. Sie formuliert eine Kontaktanzeige, setzt sie ins Netz – und wird von Zuschriften überschwemmt. Unter anderem meldet sich Fabian, Huf- und Kunstschmied und bester Freund des Chefredakteurs, der die beiden miteinander verkuppeln will. Nach einigen Anfangsschwierigkeiten entwickelt sich ein vertrauensvoller Mailkontakt, bei dem Charlotte und Fabian sich allmählich näher kommen, sich ineinander verlieben und dem ersten Treffen entgegenfiebern. Doch bevor das stattfindet, taucht plötzlich Charlottes Jugendschwarm auf, der schöne Halbinder Islama. Charlotte ist hin- und hergerissen zwischen den beiden Männern ...
Ein unterhaltsamer Roman, liebenswert wie seine Heldin.

Renate Blaes lebt und arbeitet als Grafikdesignerin und Autorin am Ammersee in Bayern. Sie schreibt Kurzgeschichten, Romane und Kolumnen. Ihr erstes Buch wurde 1994 veröffentlicht. ›Post von Dornröschen‹ ist ihr dritter Roman.

Unsere Adresse im Internet: *www.fischer-tb.de*

Renate Blaes

post von dornröschen

Roman

Fischer Taschenbuch Verlag

Die Frau in der Gesellschaft
Herausgegeben von Ingeborg Mues

2. Auflage: März 2003

Originalausgabe
Veröffentlicht im Fischer Taschenbuch Verlag,
einem Unternehmen der S. Fischer Verlag GmbH,
Frankfurt am Main, Dezember 2002

Satz: Pinkuin Satz und Datentechnik, Berlin
Druck und Bindung: Clausen & Bosse, Leck
Printed in Germany
ISBN 3-596-15667-X

erstes kapitel

eins

Charlotte drehte den Kopf in Richtung Wecker und spähte missmutig auf das Zifferblatt. Natürlich, kurz vor sechs, wie immer. In wenigen Minuten würden die Glocken der nahe gelegenen Kirche sich lautstark in Bewegung setzen und damit der Nachtruhe unwiderruflich ein Ende machen. Oft genug hatte sie versucht, nach dem »Gebimmel«, wie sie das tägliche Sechsuhrläuten nannte, wieder einzuschlafen – mit allen Tricks. Autogenes Training, Meditation, von hundert rückwärts zählen. Vergeblich! Unabänderlich wach lag sie da und lauschte auf ihren Herzschlag, der dumpf in die Matratze pochte.

Sie warf unwillig die Decke zurück, schüttelte das Kopfkissen auf, stieg aus dem Bett und schlurfte gähnend durch das Halbdunkel zur Treppe, auf der sie mit vorsichtigen Schritten von der Galerie nach unten tappte. In der Küche angelangt, öffnete sie als Erstes die Büchse mit dem Trockenfutter, weil Max, ihr Kater, mit hoch erhobenem, erwartungsvoll zitterndem Schwanz um ihre Beine strich und penetrant miaute.

»Man könnte meinen, du hättest wochenlang nichts zu futtern bekommen, verfressener kleiner Kerl«, meinte sie lächelnd, bückte sich, kraulte sein Fell zwischen den Ohren und ließ dann das Futter in den Napf rieseln, über das er sich umgehend hermachte und Körnchen für Körnchen krachend zerbiss.

Den rot getigerten, verschmusten und sich faul-genüsslich durch die Tage schnurrenden Kater hatte Charlotte von Da-

niel geerbt, und sie liebte das Tier mit der gleichen Hingabe, wie sie ihren Mann geliebt hatte.
Während die Kaffeemaschine lautstark gluckerte, ging sie ins Badezimmer, warf ihrem Spiegelbild einen unfreundlichen Blick zu und stieg in die Duschkabine, wo sie ungefähr zehn Minuten verbrachte. Weniger um sich zu säubern, sondern um den unangenehmen Nachgeschmack ihrer Träume wegzuspülen. Seit Daniel nicht mehr lebte, träumte sie von ihm, mehrmals die Woche. Unmittelbar nach dem Aufwachen fühlte sie sich leicht und glücklich, sobald ihr aber bewusst wurde, dass alles wieder nur ein Traum gewesen war, verfiel sie schlagartig in einen depressiven Zustand. Die Schwermut nahm sie gefangen – einem fetten, gierigen Kraken ähnlich – und drückte ihr allmählich die Luft ab.
Die Augen geschlossen und den Griff der Dusche in der Hand, ließ Charlotte das warme Wasser erst auf Kopf und Gesicht plätschern, dann in kreisenden Bewegungen langsam über Arme, Schultern, Brüste, Bauch und Beine und wieder zurück. Dieser Vorgang war in den vergangenen Monaten zum allmorgendlichen Ritual geworden, und sie wiederholte ihn so lange, bis sie sich sicher glaubte, auch das letzte Restchen Schwermut durch den Abfluss gespült zu haben.
Nach dem Frühstück mit zwei Tassen Kaffee und einer mit Käse belegten Scheibe Vollkornbrot begab sich Charlotte zur Bahnstation. Sie hatte ihre wöchentliche Verabredung mit dem Münchener Verlag, bei dem sie als freie Journalistin ihre Brötchen verdiente. Für diese Termine benutzte sie längst nicht mehr das Auto, weil es müßig war, in der Nähe des Verlagsgebäudes einen Parkplatz zu suchen – es gab einfach keinen. Und auf dem Gehsteig oder im Halteverbot zu parken konnte teuer werden. Von all den Umständen, den fahrbaren

Untersatz wiederzubeschaffen, ganz abgesehen. Damit hatte sie hinreichend Erfahrung sammeln können ...
Pünktlich auf die Minute rollte der Zug im Bahnhof ein. Ächzend und quietschend hielt er an und öffnete mit leisem Zischen seine pneumatischen Türen. Menschen mit müden, schlecht gelaunten Gesichtern drängten hinein und nahmen schmutzfreundlich gemusterte und mehrfach geflickte Kunststoffpolster in Beschlag. Einige vergruben sich hinter der Tageszeitung, andere schlugen ein Buch auf, die meisten aber starrten nur ausdruckslos vor sich hin und machten den Eindruck, als vermuteten sie resigniert, einem weiteren ereignislosen Tag entgegenzufahren.
Charlotte quetschte sich auf ein freies Plätzchen neben einer bullernden Heizkonsole und blickte gedankenverloren aus dem Fenster in die von dicken Regenwolken verdunkelte Spätsommerlandschaft, wo heftige Sturmböen Bäume und Sträucher durchrüttelten und Natur und Menschen auf die unwirtliche Jahreszeit einstimmten.

zwei

Durch die Redaktionskantine des großen Verlagshauses zog der Geruch von frischem Kaffee, geröstetem Speck und Zigarettenrauch. Charlotte saß mit Regine, ihrer Freundin und Kollegin, an dem kleinen Tisch in der Ecke und ließ ein Stück Zucker durch den Schaum ihres Cappuccinos sinken.
»Du musst endlich wieder unter Leute!«, sagte Regine mit resoluter Stimme. »So kann's doch nicht weitergehen.« Sie trank einen Schluck Kaffee und biss einem Blätterteighörnchen genüsslich die Spitze ab. »Du kannst dich nicht für alle Zeiten in deiner Wohnung vergraben«, fügte sie kauend hinzu.

»Wieso denn nicht?« Charlotte rührte in ihrer Tasse herum. »Daniel ist auch vergraben, passt also.«
»Deinen Sarkasmus finde ich überhaupt nicht witzig … auch wenn ich dich verstehe.«
»Gar nichts verstehst du!«, gab Charlotte scharf zurück. »Man versteht nur, was man selbst kennt und erlebt hat.«
Regine runzelte die Stirn. »Das bezweifle ich. Wenn dem so wäre, würde man herzlich wenig verstehen.«
»Genau so ist es auch!«, knurrte Charlotte. »Beteuerungen dieser Art sind einfach nur dahergeschwätzt. Smalltalk! Abgesehen davon ist es mir auch scheißegal, ob mich irgendjemand versteht. Was hätte ich schon davon?« Sauertöpfisch blickte sie vor sich hin. »Nichts, rein gar nichts.« Sie formte das Einwickelpapier des Zuckerstücks zu einem Kügelchen und schnipste es mit dem Zeigefinger über die Tischplatte.
»Mein Gott, bist du heute mies drauf!«, sagte Regine. »Was kann ich denn nur tun, damit es dir wieder besser geht?«
»Nichts! Lass mich einfach nur in Ruhe.«
»Freunde sind dazu da, dass man seine Sorgen mit ihnen teilt, und nicht, dass man sie in Ruhe lässt, wenn's ihnen nicht gut geht. Und ich bin schließlich deine Freundin und möchte dich auf andere Gedanken bringen.«
»Ich will gar nicht auf andere Gedanken kommen.«
»Das glaub ich dir aufs Wort. Aber wenn du dich ständig nur selbst bemitleidest, bringt dich das auch nicht weiter.«
»Ich bemitleide mich nicht. Ich hab einfach nur schlechte Laune.«
»Das ist nicht zu übersehen! Aber dein Verhalten grenzt doch schon an Masochismus … so wie du dich einigelst. Seit Daniel nicht mehr lebt, hängst du nur noch in deiner Bude herum und arbeitest. Menschenskind, das ist doch kein Leben!« Re-

gine schaute Charlotte eindringlich an. »Und dein totaler Rückzug macht ihn auch nicht lebendig. Sorry, das klingt vielleicht pietätlos, aber so ist es nun mal. Außerdem fehlst du mir. Wir sehen uns in der letzten Zeit so selten, und wir reden kaum noch miteinander.«
»Ach, red doch mit deinen Lovern!«, gab Charlotte unwirsch zurück.
»Womit wir genau beim Thema wären ...«, sagte Regine und machte ein bedeutungsvolles Gesicht. »Aber ich will nicht mit meinen Lovern reden«, fuhr sie fort, »sondern mit *dir*. Und zwar genau über diese Lover.« Sie legte eine kleine Pause ein und grinste. »Ich hab nämlich eine neue Methode entdeckt.«
Charlotte stutzte. »Eine neue Methode? Für was?«
»Männer kennen zu lernen.«
»Natürlich, was für eine Frage! Das hätte ich mir ja denken können. Um was für eine Methode handelt es sich denn?«
»Ich sage nur ein Wort: Internet.« Regine schaute Charlotte listig an.
Verständnislos schaute Charlotte zurück. »Wie ... Internet?«
»Mensch, bist du heute schwer von Begriff!« Regine wurde ungeduldig. »Ich lerne Männer übers Internet kennen.«
Charlotte riss die Augen auf. »Übers Internet?!«
»Genau.«
»Wie *das* denn?«
»Ich hab eine Kontaktanzeige aufgegeben.«
»Wie bitte? Eine Kontaktanzeige? Im Internet?«
»Sag ich doch.«
»Das darf doch nicht wahr sein!« Charlotte starrte Regine ungläubig an. »Du lernst doch Männer in Hülle und Fülle kennen, an allen möglichen und unmöglichen Orten. Wozu – um Himmels willen – suchst du sie jetzt auch noch im Internet?«

»Männer sind das Salz des Lebens!«
»*Deines* Lebens vielleicht ... außerdem sollte man mit Salz sparsam umgehen, sonst verdirbt es das beste Essen.« Sie bedachte Regine mit ihrem typischen Oberlehrerblick. »Und abgesehen davon – wie du bei deinen unüberschaubaren Männermassen überhaupt noch Zeit zum Arbeiten findest, ist mir ein Rätsel.«
»Alles nur eine Frage der Organisation«, grinste Regine. »Apropos arbeiten ...« Sie erhob sich und trank im Aufstehen ihren Kaffee aus. »Ich muss jetzt gehen ... in einer halben Stunde ist Redaktionskonferenz, und ich hab noch was vorzubereiten.« Sie wischte sich Blätterteigkrümel vom Pullover. »Und hast du nicht einen Termin mit Mr. Spock? Der hat übrigens ein Thema für eine Reportage für dich, zumindest hat er das gestern angedeutet. Was für eins, darüber schweigt er sich geheimnisvoll aus.«
Charlotte warf einen Blick auf ihre Armbanduhr. »Gut, dass du mich daran erinnerst. Er wartet bestimmt schon.« Sie erhob sich.
»Halt, halt, nicht so schnell.« Regine packte Charlotte am Ärmel ihrer Jacke. »Was hältst du davon, wenn ich dich am Wochenende besuche. Du könntest doch mal wieder für uns kochen. Spaghetti in Zitronensoße zum Beispiel. Dazu trinken wir ein Fläschchen Bianco di Custoza oder zwei. Und als Nachspeise zauberst du diesen göttlichen Apfelkuchen. Du weißt schon ... diese Kalorienbombe mit Haselnüssen, in Rum getränkten Rosinen und viel Sahne obendrauf. Was hältst du davon?«
Charlotte schaute Regine unschlüssig an. »Na gut, einverstanden«, meinte sie dann.
»Wunderbar! Ich besorge den Wein, und dann können wir

endlich mal wieder ausführlich miteinander quatschen. Ich hab dir so viel zu erzählen ...«
»Ja, ja, ich kann mir schon vorstellen, was. Die üblichen Männergeschichten – du wirst dich wohl nie ändern.«
»Oooch, man soll die Hoffnung nie aufgeben.« Regine grinste und zwickte Charlotte in die Wange. »Man muss schließlich mit allem rechnen, auch mit dem Positiven.«

drei

Charlotte und Regine waren Freundinnen seit der Schulzeit und beide vierzehn, als sie sich das erste Mal über den Weg liefen. Regines Vater war bei einem Verkehrsunfall ums Leben gekommen, die Mutter zog zu ihrer Familie nach Süddeutschland, und Regine landete in Charlottes Internat.
Es war »Liebe auf den ersten Blick« und Regine das erste Mädchen, das von Charlotte, die bis zu diesem Zeitpunkt ausschließlich mit Buben befreundet war, als gleichrangig angesehen wurde. Die beiden verstanden sich blind. Sie lachten über dieselben Witze, vergossen gemeinsam Tränen bei amerikanischen Schmachtschinken, schwärmten für Steve McQueen und dessen blaue Augen, strickten Pullover aus Schafwolle, die sie dann nicht trugen, weil sie so piksten, verzehrten Großfamilienpackungen Kartoffelchips und Lakritzschnecken und lasen sich verlegen kichernd erotische Textstellen aus Liebesromanen vor, die sie der Bibliothek entwendet hatten.
Was ihre Vorlieben und Interessen betraf, waren sie wie Zwillinge. Nur in einem Punkt unterschieden sie sich: Charlotte verhielt sich gegenüber Annäherungsversuchen geschlechtsreifer Jungs sehr zurückhaltend, Regine dagegen startete be-

reits mit fünfzehn ihren ersten Deflorierungsversuch. Das war im Urlaub an der Costa Brava. Ihren Galan, einen spanischen Jüngling, der kein Wort Deutsch sprach, hatte sie in der Diskothek aufgegabelt. Vielleicht hatte auch er sie aufgegabelt, das ließ sich nicht genau nachvollziehen. Jedenfalls versuchte der junge Mann in einer von Mondlicht durchfluteten Nacht am Strand sein Bestes, um Regine zu entjungfern. Dummerweise wollte ihm trotz größter Anstrengung die Sache mit dem Kondom nicht gelingen. Der Umstand, dass Regine sein ergebnisloses Bemühen mit neugierigem Blick verfolgte und sich dabei prächtig amüsierte, unterstützte ihn in seinem Vorhaben auch nicht sonderlich, brachte es vielmehr endgültig zum Scheitern. Die Erektion des armen Kerls ging unwiderruflich flöten.

Wieder zu Hause, ließ Regine sich die Pille verschreiben und stürzte sich in ein reges Liebesleben. Interessierte Jungs zu finden war nicht schwierig, die lungerten massenweise in den Diskotheken herum und gierten nach Beute, an der sie ihre Triebe ausleben konnten. Dass nicht Regine die Beute war, sondern umgekehrt, spielte letztendlich keine Rolle.

Während Regine um die Häuser zog, frönte Charlotte ihrer heimlichen Leidenschaft, verfasste kleine Glossen und Artikel und schickte kurz vor dem Abitur einige davon an die örtliche Tageszeitung. Mit geschultem Blick erkannte der Chefredakteur ihr Talent und schlug ihr ein Volontariat vor. Charlotte, die von ihrem Vater zwar die Intelligenz, aber nicht den Ehrgeiz geerbt hatte, war über diese Chance hoch erfreut. Sie wollte nicht studieren, sondern so schnell wie möglich Journalistin werden. Für ihren Vater, der trotz seines Erfolges als Strafverteidiger voller Minderwertigkeitskomplexe steckte, war das ein herber Schlag. Umsonst das

teure Internat, in das er sie gegen ihren Willen gesteckt hatte, als sie gerade mal zehn Jahre alt gewesen war.
Verzweifelt hatte sie damals an seinem Jackett gezerrt, geweint und gebettelt. Vergeblich. Er hasste Gefühlsausbrüche, und Tränen waren für ihn erst recht ein Gräuel. Lieblos hatte er ihre Finger aus dem Kaschmir gelöst und harsch gemeint, sie möge sich zusammenreißen. Schließlich wolle er nur ihr Bestes, und für jedes intelligente Kind sei nun mal das Beste die Erziehung in einem Internat. Jeder andere würde sie darum beneiden.
Den Gedanken, dass er damit lediglich seinen eigenen, unerfüllten Herzenswunsch zu kompensieren versuchte, ließ er gar nicht erst aufkommen. Denn er hätte sonst was darum gegeben, ein Internat besucht zu haben. Sein ärmliches Zuhause war ihm peinlich, und er beneidete jene Mitschüler grenzenlos, die im Laufe der Zeit in irgendeinem dieser renommierten Häuser verschwanden, in den Ferien mit hoch erhobenem Kopf, pomadisiertem Haar, blitzblank gewienerten Schnürschuhen und scharf gebügelter Internatsuniform durch die Straßen der Innenstadt stolzierten, in Eiscafés herumsaßen, französische Zigaretten ohne Filter rauchten, sich dünkelhaft und herablassend gaben und weiß Gott nicht mit jedermann redeten. Vor allem nicht mit ihm, dem Klassenprimus, der sein Superhirn weiterhin in dem kleinstädtischen Gymnasium vergeuden musste. Intelligenzquotient hin, Intelligenzquotient her. Es tat ihnen gut, ihn links liegen zu lassen. Das war ihre Revanche für seine permanent besseren Noten und die seufzenden Bemerkungen der Lehrer, dass es wenigstens *einen* Menschen mit Denkvermögen in der Klasse gäbe.
Diese Sache mit dem Internat nagte massiv an seinem Selbst-

bewusstsein und hing ihm derart in den Knochen, dass es überhaupt keine Frage war, seine Tochter genau dorthin zu schicken. Ob sie wollte oder nicht.
Charlotte landete also in dem noblen Haus am Bodensee, das den besten Ruf hatte und in den Augen ihres Vater genau das richtige Ausbildungsinstitut für sein einziges Kind war. Obwohl er Menschen einerseits verachtete, war ihm andererseits enorm wichtig, was sie von ihm hielten. Kein Mensch sollte jemals wieder auf ihn herabsehen. Nach oben sollte jeder schauen, nur nach oben.
Als Charlotte ihn nach bestandenem Abitur mit ihrem Entschluss, Journalistin zu werden, konfrontierte, drohte er mit Rausschmiss, was von ihr mit gleichmütigem Grinsen und dem Hinweis auf ihre kurz vor der Tür stehende Volljährigkeit quittiert wurde. Das Volontariat war abgemachte Sache, da gab es für sie nichts zu rütteln. Drohungen hatten sie noch nie beeindruckt, und so gab ihr Vater bald klein bei. Charlotte hatte sein Durchsetzungsvermögen geerbt und würde machen, was sie wollte. *Mit* seiner Einwilligung, aber auch ohne. Das wusste er.
Da Regine nichts Besseres einfiel, bewarb sie sich auch bei der Tageszeitung, und die beiden jungen Frauen absolvierten das Volontariat gemeinsam, wechselweise in verschiedenen Redaktionen. Kaum hatten sie das Zeugnis in der Tasche, zogen sie nach München, ins Olympische Dorf, jede in ein Ein-Zimmer-Apartment.

Mit ihrem leichten, flotten Schreibstil kam Charlotte schnell voran. Vor allem ihre monatliche Kolumne in einer Frauenzeitschrift fand großen Zuspruch, weil sie ironisch, treffsicher und realitätsnah die kleinen Unannehmlichkeiten des Alltags

beschrieb. Abbrechende Nippel an Katzenfutterdosen zum Beispiel. Oder Preisetiketten, die sie nur mühselig oder gar nicht abbekam, weil der Klebstoff des Etiketts mit dem Gegenstand, auf dem er pappte, bereits einen Bund fürs Leben eingegangen war. Oder Bedienungsanleitungen, deren Inhalt sie erst verstand, wenn sie bereits selbst herausgefunden hatte, wie das Gerät funktionierte. Oder Männer, die im Stehen pinkelten und danach die Klobrille oben ließen. Oder plärrende kleine Kinder, deren Eltern mit 68er Mentalität und verständnisvoll lächelnder Miene antiautoritäre Erziehung in Speiselokalen demonstrierten. Und so weiter und so weiter.
Über Themen zerbrach Charlotte sich schon lange nicht mehr den Kopf, das übernahmen die Leser für sie. Täglich bekam sie Post von Menschen, die sie ausreichend mit Stoff versorgten. Nach wenigen Jahren nur hatte sie sich einen so guten Namen erworben, dass verschiedene Verlage sie fest einstellen wollten und mit verlockendem Gehalt und verantwortungsvollem Posten winkten. Charlotte überlegte ein paar Tage, entschied sich dann aber für das Freiberuflerdasein. Um sich in ein Korsett zwängen lassen, war sie zu eigenwillig.
Regine hingegen wurde Redakteurin bei einem Frauenmagazin.

vier

»Wie bitte?! Eine Reportage über Kontaktanzeigen im Internet?!« Charlotte glaubte nicht richtig gehört zu haben. »Warum ausgerechnet ich? Kann das denn nicht jemand anderes übernehmen?« Missbilligend schaute sie ihr Gegenüber an. »Regine zum Beispiel ... die hat mit diesem Medium bereits hinlänglich Erfahrungen gesammelt.«

Das Gegenüber hieß Otto Gabriel und war Chefredakteur. »Ja«, sagte er und grinste, »das ist mir auch zu Ohren gekommen. Aber ich möchte nicht, dass Regine diese Reportage schreibt, sondern Sie! Glauben Sie mir, ich hab mir schon was gedacht dabei.«

»Aber ich bin für dieses Thema überhaupt nicht geeignet. Außerdem hab ich keine Zeit dazu, weil ich mit dem Bericht über diese Heilkräutertante aus dem Allgäu beschäftigt bin.«

»Dieser Bericht hat Zeit.« Der übergewichtige Mann zog die Schublade seines Schreibtisches auf, holte eine Pfeife heraus, stopfte sie bedächtig, hielt ein Feuerzeug darüber, paffte geräuschvoll und lehnte sich in seinen Ledersessel zurück. »Außerdem sind Sie ganz hervorragend geeignet für dieses Thema.« Er grinste noch breiter.

»Das sehe ich aber gar nicht so!« Charlotte lehnte mit dem Hintern an der mit Papierstapeln übersäten Tischplatte und sah Otto Gabriel (von seinen Mitarbeitern aufgrund seiner großen Ohren »Mr. Spock« genannt) unfreundlich an. »Und Sie wissen auch genau, warum. Weil ich – im Gegensatz zu Regine – gar keinen Mann suche.«

Otto Gabriel klemmte die Pfeife zwischen den Zähnen fest und klatschte zufrieden in die Hände. »Sehen Sie, meine liebe Charly, das ist der Grund dafür, dass genau Sie die Richtige für diese Aufgabe sind.« Er wurde zusehends heiterer.

Charlotte bohrte ihren Blick in seine Brillengläser. »Das soll ich aber nicht verstehen. Oder etwa doch?«

»Ist doch ganz einfach. Sie haben Abstand zu der Sache, gehen mit Verstand und nicht mit Emotionen an sie heran. Und mal ganz abgesehen davon ...«, er rollte vergnügt mit den Augen und legte eine viel sagende Pause ein, »vielleicht fällt dabei ja tatsächlich ein Mann für Sie ab.«

»Ich habe Ihnen doch eben gesagt, dass ich keinen Mann suche!«
»Das glaube ich Ihnen, meine liebe Charly. Aber Sie *brauchen* einen Mann. Wie jede Frau einen Mann braucht. So wie umgekehrt jeder Mann eine Frau braucht. Das ist nun mal so. Naturgesetz sozusagen.«
»Anachronistischer Quatsch!«, gab Charlotte unwillig zurück. »Das war vielleicht früher mal so. Und außerdem wissen Sie genau, warum ich mit Männern nichts mehr am Hut habe.«
»Ja, liebe Charly, ich weiß das ... und ich verstehe Sie auch sehr gut.«
»Ich möchte gern mal wissen, wieso mich heute jeder zu verstehen glaubt«, nörgelte Charlotte. »Man kann nur verstehen, was man selbst erlebt hat. Das habe ich eben auch versucht, Regine beizubringen.«
Otto Gabriel zog an seiner Pfeife, paffte und sagte: »Ich gebe Ihnen vollkommen Recht.«
Durch eine Rauchwolke hindurch schaute Charlotte ihn irritiert an und sagte nichts.
»Ja, ich verstehe Sie«, wiederholte der Chefredakteur freundlich. »Warum, das erkläre ich Ihnen ein anderes Mal.« Er legte seine Pfeife im Aschenbecher ab, wuchtete sich aus dem Sessel, ging auf Charlotte zu, nahm sie in die Arme und drückte sie an seinen voluminösen Bauch.
»Also, wie gesagt, liebe Charly, ich verstehe Sie ... aber finden Sie nicht, dass Sie lange genug um Daniel getrauert haben?«
»Nein!«
Sie spuckte das Wort aus wie ein Insekt, das sich in ihren Mund verirrt hatte, und spürte plötzlich dieses Gefühl in sich

aufsteigen, von dem sie geglaubt hatte, es vor ein paar Stunden durch den Abfluss der Dusche gespült zu haben.

»Ich kann ihn nicht vergessen«, sagte sie leise und schluckte. »Und ich *will* ihn auch nicht vergessen.«

»Das sollen Sie auch nicht, Kindchen«, murmelte der Chefredakteur mit väterlicher Stimme. »Er wird immer in Ihrem Herzen sein. Aber dieses Organ ist so groß, da findet bequem noch ein anderer Platz – ohne Ihren Daniel zu verdrängen.« Er strich mit dem Rücken seiner fleischigen Finger zärtlich über Charlottes Wange. »Jetzt gehen Sie zu meiner Sekretärin und lassen sich die CD mit der neuen Software von AOL geben. Die installieren Sie auf Ihrem Computer, texten eine wunderschöne Kontaktanzeige – und ab damit ins Netz.« Aufmunternd zwinkerte er ihr zu. »Dann warten wir einfach mal ab, was passiert ...«

»Was soll da schon passieren? Ein paar kranke Zeitgenossen werden mich mit unmoralischen Angeboten nerven.« Charlotte hatte ihre Fassung wiedergefunden. »Ich kann mir lebhaft vorstellen, was für ein Gesocks sich übers Internet präsentiert.« Griesgrämig blickte sie auf das Fenster an der Wand hinter dem Schreibtisch. Dicke Regentropfen hämmerten an die Scheiben. »Alles so schön anonym, da kann man volle Pulle den inneren Schweinehund rauslassen ...«, räsonierte sie weiter. »Soll ich diese Typen etwa noch persönlich treffen?« Sie schaute Otto Gabriel schräg an.

»Das überlasse ich ganz Ihnen, liebe Charly.« Er lächelte spitzbübisch. »Außerdem wird sich das von allein ergeben. Und dann schreiben Sie über das Ganze einen amüsanten Artikel – wie von Ihnen gewohnt. In Ordnung?«

»Nichts ist in Ordnung ...«, brummte Charlotte und bedachte ihren Auftraggeber mit einem vorwurfsvollen Blick.

Bevor der reagieren konnte, klingelte das Telefon. Er drehte sich um, griff zum Hörer, lauschte und warf einen Blick auf seine Armbanduhr. »Gut, ich komme gleich.«
Er griff nach seiner Pfeife und wandte sich wieder Charlotte zu. »Keine Sorge, Sie werden das Kind schon schaukeln Und jetzt muss ich mich tummeln, die warten alle schon ...«
Mit zielsicherem Griff zog er eine abgegriffene, mit Papieren gefüllte Mappe aus einem gefährlich wankenden Aktenstapel. »Also, an die Arbeit, meine Liebe!«, rief er gut gelaunt und ging mit qualmender Pfeife und unter den Arm geklemmter Mappe aus dem Zimmer.
Mit gerunzelter Stirn schaute Charlotte hinter ihm her.

fünf

»Job ist Job«, murmelte Charlotte am Nachmittag, als sie zu Hause an ihrem Schreibtisch saß und sich wie befohlen an die Arbeit machte.
Die Software war im Handumdrehen installiert, jetzt musste sie ein Pseudonym angeben. »Charly«, tippte sie. »Der von Ihnen gewählte Name ist schon vergeben«, teilte der Computer mit. Auch mit »Charlotte« war er nicht zufrieden, mit »Klara«, dem Vornamen ihres Kindermädchens, auch nicht. Sie überlegte. Plötzlich kam ihr der Kosename in den Sinn, mit dem Klara sie eine Zeit lang gerufen hatte. »Dornroeschen« tippte sie. Der Computer war's zufrieden. Jetzt noch das Passwort. Sie gab den Namen ihres Katers ein, tippte Maexchen und begann mit dem Text für die Anzeige.
»Autonomie und Nähe«, schrieb sie. »Diese Worte würde ich gern mit Leben füllen. Zusammen mit einem Mann, der Herz und Verstand besitzt, italienische Küche und ferne Länder

liebt, gern diskutiert und philosophiert, selbstkritisch, erwachsen und liebevoll ist, lachen kann und sich zu seinen Schwächen bekennt. Ich bin 35, neugierig, manchmal etwas ungeduldig und verdiene meine Brötchen als Journalistin. Außerdem koche ich gern und gut (vor allem italienisch), mag Cooljazz und lebe mit meinem Kater Max an einem See westlich von München.«

Damit fertig, suchte sie den Bereich der Kontaktanzeigen und las einige der Inserate. »Es ist doch nicht zu fassen!«, schimpfte sie leise vor sich hin. »Ich möchte gern mal wissen, was diese Typen sich dabei denken. Nichts, vermutlich. Sonst könnten sie nicht derart dämliche Texte verfassen. Und die Fotos sind auch nicht besser ...«

Missmutig klickte sie auf »Anzeige aufgeben«, gab ihren Text ein und fügte ein Foto hinzu, auf dem sie sich ganz passabel fand und das Regine bei einer Geburtstagsfeier in der Redaktion geschossen hatte. Mit einem Glas Wein in der Hand hatte Charlotte in einer Ecke gesessen und überlegt, ob es nicht vernünftiger sei, nach Hause zu gehen. Die meisten der Anwesenden waren bereits angeheitert, manche schon deutlich mehr als das, und aus jahrelanger Erfahrung war allen klar, wie der Abend enden würde. Mit einem unkontrollierten Massenbesäufnis, bei dem einige der Damen und Herren sich in die hinteren Zimmer zurückziehen würden, um dort auf oder unter den Schreibtischen etwas zu tun, woran sie sich am nächsten Morgen nicht mehr erinnern konnten (oder wollten).

Mit dem Fotoapparat in der Hand war Regine durch die Gegend gestrichen, hatte drauflosgeknipst und so auch Charlotte auf das Zelluloid gebannt. Das Ergebnis war ein Foto einer jungen Frau mit gleichmäßigen Gesichtszügen, aufmerksamen, dunk-

len Augen, mittelblonden, gewellten Haaren, die bis über die Ohren reichten, und einem sensiblen, ausgeprägten Mund, dessen leicht nach oben gezogene Winkel ein Lächeln andeuteten, so verhalten, dass es fast schon schüchtern wirkte.
Nachdem Text und Foto auf dem Weg waren, schaltete Charlotte den Computer aus und verzog das Gesicht.
»Na, jetzt bin ich mal gespannt, was für Typen da antworten«, brummte sie vor sich hin. »Wahrscheinlich nur Schrott. Entweder man begegnet dem Mann seines Lebens per Schicksalsfügung oder gar nicht.«
Sie ging in die Küche. Dort briet sie zwei Spiegeleier, ließ sie über den Pfannenrand auf eine Scheibe Vollkornbrot rutschen, fläzte sich damit auf das Sofa, schaltete den Fernseher an und zappte kauend durch die Programme. Schließlich blieb sie bei einer Talkshow hängen, wo ein hagerer Mann in den Sechzigern mit Pferdeschwanz und gepiercten Ohrmuscheln gerade seinen über und über tätowierten Oberkörper entblößte und ausgiebig die einzelnen Motive seines Hautschmucks erklärte. Gelangweilt hörte Charlotte sich seine Ausführungen einige Minuten an, tupfte dann mit der Serviette einen Eigelbtropfen vom T-Shirt und schaltete den Fernseher wieder aus.
»Mäxchen«, sagte sie kauend und kraulte ihrem Kater, der schnurrend auf ihrem Schoß lag, den Kopf, »wir sind umzingelt von Idioten.«

sechs

Wie immer wachte Charlotte in aller Herrgottsfrühe auf und machte sich, in ihren Bademantel eingewickelt, mit Filzlatschen an den Füßen und einer Tasse Kaffee in der Hand, auf den Weg zum Computer, um ihre Mailbox zu öffnen. Eine gewisse Neugierde konnte sie nun doch nicht verhehlen.

»Willkommen!«, sagte eine weibliche Stimme mit einstudierter Freundlichkeit. »Sie haben Post.«

Und tatsächlich – Charlotte hatte Post.

Post von »MSEuropa«, von »XYZ345«, von »LastSmoker«, von »HardyPS«, von »FraFro49«, von »MoreFUN«, von »LinzTo«, von »PingPong«, von »CatDog«, von »Frohsinn«, von »AlterEgo«, von »MostLuck«, von »GerSouth«, von »1234567«, von »PRConsult«, von »Yearsago« und zu guter Letzt von »Amadeus«.

Charlotte nahm einen Schluck Kaffee und klickte eine Zuschrift nach der anderen an.

»MSEuropa« lebte in Hamburg, war ehemaliger Kapitän, angeblich einundfünfzig, sah aber auf dem beigefügten Foto aus wie einundsechzig. Und das lag nicht nur an der Halbglatze.

»XYZ345« lebte in Stuttgart, verkaufte Immobilien und war verheiratet. Noch, wie er ausdrücklich betonte. Es sei nur eine Frage der Zeit.

»LastSmoker« lebte in der Nähe von Pforzheim, war Anwalt, begeisterter Hobbykoch, Fan von Wagner-Opern und Raucher.

»HardyPS« lebte in Berlin, war Hobby-Rennfahrer und wollte mit Charlotte eine Runde auf dem Nürburgring drehen.

»FraFro49« lebte in Hannover, war Unternehmer in Sachen Damenunterwäsche, fand Charlottes Anzeigentext »ganz außergewöhnlich« und beschrieb in epischer Breite sein ereignisloses Leben.

»MoreFUN« lebte in Passau, war Sportjournalist und zweifelsfrei Verbalerotiker. Mit ungenierter Offenheit gab er seine

sexuellen Vorlieben preis und seiner Hoffnung Ausdruck, in Charlotte die Frau gefunden zu haben, mit der er endlich eine scharfe Nummer in einem Aufzug schieben konnte.
»LinzTo« lebte in Linz und begab sich wöchentlich in eine indianische Schwitzhütte, um seine negativen Energien in die Atmosphäre zu entlassen.
»PingPong« lebte in München, verdiente seinen Lebensunterhalt als Tennislehrer und hatte keine Ahnung von deutscher Grammatik.
»CatDog« lebte in Ulm, war Besitzer von einem halben Dutzend Katzen und genauso vielen Hunden und war der festen Überzeugung, dass die Tiere eines Tages die Weltherrschaft übernehmen würden.
»Frohsinn« lebte am Bodensee und war ein älterer Herr im zweiten Frühling.
»AlterEgo« lebte in einem Vorort von Wiesbaden, war Unternehmensberater und Hobbyphilosoph und zitierte den Kant'schen Imperativ – nach dem er sein Leben strikt ausrichte, wie er versicherte.
Bei »MostLuck« handelte es sich um einen Mathematiklehrer, der über alle Maßen unter der Trennung von seiner Frau litt. Sie hatte ihn wegen eines Jüngeren verlassen, und er wünschte sie zum Teufel.
»GerSouth« beabsichtigte auszuwandern und benötigte dazu noch eine finanzkräftige Partnerin.
»1234567« war Trambahnfahrer und schickte ein selbst verfasstes Liebesgedicht.
»PRConsult« war Manager bei einem großen Konzern, verwitwet und lud Charlotte zu einem Kennenlern-Wochenende in der Toskana ein. Er schickte ein Foto, auf dem er aussah wie der Zwillingsbruder des Loriot-Männchens.

»Yearsago« ernährte sich rein vegetarisch, trank keinen Tropfen Alkohol und war stolzer Besitzer einer Käfersammlung. Alle selbst erbeutet, wie er ausdrücklich betonte.
»Amadeus« schließlich war vierundzwanzig, Verkäufer in der Musikabteilung eines großen Kaufhauses und Hobbykomponist und schickte den Text eines speziell für Charlotte kreierten Liebesliedes, das er bereits vertont und auf CD gebrannt habe. Er würde ihr die Scheibe gern zukommen lassen, fügte er hinzu, brauche dazu aber ihre Adresse. Sie solle doch so nett sein und sie ihm mitteilen.
»Wusst ich's doch ... nix Gescheites!«, murmelte Charlotte mit Genugtuung und kraulte ihrem Kater, der wie meistens neben der Tastatur lag, den Nacken. »Ich werde Mr. Spock sagen, Regine soll die dämliche Reportage machen. Ich habe nicht die geringste Lust, mit Schwachköpfen zu korrespondieren.«
Sie markierte alle Mails und löschte sie auf einen Streich.

sieben

Otto Gabriel saß auf einem hölzernen Klappstuhl in seiner eingeglasten und von Efeu überwucherten Loggia. Die in Schafwollsocken steckenden Füße ruhten auf einem Schemel, über den Beinen lag eine verblichene Wolldecke mit zahlreichen Mottenlöchern, aus den oberen Ecken des Raumes strömte die Wärme zweier Heizstrahler auf ihn herab, an die Scheiben peitschte der Regen.
Die Ellbogen auf die Armlehnen gestützt, hielt er seinen aufgeschlagenen Laptop auf dem Schoß, klinkte sich ins Internet ein und wurde schnell fündig.
»Aha, Dornröschen nennt sie sich, die kleine Kratzbürste«,

murmelte er. »Na, der Name passt ja ... riecht gut und hat Dornen.« Er grinste, führte eine Tasse Tee zum Mund und begann zu lesen. Dann nickte er zufrieden, klickte auf »Mail schreiben« und ließ seine dicken Finger über die Tastatur wirbeln.

»Lieber Fabian, wie geht es dir im fernen Venezuela? Alles im grünen Bereich? Apropos grün: Von dieser Farbe ist hier nichts mehr zu entdecken, denn seit Tagen herrscht absolutes Sauwetter :-((Es regnet und stürmt, außerdem ist es ziemlich kalt, und ich beneide dich um deinen Standort mit den hochsommerlichen Temperaturen. Aber schließlich bist du mein Freund, deshalb gönne ich dir den eisgekühlten Martini, den du dir vermutlich jeden Abend auf einer von tropischen Gewächsen umrankten Terrasse genehmigst, während ich hier Tee mit Rum trinke.

Aber jetzt genug der neidischen Vorreden und zum Grund meiner Mail. Was ich dir mitteilen möchte, ist Folgendes: Du kannst loslegen. Es ist mir nämlich gelungen, mein Vorhaben in die Tat umzusetzen. Charly hat sich anfangs zwar mit Händen und Füßen gesträubt, aber mit viel Überredungskunst und der Autorität des Chefredakteurs ;-)) ist es mir dann doch gelungen, sie zu der Reportage zu überreden. Du findest ihre Anzeige bei AOL im Bereich ›Community‹. Und weil Charly so ein knuspriges Mädel ist, hat man sie dort zum ›Single des Tages‹ gekürt, was die Sache für dich ganz einfach macht, denn dort brauchst du nur draufzuklicken ... und bingo.

So, und nun mach ausnahmsweise mal, was ich dir sage. Ich kann dir versprechen, dass es sich lohnt. Du weißt doch, für solche Dinge habe ich ein untrügliches Gespür ...

In diesem Sinne wünsche ich dir viel Glück!

Herzliche Grüße von deinem Freund Otto aus dem ungastlichen Deutschland, wo es unermüdlich wie aus Kübeln schüttet ... brrrhh!«

acht

»Sie haben Post«, tirilierte die Frauenstimme am Abend wieder mit dieser Begeisterung, als verkünde sie einen Sechser im Lotto.

»Das gibt's doch nicht!«, stieß Charlotte hervor, denn erneut kam eine ellenlange Liste zum Vorschein. Nahezu dreißig Zuschriften, wie gehabt mit den merkwürdigsten Pseudonymen versehen.

Sie öffnete eine nach der anderen. Qualität und Inhalt waren ähnlich wie bei der ersten Serie. Einsame Männer unterschiedlichsten Alters und aus allen Ecken Deutschlands gaben sich in epischer Breite ihren Selbstdarstellungen hin, berichteten von ihren Vorlieben und Hobbys und waren sich letztendlich einig in der Annahme, in Charlotte die Frau ihres Lebens gefunden zu haben.

Unwillig überflog sie die Briefe, öffnete die angehängten Fotodateien, verdrehte die Augen und war nach ein paar Minuten fast am Ende der Liste angelangt, als sie bei der vorletzten Mail hängen blieb.

»Hallo, Dornröschen! Habe deine Anzeige entdeckt, die sich wie eine rettende Insel aus dem Selbstdarstellungsmeer deiner Artgenossinnen erhebt, und deshalb bekommst du jetzt Post von einem Mann, der nicht in München oder Umgebung wohnt, sondern in der Nähe von Hamburg. Dazu kommt noch, dass ich mich momentan bei einem Freund in Südamerika aufhalte, wo ich unter anderem Pferde beschlage. Ich bin nämlich Hufschmied. Ja, du liest richtig, Hufschmied. Und das bin ich mit Leib und Seele.«

»Hat wohl 'n Rad ab, der Typ«, murmelte Charlotte, die seit Daniels Tod zu Selbstgesprächen neigte. »Was soll ich denn mit einem Hufschmied anfangen?«

Mit gerunzelter Stirn las sie weiter.

»Ich hoffe aber, diese Umstände schrecken dich nicht ab, denn über die meisten der von dir gewünschten Attribute glaube ich zu verfügen, bei der italienischen Küche angefangen. Hin und wieder schwinge ich auch selbst den Kochlöffel und kann mit einem gewissen Stolz behaupten, ganz gute Ergebnisse auf den Teller zu bringen.

Dass ich ferne Länder liebe, ergibt sich bereits aus der Tatsache, dass ich seit längerem jedes Jahr einige Monate in Venezuela verbringe, was ich oft für Abstecher in umliegende Gefilde nutze. Dadurch kenne ich mich in Südamerika schon gut aus, aber auch die USA, Kanada und einige asiatische Länder sind mir mittlerweile vertraut.

Diskutieren und philosophieren – ja, das mache ich auch gern und schlage mir mit guten Freunden und intensiven Gesprächen ganze Nächte um die Ohren.

Für selbstkritisch halte ich mich ebenfalls, bezweifle allerdings, dass ich erwachsen bin ;-)) Offen gesagt strebe ich diesen Zustand auch gar nicht an, und in diesem Zusammenhang gehört Lachen übrigens zu meinen Lieblingsbeschäftigungen.

Deine Liebe zu Cooljazz teile ich auch, und als neugierig kann ich mich ebenfalls bezeichnen. Deshalb freue ich mich ganz besonders auf deine Antwort und schicke ganz herzliche Grüße über den Atlantik!

Fabian

PS: Damit du dich vergewissern kannst, dass ich nicht wie der kleine Bruder von Quasimodo aussehe, lege ich ein Foto bei.«

Schau an, dachte Charlotte, ein Hufschmied, der weiß, wer Quasimodo ist. Neugierig geworden, öffnete sie die angehängte Fotodatei, die sich langsam von oben herab aufbaute. Zuerst tauchten braune, wellige, nach hinten gekämmte halblange Haare auf, an den Schläfen schon leicht angegraut. Dann erschien eine mit Querfalten durchsetzte Stirn, darunter kamen graue Augen mit grünen Sprenkeln zum Vorschein. Selbstbewusst blickten sie in die Linse des Fotoapparates. Die schmale Nase war mit Sommersprossen bestreut, der breite, ausgeprägte Mund lachte und entblößte kräftige, weiße Zähne, und die kantigen Wangen waren von rötlich-blonden Stoppeln eines Zweitagebartes überzogen. Den Hals zierte ein stahlfarbenes Amulett an einer Lederschnur, eingebettet in den Kragen eines ausgewaschenen Jeanshemdes. Der Teint war sonnengebräunt und der gesamte Gesichtsausdruck entschlossen und maskulin. Alles in allem ließ das Porträt auf einen vitalen Menschen schließen, der aktiv im Leben steht und weiß, was er will.
Weil der Fotograf sein Motiv ganz nah herangezoomt hatte, stand das Gesicht des Mannes zum Greifen nahe auf dem Bildschirm, direkt vis-à-vis von Charlotte, die unwillkürlich den Kopf ein wenig zurückzog, die Augen zusammenkniff und den Anblick auf sich wirken ließ.
»Na ja, sieht ja ganz sympathisch aus, der Bursche ...«, murmelte sie, »aber Hufschmied bleibt Hufschmied.«
Sie war gerade im Begriff, die Mail zu löschen, als sie es sich in letzter Sekunde anders überlegte.

neun

Einen Teller Nudeln mit Tomatensoße auf dem Schoß, saß Charlotte vor dem Fernseher.

Ein Film mit Meryl Streep und Clint Eastwood hatte gerade begonnen. Ein Liebesfilm, bei dem alles so verlief wie erwartet. Und obwohl die Handlung im Grunde ganz simpel war und den Charakter eines Groschenromans hatte, konnte Charlotte sich den sentimentalen Schwingungen des Films nicht entziehen. Sie hockte in dem von David geerbten alten Ledersessel und verfolgte gebannt das Geschehen auf dem Bildschirm. Immer wieder griff sie zum Taschentuch, wischte sich die Tränen von den Wangen und schnäuzte sich die Nase.

Am Ende des Films – Meryl hatte es trotz der großen Liebe zu Clint nicht übers Herz gebracht, ihren Ehemann zu verlassen – saß Charlotte schniefend da und sinnierte vor sich hin. Rührselige Heulsuse, dachte sie, reiß dich doch zusammen!

Das tat sie dann auch, gab sich einen Ruck, schnäuzte sich ein letztes Mal entschlossen und ging kurz vor Mitternacht mit einem Becher heißen Kakaos in ihr Arbeitszimmer.

Aus der kleinen Stereoanlage im Regal klang leise und einschmeichelnd die Stimme von Ella Fitzgerald. »Blue Moon« sang sie, passend zum Vollmond, der über dem Ammersee stand. Der war allerdings nicht blau, sondern blassgelb und von einem milchigen Hof umgeben. Sein matter Schein spiegelte sich als diagonaler Glitzerstreifen im Wasser.

Charlotte setzte sich an den Schreibtisch, machte den Computer an, öffnete ihre Mailbox und klickte bei der einzigen Zuschrift, die sie nicht gelöscht hatte, auf »antworten«.

»Post von Dornröschen« tippte sie in den Betreff und schrieb:

»Hallo, Fabian,
danke für deine Mail. Allerdings frage ich mich, warum du mir geschrieben hast. Du lebst zwar nur vorübergehend in Venezuela, aber dein Hauptwohnsitz liegt ja auch nicht gerade um die Ecke. Wenn du wieder zu Hause bist, dürfte wohl die Kleinigkeit von achthundert Kilometern zwischen uns liegen, und über eine derart große Entfernung eine Beziehung auch nur zu erwägen, halte ich für äußerst abwegig.«
Sie griff zum Becher und trank einen Schluck Kakao. Was für einen Schwachsinn schreibe ich hier eigentlich, dachte sie und kraulte den Kopf ihres Katers, der mitten auf ihrem Schreibtisch lag und träumend mit den Pfoten zuckte. Ich will doch überhaupt nichts von diesem Menschen.
»Now, I'm no longer alone«, sang Ella. Charlotte stellte den Becher ab und schrieb weiter.
»Und – um ganz offen zu sein – die Idee mit der Anzeige stammt gar nicht von mir, sondern von meinem Chefredakteur. Der will nämlich, dass ich eine Reportage über Internet-Bekanntschaften schreibe. Das Ganze ist also gar nicht ernst gemeint, denn ich suche keinen Mann. So, jetzt kennst du die Wahrheit. Das verlangt die Ehrlichkeit. Aber von den Hintergründen der Anzeige mal ganz abgesehen, finde ich es unsinnig, übers Internet einen Partner zu suchen, weil bei dieser Methode etwas Wesentliches fehlt, nämlich die Möglichkeit, sich anzuschauen, zu berühren und zu riechen. Meiner Meinung nach sind das unabdingbare Voraussetzungen für gegenseitige Anziehungskraft. Es gibt zwar keine wissenschaftlich fundierten Erklärungen dafür, wann und warum Menschen sich gegenseitig attraktiv finden, aber es sind ganz bestimmt nicht nur das Aussehen und die Worte, die sie tau-

schen, sondern die Energien, die zwischen ihnen schwingen, die chemischen Reaktionen, die ablaufen. Eine Freundin von mir sieht das allerdings anders. Bei Interesse deinerseits teile ich dir gern ihre E-Mail-Adresse mit.
Also, nichts für ungut! Ich wünsche dir einen schönen Abend, denn bei dir dürfte jetzt wohl später Nachmittag sein. Einen nächtlichen Gruß von dem vom Mond beschienenen Ammersee schickt Charly.«
Sie schickte die Mail ab, überflog die mittlerweile schon wieder eingetroffenen Zuschriften, löschte sie und ging schlafen.

zehn

»Guten Morgen, mein lieber und sehr geschätzter Freund Otto! Ich danke dir für das Bemühen, mir eine Frau zuzuschustern. Ich weiß es zu würdigen, und dein Charly-Dornröschen hat tatsächlich was, nur gibt es da ein kleines Problem: Sie verfügt zwar über eine durchaus ansprechende Optik, aber durch ihre Zeilen weht doch ein ziemlich raues Lüftchen – und das, obwohl ich mich redlich bemüht habe, ihr ein freundliches Briefchen zu schicken. Und du weißt doch, dass ich mehr auf die sanften Damen stehe. Das ist die eine Sache.
Die andere ist die, dass sie ganz offensichtlich gar keine Lust hat, mit mir weiterhin zu korrespondieren, und ich habe es Gott sei Dank nicht nötig, hinter Weibern herzurennen. Im Gegenteil, die Señoritas hier sind äußerst entgegenkommend ;-)) Also, sei doch so gut und verrate mir, warum du meinst, ich solle mich näher mit ihr beschäftigen. Erzähl mir halt ein wenig über sie. Ich weiß ja so gut wie nichts über sie, du

hingegen kennst sie gut ... ein paar Informationen können nicht schaden.
Ansonsten läuft hier alles – wie erwartet – anders als geplant. Südamerika eben. Alles geht einen Gang langsamer. So warte ich seit Tagen auf eine Lieferung Eisenstangen, ohne die ich den Tisch für die Frau meines Freundes nicht schmieden kann. Er sollte eine Geburtstagsüberraschung werden. Der Geburtstag ist morgen, und die einzige Überraschung wird wohl die sein, dass es keine gibt.
Was deine Vermutung in Bezug auf das Wetter betrifft, so hast du übrigens Recht, hier herrschen hochsommerliche Temperaturen. Tagsüber haben wir so um die fünfunddreißig Grad im Schatten, ich laufe mit Shorts und T-Shirt rum und drehe mehrmals täglich ein paar Runden im Pool. Angesichts dieser Tatsache denke ich zur Zeit übrigens darüber nach, ob ich das Angebot von Antonio annehmen soll. Er schlug mir nämlich vor, sein Partner zu werden. Damit würde ich nicht nur ein paar Wochen pro Jahr hier verbringen, sondern ganz übersiedeln. Und wenn ich mir so deinen Wetterbericht zu Gemüte führe, dann finde ich diese Idee schon verlockend. Zumal es in Deutschland seit der Trennung von Marion eigentlich nicht mehr viel gibt, was mich dort hält, im Gegenteil. Ich werde also gründlich über die Sache nachdenken. Es ist ja keine Eile geboten ...
Jetzt werde ich mir noch einen Martini (da hast du ganz richtig vermutet) genehmigen und mich dann in die Federn hauen. Ich habe den ganzen Tag in der Schmiede gestanden, habe heute Abend dann noch drei Pferde beschlagen, und meine müden Knochen freuen sich aufs Bett.
Beste Grüße von deinem Freund Fabian
PS: Zum Abschluss drängt sich mir noch eine Frage auf:

Warum nimmst du dir die gepriesene Dame eigentlich nicht selbst zur Brust? Bist schließlich auch solo. Und warum solltest du mir etwas überlassen, was du selbst gut gebrauchen kannst? Oder bist du etwa der Zunft der Philanthropen beigetreten? ;-)))«

elf

Fabian und Otto kannten sich von klein auf. Die Grundstücke ihrer Eltern befanden sich Zaun an Zaun, und so ergab es sich fast von allein, dass sie Freunde wurden.
Fabians Vater war Schreiner, Ottos Vater Gärtner. Je nach Lust und Laune strichen die kleinen Kerle mal hier, mal dort herum. In der Gärtnerei halfen sie beim Unkrautjäten, Setzlinge pflanzen und Blumen bewässern, in der Schreinerei tobten sie durch die Hobelspäne und suchten nach Holzabfällen, um daraus mit tatkräftiger Unterstützung der Gesellen kleine Fuhrwerke zu zimmern. Mit einem dieser Wägelchen krachten sie eines Tages mit Karacho an einen Baum, was zur Folge hatte, dass Fabian sich den linken Unterschenkel brach und einen Gips verpasst kam. Otto hingegen blieb wie durch ein Wunder nahezu unverletzt. Er zog sich lediglich eine dicke Beule an der Stirn und ein paar Schrammen am Bein zu. Die Konsequenz des Ganzen war, dass sie eine Woche Hausarrest aufgebrummt bekamen, was die beiden noch mehr zusammenschweißte.
Mit Spitztüten aus metallisch glänzendem Karton im Arm, die mit Bonbons, Schokolade und Keksen gefüllt waren, wurden sie miteinander eingeschult, drückten bis zur sechsten Klasse die Holzbank in der vorletzten Reihe, spielten Indianer, bastelten windschiefe Drachen, die beim ersten Ab-

sturz in ihre Einzelteile zerfielen, machten Jagd auf Maulwürfe und Maikäfer, sammelten Weinbergschnecken, um sie für ein paar Pfennige pro Häuschen zu verkaufen, unternahmen waghalsige Kletterpartien auf hohe Bäume, rauchten ihre erste Zigarette, von der beiden jämmerlich schlecht wurde, und bauten im nahe gelegenen Wäldchen ein Baumhaus.

Dieses Baumhaus war es auch, in dem sie sich an einem schwülen Hochsommertag mit einer Rasierklinge die Handgelenke aufritzten, Blutsbrüder wurden und feierlich ewige Freundschaft schworen.

Sie machten auf demselben Gymnasium das Abitur, studierten auf derselben Universität und machten gemeinsam Musik. Daniel spielte Saxophon und Klarinette, Otto Klavier und Hammondorgel. Mit zwei Freunden gründeten sie während des Studiums eine Jazz-Band, die ab und zu auch bei offiziellen Veranstaltungen ihr Können zum Besten gab und mit ihrer professionellen Darbietung den Zuhörern frenetischen Beifall entlockte.

Sie waren sich bei den meisten Dingen des Leben einig, nur was Mädchen betraf, gingen ihre Geschmäcker auseinander. Während Otto großen Wert auf Intelligenz legte, wurde Fabian von schönen Gesichtern und langen Beinen in Bann gezogen. Beide empfanden diesen Unterschied als vorteilhaft, weil sie sich dadurch nicht ins Gehege kamen.

Nach dem Studium suchte Otto sich einen Job in München, Fabian verschlug es ins europäische Ausland. Aber auch die geografische Entfernung tat ihrer Freundschaft keinen Abbruch. Sie kommunizierten per Brief, Telefon und Fax, später dann auch per E-Mail – und einmal pro Jahr machten sie ein paar Tage Urlaub miteinander. Die verbrachten sie meistens irgendwo im Gebirge, wo sie tagsüber ausgiebige Klettertouren unternahmen und abends bei Käse, Speck und Rotwein über Gott und die Welt philosophierten.

zwölf

»Mein lieber Freund Fabian!

Über deine Mail habe ich mich sehr gefreut, muss dich aber, was deinen Wunsch nach Informationen über Charly betrifft, enttäuschen. Ich werde dir nichts über sie erzählen. Das wäre einerseits ihr gegenüber unfair, und andererseits solltest du selbst herausfinden, was dich interessiert. Dass sie nicht zu der zimperlichen Sorte Frau gehört, das kann ich allerdings nicht leugnen. Trotzdem wundere ich mich, dass ausgerechnet du dich so leicht ins Bockshorn jagen lässt – bist ja sonst auch hart im Nehmen ;-))

Aber mal ganz abgesehen davon ... die netten Damen taugen einfach nicht für dich, weil sie eben zu nett sind. Du brauchst eine Frau, an der du dich reiben kannst, und nicht eine, die schon beim Hinsehen wie Schokolade in der Sonne schmilzt und nur noch geschlürft zu werden braucht. Wenn du ehrlich bist, gibst du das auch zu. Oder soll ich dir ein paar Namen von hingebungs- und verständnisvollen Mädels aufzählen, die nach ein paar Tagen, besser gesagt, Nächten, deine Nerven blank gelegt haben? Angefangen bei Annemarie, der dürren Blonden mit den schmalen Lippen, vehemente Verfechterin der multiplen Wiedergeburt, die während deines Examens jeden Tag mit einem Topf frisch gekochter Gemüsesuppe vor deiner Tür stand, weil sie sich Sorgen um deine Nahrungsaufnahme machte, und bei ihren Besuchen ganz erpicht darauf war, dir zu beweisen, dass ihr euch von einem

früheren Erdaufenthalt kennt. Angeblich warst du ein Medizinmann gewesen und sie Schafhirtin in Marokko (oder war es Ägypten?). Auf einer ihrer Wanderungen zu neuen Weideflächen sei sie von einem wilden Tier angefallen worden, du habest ihre übel entzündeten Wunden mit einer Zaubermixtur geheilt und sie damit vor ihrem sicheren Tod gerettet. Aus Dank dafür müsse sie sich in diesem Leben jetzt um dich kümmern, das sei ihr Karma. Deshalb die Sache mit der Gemüsesuppe. Kannst du dich erinnern?
Oder Gerlinde, die angehende Heilpraktikerin mit den großen Füßen, die dich bei deinen Kränkeleien mit kleinen weißen Kügelchen versorgt hat.
Oder Roswitha, deine rothaarige Kommilitonin mit den riesigen Brüsten, die sie zu fortgeschrittener Stunde und unter Alkoholeinfluss kichernd entblößte. Sobald der Büstenhalter gefallen war, hob sie ihre Ballons mit beiden Händen hoch und präsentierte sie uns stolz. Schneeweiß waren sie, von blau schimmernden Adern durchzogen und in der Mitte mit einer Brustwarze bestückt, die aussah wie eine braune Riesenhimbeere.
Oder Lisa, die süße Dänin, die du in einem Anfall geistiger Umnachtung in Las Vegas geheiratet hast. Diese Ehe war wohl die kürzeste der Zeitgeschichte ...
Und nicht zuletzt Marion, mit der du's zwar beachtliche drei Jahre ausgehalten hast, an der dein Herz aber nicht wirklich hing.
Warum ich all diese Damen aufzähle? Weil sie samt und sonders nette Mädels waren. Lieb, anpassungsbereit und ohne große Ansprüche. Hübsch waren sie, und angehimmelt haben sie dich, aber durch die Bank weg nach kurzer Zeit gelangweilt. Stimmt's? Natürlich stimmt's. Ich erinnere mich

sehr gut an diese Bergtour, nach der du zu erheblich fortgeschrittener Stunde – der Morgen graute bereits, und wir waren beide ziemlich angeheitert – die glorreiche Erkenntnis gewonnen hast, dass du eine Frau brauchst, die deinem Intellekt gewachsen ist und dir Paroli bieten kann. Und ich habe dir damals uneingeschränkt zugestimmt.

So, jetzt bin ich endlich beim Punkt – denn genau so eine Frau ist Charly. Mehr brauche ich dazu nicht zu sagen. Diese Mail wird auch die letzte sein zu diesem Thema. Und was deine saloppe Frage betrifft, warum ich sie mir nicht selbst zur Brust nehme, so kann ich dir sagen, dass ich meine Finger grundsätzlich von Mitarbeiterinnen und Kolleginnen lasse. Die Erfahrung zeigt, dass das besser ist, und ich hoffe, du gibst dich mit meiner Antwort zufrieden. Also, mach dich an die Arbeit. Es gibt eben Menschen, denen muss man hin und wieder auf die Sprünge helfen, sie zu ihrem Glück zwingen sozusagen. Charly gehört zu dieser Spezies. Und du gehörst ganz offensichtlich auch dazu ;-))

Viele Grüße aus Deutschland, wo es immer noch wie aus Kübeln schüttet.

Dein Freund Otto

PS: Zum Schluss doch noch ein Tipp: Behandle sie ganz einfach so, wie du deine Pferde behandelst. Du weißt schon, wie ich das meine ...«

dreizehn

»Ich bin verliebt«, sagte Regine.

Es war Samstag Nachmittag, und sie saß, besser gesagt hing, mit abgestützten Ellbogen an Charlottes Esstisch, einem Erbstück ihres Großvaters väterlicherseits. Der Wert des Tisches bestand lediglich aus Erinnerungen, und die von Gebrauchsspuren übersäte Platte war aus Fichte, die Beine aus Buche. Eines dieser Beine war vor Jahren Domizil und Nahrungsquelle eines Holzwurms gewesen. Das Tierchen selbst hatte seinen Geist längst aufgegeben, aber eine stattliche Anzahl kleiner Löcher würde auf Lebzeiten des Tisches stummer Zeuge für die ehemalige Existenz des kleinen Holzfressers sein.

Regine hatte ihr Kinn in die linke Hand gebettet, in der rechten hielt sie das Küchenmesser, mit dem Charlotte bis eben noch Äpfel geschält hatte, stocherte mit der scharfen Spitze unkonzentriert in einem Brandfleck auf der Tischplatte herum, schabte schwarzen Holzstaub aus der Kuhle, blies ihn in die Apfelschalen und schaute ihre Freundin dann mit schrägem Blick abwartend an.

»Hör auf, Löcher in meinen Tisch zu bohren ... Mensch!« Erbost zog Charlotte Regine das Messer aus der Hand.

»Ich bohre keine Löcher in dein Heiligtum, sondern entferne lediglich einen Brandfleck!«

»Man entfernt einen Brandfleck aus einer Holzplatte nicht, indem man darin herumbohrt, sondern indem man ihn behutsam und großflächig abschmirgelt ... mit feinkörnigem Schleifpapier.«

»Ach, du und dein blöder Tisch ... als gäbe es nichts Wichtigeres im Moment!« Regine zog eine Apfelschalenspirale aus dem kleinen Haufen und knabberte daran herum. »Interessiert dich denn nicht, in wen ich verliebt bin?«

»Mein Gott, du bist doch dauernd verliebt. Zuletzt in Ralf, diesen arroganten Fatzke aus der Sportredaktion. Aber das ist wohl schon wieder Schnee von gestern, wie bei all deinen Affären.«

»Ich denke, du bist meine Freundin …«, nörgelte Regine.
»Eben. Irgendwer muss dir hin und wieder die Wahrheit sagen«, sagte Charlotte lakonisch.
»Es gibt keine Wahrheit«, entgegnete Regine. »Wahrheit ist nur so lange wahr, bis was anderes bewiesen ist.«
»Gut gebrüllt, Löwe. Ich sage sie dir trotzdem. Erst findest du Ralf zum Kotzen, dann verliebst du dich Hals über Kopf in ihn, und nachdem ihr dreimal miteinander in der Kiste gewesen seid, lässt du ihn wieder fallen wie eine heiße Kartoffel.« Charlotte schaute Regine erst von oben herab an, grinste dann aber. »Obwohl er es ja verdient hat, dieser Frauenaufreißer. Baggert jede einigermaßen aussehende Frau an, und ein paar Tage später liegt die nächste auf seiner Matratze.«
»Er hat keine Matratze, sondern einen Futon!«
»Es ist doch vollkommen Wurscht, auf welcher Unterlage er seine Opfer vernascht!«, gab Charlotte zurück. »Aber nun erzähl, in wen hast du dich denn jetzt schon wieder verliebt? Und wo hast du ihn aufgegabelt, den Unglücksraben?«
»Ich hab ihn mit meiner neuen Methode kennen gelernt«, grinste Regine.
»Aha, über's Internet also.« Charlotte schaute Regine befremdet an. »Aber du kennst ihn doch schon persönlich … so von Angesicht zu Angesicht, meine ich.«
»Nö.«
»Aber du bist in ihn verliebt. Hab ich das richtig verstanden?«
»Ja.« Regine seufzte beglückt. »Bis über beide Ohren!« Ein verträumter Ausdruck zog über ihr Gesicht.
»Du hast nicht alle Tassen im Schrank!«
»Warum *das* denn?«

»Blöde Frage. Weil man sich nicht in einen Mann verlieben kann, den man noch nie gesehen hat!«

»Du siehst doch, dass man es kann. Ich bin der lebende Beweis.«

»Du? Du bist der Beweis für ganz was anderes ... Außerdem hält der Zustand des ultimativen Verliebtseins bei dir meistens nur ein paar Stunden an, wenn's hoch kommt ein paar Tage.« Charlotte griff nach einem Apfel und schälte ihn sorgfältig. »Wahrscheinlich warst du in deinem früheren Leben eine Eintagsfliege ... wenn du verstehst, was ich meine.« Sie feixte und schnitt den Apfel in zwei Teile. »Apropos, wie ist eigentlich die Geschichte mit dem Typen von neulich ausgegangen?«

»Mit welchem Typen?«

»Mit diesem Immobilien-Fritzen, der eine Anzeige aufgeben wollte und den die Telefonistin aus Versehen mit dir verbunden hat. Und der sooooo eine tolle Stimme hatte und den du sooooo klasse gefunden hast und mit dem du ein Blind Date hattest, in dieser Cocktailbar am Altstadtring. Du erinnerst dich?« Charlotte grinste süffisant.

»Ach der ... o Gott! Erinnere mich nicht daran!« Regine schüttelte sich. »Er sah ja gar nicht schlecht aus ... bis auf die Hängeschultern und das mickrige Ziegenbärtchen.« Sie grinste. »Aber das wäre gar nicht so schlimm gewesen. Schlimm war, dass er unter dem übelsten Mundgeruch litt, den du dir vorstellen kannst. Wobei eigentlich nicht *er* gelitten hat, sondern *ich*. Mit jedem Satz entwich eine Kloakewolke seinem Mund. Es war wirklich furchtbar! Nach einer halben Stunde habe ich unter dem Vorwand eines wichtigen Termins fluchtartig das Lokal verlassen.«

Charlotte brach in schadenfrohes Gelächter aus.

»Siehst du, genau das meine ich«, sagte sie, als sie sich wieder beruhigt hatte. »Erst bist du himmelhochjauchzend begeistert, und dann folgt der Flop auf dem Fuß. Du solltest dir vielleicht ein bisschen Zeit lassen, bevor du einen Wildfremden zu deinem Herzkönig ernennst und sein majestätisches Haupt mit einem Kranz aus Vorschusslorbeeren krönst.«
»Also, das hast du jetzt wirklich kreativ ausgedrückt«, meinte Regine anerkennend. »Wann hast du denn diesen wunderbaren Satz zusammengebastelt? Muss ja Stunden gedauert haben ... du solltest ihn in einer deiner Kolumnen verarbeiten. So ein geistiger Erguss darf nicht ungehört in der Menge verklingen.«
»Mmm, ich finde ihn auch klasse«, grinste Charlotte selbstgefällig und griff zum nächsten Apfel. »Aber du solltest deinen Männerverschleiß wirklich ein wenig reduzieren.«
»Ist ja gut, ist ja gut«, winkte Regine ab. »Du hast schon irgendwie Recht, aber trotzdem, dieser Italiener gefällt mir einfach. Er ist unglaublich attraktiv, schreibt tolle Mails, hat eine sexy Stimme. Ach, du kannst reden, was du willst, ich werde mich mit ihm treffen.«
Pause.
»Vielleicht solltest du auch mal 'ne Anzeige ins Internet geben.«
Charlotte antwortete nicht gleich, sondern schälte erst bedächtig einen weiteren Apfel. Dann sagte sie emotionslos: »Das habe ich bereits gemacht.«
Regine starrte Charlotte verständnislos an. »*Was* hast du bereits gemacht?«
»Eine Anzeige bei AOL aufgegeben«, antwortete Charlotte in gleichgültigem Ton.
»Wie bitte?!!«

»Ja, du hast richtig gehört.«

Mit einfältigem Gesichtsausdruck saß Regine da und glotzte Charlotte ungläubig an. »*Du* hast 'ne Anzeige im Internet veröffentlicht?«

»Genau.« Charlotte schmunzelte und entfernte das Kerngehäuse aus einer Apfelhälfte.

»Das gibt's doch nicht! Bis vor wenigen Tagen die wandelnde Trauer über Daniel, und jetzt soll plötzlich ein neuer Mann her. Ich kann es kaum glauben. Wieso denn dieser Sinneswechsel? Mal abgesehen davon, dass ich die Idee wirklich klasse finde. Es wird nämlich Zeit, dass du dich endlich mal für *lebende* Männer interessierst ... sorry, das musste aber einfach mal gesagt werden.«

»Ach, vergiss es! Das Ganze ist doch nur ein Gag. Ich soll eine Reportage schreiben. Meint Mr. Spock.«

»Was? Du?!«, stieß Regine aufgebracht hervor. »Wieso *du* denn und nicht ich? Schließlich war es meine Idee, und die ganze Redaktion weiß, dass ich mich seit Wochen mit nichts anderem beschäftige.«

»Eben, genau deswegen. Mr. Spock will jemanden haben, der emotionalen Abstand zu der Sache hat.«

»Na, wenn das so ist, dann hat er sich ja genau die Richtige dafür ausgesucht. Mehr emotionalen Abstand zu einer Kontaktanzeige als du kann wirklich niemand haben.« Regine grinste säuerlich. »Und ...«, lauernd schaute sie Charlotte an, die mittlerweile fast alle Äpfel geschält, das Gehäuse entfernt und die Äpfel in Scheiben geschnitten hatte. »Hast du schon Zuschriften gekriegt?«

»Ja.«

»Echt?! Wie viele denn?«

»Ich hab sie nicht gezählt, sondern gelöscht.«

»Wieso *das* denn?«
»Weil sie bescheuert waren. Genau so, wie ich es erwartet hatte.« Dass sie eine ganz bestimmte Zuschrift nicht gelöscht hatte, behielt sie vorsichtshalber für sich.
»Mein Gott, du und dein Pessimismus«, sagte Regine. »Du weißt doch, man muss im Leben mit allem rechnen, auch mit dem Schönen.« Sie stand auf, ging zur Anrichte, zog das Baguette aus der Papiertüte, brach ein Stück davon ab und schob es sich in den Mund. »Vielleicht lernst du ja deinen Traummann kennen«, meinte sie geräuschvoll kauend. »Solche Dinge passieren immer dann, wenn man nicht mit ihnen rechnet.«
»Traummann aus dem Internet. Vergiss es! Den triffst du dort nie. Dort findest du nur Dumpfbacken und Verbalerotiker.«
»Abwarten ... abwarten und Wein trinken.« Regine schlenderte zum Kühlschrank, holte eine Weinflasche und schwenkte sie guter Dinge. »Schmeckt übrigens köstlich, dieses Tröpfchen.«
Ächzend zog sie den Korken raus und füllte zwei Gläser.
»Prost, meine Liebe!«, sagte sie aufgeräumt und hob das Glas. »Ich wünsch dir gutes Gelingen. Bin gespannt, wie viele Zuschriften du kriegst. Bei mir waren es übrigens genau dreihundertundsieben – bis heute. Aber es kommen täglich neue. Wenn du mehr kriegst, lade ich dich bei Tino zu Seewolf in Salzkruste ein. Und wenn du weniger kriegst, lädst du mich ein – okay?«
»Ich hab keinen Schimmer, wie viele Mails ich bisher bekommen habe«, sagte Charlotte und wellte den Mürbeteig auf dem Küchentisch zu einer runden Fläche aus, drückte ihn dann mit flinken Bewegungen in die Springform, verteilte die Apfelscheiben darauf, streute eine Mischung aus Zucker

und Zimt darüber, schob das Ganze in den Backofen und griff dann ihr Glas. »Aber wie dem auch sei ...«, sie prostete Regine zu. »Ich lade dich gern zu Tino ein, denn für mich ist die Angelegenheit erledigt. Und morgen werde ich Mr. Spock sagen, dass er sich die Reportage in die Haare schmieren kann. Ist doch alles nur Zeitverschwendung, pure Zeitverschwendung.«

Sie nahm einen Schluck Wein.

»Da schreibe ich doch lieber über Talkshows«, meinte sie, mehr an sich als an Regine gerichtet. »Obwohl sich da auch nur Geistesgestörte tummeln«, fügte sie murmelnd hinzu, »aber mit denen muss ich wenigstens keine E-Mails wechseln.«

vierzehn

»Ich werde diese alberne Reportage nicht schreiben!« Charlotte schaute Otto Gabriel, der hinter seinem Schreibtisch saß und Rauchwolken aus seiner Pfeife stieß, provozierend an.

»Und wieso nicht, wenn ich fragen darf?« Mühsam unterdrückte er ein Grinsen.

»Weil das alles Quatsch ist, genauso, wie ich es voraus gesagt habe. Da schreiben nur Neurotiker und Langweiler. Und ich habe keine Lust, meine Zeit damit zu verplempern, mit Idioten zu korrespondieren, nur weil *Sie* unbedingt diese Reportage haben wollen. Und ganz abgesehen davon ...«, sie machte eine Pause und warf Otto Gabriel einen listigen Blick zu, »es ist sowieso kein Material mehr da.«

»Ach! Wieso das denn?«

»Weil ich alle Zuschriften gelöscht habe.«

»Alle?« Seine Mundwinkel zuckten verräterisch.

»Jawohl«, sagte Charlotte störrisch. »Alle!«

»Na, wenn das so ist, dann lassen wir die Sache mit der Reportage eben sein.« Jetzt grinste er breit.
»Ach! Wirklich?« Charlotte, die mit einem längeren Disput gerechnet hatte, war verblüfft. »Ehm ...«, stotterte sie, »... Regine könnte sie doch schreiben.«
»Na gut, wenn sie Lust dazu hat.« Nun lächelte er jovial. »Und wenn nicht, dann ist es auch nicht schlimm.«
»Ich frage mich wirklich, was das ganze Theater dann sollte«, knurrte Charlotte.
»Ach, liebe Charly ...« Otto Gabriel peilte sie über seine Brillengläser hinweg vergnügt an und machte eine kleine Pause. »Vergessen Sie's einfach«, meinte er dann.
»Vergessen Sie's einfach«, äffte Charlotte ihn nach. »Hätten Sie gleich auf mich gehört! Dann hätte ich mir den ganzen Aufwand sparen können.«
»Mein Gott, Charly ...« Otto stemmte sich aus dem Sessel, ging um den Schreibtisch herum und legte seinen Arm um Charlottes Taille. »Jetzt machen Sie doch nicht so einen Wirbel. Erstens war das kein Aufwand, und zweitens hat sich dadurch Ihre These über Kontaktanzeigen im Internet bestätigt. Und Sie lieben es doch, wenn Sie Recht behalten.« Zärtlich tätschelte er ihre Wange. »Stimmt's?«
»Ich könnte ja einen Artikel über Talkshows schreiben«, meinte sie, immer noch irritiert.
»Über Talkshows?« Otto Gabriel kniff die Augen zusammen, kratzte sich die stoppelige Wange und überlegte ein paar Sekunden. »Tja, warum eigentlich nicht? Tun Sie das, Charly, tun Sie das. Ich liebe alles, was aus Ihrer Feder kommt!« Er warf einen Blick auf die Uhr. »So, ich werde jetzt in der Kantine einen Kaffee trinken. Kommen Sie mit?«
»Nein danke. Ich hab einen Termin mit dem Fotografen.«

»Na, dann ein anderes Mal.« Er klopfte ihr freundschaftlich auf die Schulter, schob sie durch den Türrahmen, ging mit gemächlichen Schritten und qualmender Pfeife den Flur entlang und schmunzelte vor sich hin.

fünfzehn

»Sie haben Post!«, tönte es Charlotte wieder enthusiastisch entgegen, als sie am frühen Nachmittag ihre Mailbox öffnete, in der sie die gewohnte Menge neuer Mails vorfand. Gespannt suchten ihre Augen die Liste ab. Tatsächlich, im letzten Drittel tauchte Fabians Pseudonym auf. »Titan« lautete es. Sie klickte zweimal drauf und las.

»Hallo, Charly, herzlichen Dank für deine Mail und ganz besonderen Dank für deine Offenheit. Die Fairness gebietet, dass ich ebenfalls offen bin. Denn so wie du nicht auf der Suche nach einem Mann bist, bin ich umgekehrt nicht auf der Suche nach einer Frau. Ich bin zwar allein, aber nicht einsam, und ich habe dir geschrieben, weil Otto mich darum gebeten hat.«

»Das hätte ich mir eigentlich denken können«, murmelte Charlotte. »Spätestens heute Vormittag, als Mr. Spock ohne den geringsten Widerstand damit einverstanden war, dass ich die Reportage schmeiße.«

Sie las weiter.

»Er meint nämlich, wir beide seien wie geschaffen füreinander. Und da ich grundsätzlich neugierig bin, habe ich dir geantwortet. Dazu kommt noch, dass ich für ein Späßchen immer zu haben bin. Außerdem bist du eine attraktive Frau, es fiel mir also nicht besonders schwer, dir eine Mail zu schicken.«

»Na, da bin ich aber froh«, brummte Charlotte.
»Doch jetzt, wo die Fronten geklärt sind, spricht doch eigentlich nichts dagegen, unseren Dialog fortzusetzen. Dass mir dein Anzeigentext gefällt, habe ich ja schon geschrieben. Du hast ihn zwar – wie du beteuerst – nicht ernst gemeint, aber ich bin sicher, dass er viel über dich aussagt, sonst hättest du ihn nicht so formuliert. Ich halte dich deshalb für eine Frau, die nachdenkt – über sich und die Dinge des Lebens gleichermaßen.
In diesem Zusammenhang interessieren dich vielleicht ein paar Informationen über mich. Ich bin 1,90 groß, fünfundvierzig Jahre alt, einigermaßen sportlich und habe eine passable Figur (kein Bierbauch). Seit zwei Jahren bin ich ohne Frau an meiner Seite, schleppe aber keine emotionalen Altlasten mit mir herum und halte mich eher für einen unkonventionellen Typen – weltoffen, interessiert, lebendig und tolerant. Ich liebe das Leben, lasse mich von seinen Höhen inspirieren und von gelegentlich auftretenden Tiefen nicht so leicht aus dem Gleichgewicht bringen. Und ich liebe Pferde! Deshalb habe ich meinen alten Beruf vor einigen Jahren an den Nagel gehängt und bin Hufschmied geworden. Parallel dazu habe ich noch eine Ausbildung zum Kunstschmied absolviert. Beides erfüllt mich täglich mit tiefer Zufriedenheit. Was ich vorher gemacht habe, erzähle ich dir ein anderes Mal, denn ich muss mich jetzt wieder an die Arbeit machen. Vorher wollte ich dir aber antworten und dir unbedingt noch sagen, dass ich mich sehr freuen würde, wieder von dir zu lesen. Und ich schicke ganz herzliche Grüße aus dem fernen Venezuela.
Fabian«
Aufmerksam las Charlotte Wort für Wort und klickte auf die Antworttaste.

»Lieber Fabian, danke für dein Angebot. Ich werde darüber nachdenken.
Einen Gruß über den großen Teich schickt Charly«
Sie lehnte sich zurück, legte ihre Füße auf den Schreibtisch und schaute geistesabwesend aus dem Fenster. Die flach stehende Nachmittagssonne schob ihre Strahlen durch die licht gewordene riesige Buche vor der Terrasse. Ein Schwarm Dompfaffen schwirrte durchs Geäst, ließ sich mit schlagenden Flügeln für einige Sekunden auf der Terrassenbrüstung nieder und flatterte zwitschernd wieder davon. Währenddessen saß Max auf dem Fensterbrett, starrte aufgeregt nach draußen und gab merkwürdige Geräusche von sich – wie immer, wenn er vom Jagdinstinkt gepackt wurde. Mit den für Katzen üblichen Tönen hatten sie nichts zu tun, sondern sie erinnerten an das Schnattern einer verärgerten Ente.
Von der Sonne geblendet schloss Charlotte die Augen. »Ach, Mr. Spock, altes Schlitzohr«, murmelte sie und lächelte versonnen. »Was hast du dir da nur wieder ausgedacht?«

sechzehn

Otto Gabriel war Mitte vierzig. Seine Halbglatze, die seit einigen Jahren schon deutliche Zeichen setzte, hatte sich mittlerweile zu einer Dreiviertelglatze entwickelt, um die sich ein paar kümmerliche, grau melierte Löckchen kringelten. Die ungefähr fünfzehn Kilo Übergewicht waren die Folgeerscheinung übermäßigen Genusses von Kaiserschmarrn und ähnlichen Süßspeisen und siedelten sich vor allem in der Bauchgegend an. Seine Finger erinnerten an rosa Würstchen, ohne Schuhe erreichte er auf der Messlatte gerade mal den Einhundertdreiundsiebzig-Zentimeter-Strich, sein Hintern war flach wie der eines Elefanten, die Nase kurz und stupsig, und die gut durchbluteten Pausbacken waren zwar niedlich, wollten aber nicht so recht zu einem erwachsenen Mann passen. Was die äußere Erscheinung betraf, konnte man Otto Gabriel also nicht gerade als besonders attraktiv bezeichnen. Die Frauen kümmerte das aber nicht. Sie schwärmten für ihn, weil er ein guter Zuhörer war und sie mit ihm so vertrauliche Gespräche führen konnten, als sei er ihre beste Freundin.

Als Halbwüchsiger war Otto ein agiler, sportlicher Typ gewesen, der jeden Abend eine Stunde lang durch den Wald hechelte, zwischendurch gymnastische Übungen machte und sich mehrmals in der Woche mit seinem Freund Fabian die Tennisbälle um die Ohren donnerte. Eines Tages aber hatte er sich gefragt, wozu er diese Anstrengungen auf sich nahm. Da er keine vernünftige Antwort fand, hatte er spontan und irgendwie erleichtert beschlossen, die Freizeit weniger schweißtreibend zu verbringen, auf sportliche Aktivitäten zu verzichten und sich stattdessen der Lektüre interessanter Bücher zu widmen.

So entdeckte er beim Herumschmökern in einer Buchhandlung eines Tages ein Buch eines renommierten Psychologen, der sich ausgiebig über den Sinn des Lebens ausließ. Er verschlang die dreihundertsechzig Seiten in einer Nacht und entdeckte dabei sein Faible für Psychologie.

Nach dem Abitur schwankte er hin und her zwischen der Überlegung, Germanistik oder Psychologie zu studieren, entschied sich aber für Ersteres. Nach dem Studium wurde er Lokalredakteur einer bekannten Tageszeitung und mit Mitte dreißig Chefredakteur. Seine Mitarbeiter schätzten ihn als fairen und objektiven Vorgesetzten, und die Leser liebten seine Artikel, weil er sich einfach und klar ausdrückte.

Sein unverhohlenes Interesse aber galt nach wie vor der Psychologie. Es machte ihm Spaß, Leute zu beobachten, sich mit ihren Wehwehchen zu beschäftigen und ihre Verhaltensweisen zu analysieren. Ganz besonders großes Vergnügen bereitete es ihm, Menschen zu verkuppeln. Aus diesem Grund studierte er jedes Wochenende die Kontaktanzeigen seiner Zeitung und liebäugelte immer wieder mit dem Gedanken, eine Art Kontaktinstitut zu eröffnen, verwarf ihn aber immer dann, wenn er sich vorstellte, dafür seinen Beruf aufgeben zu müssen.
So richtete er seine Vermittlungsbemühungen hobbymäßig und unentgeltlich auf sein direktes Umfeld.

siebzehn

»Ich muss unbedingt mit dir reden!« Aufgeregt tönte Regines Stimme durch den Telefonhörer. »Kann ich dich nachher besuchen?«
Charlotte ahnte, was Regine mal wieder auf dem Herzen hatte, und zögerte.
»Bitte!«, flehte Regine, »ich brauche deinen Rat!« Dem theatralisch aufgesetzten Tonfall nach vermutete Charlotte, dass die Angelegenheit nicht so dramatisch war, wie es sich anhörte. Um eine der üblichen Männergeschichten würde es sich handeln, da war sie sich sicher.
»Also, was ist?«, bohrte Regine.
»Na gut«, sagte Charlotte, »ich koche uns ein paar Nudeln.«

Es dämmerte bereits, als Regine aufkreuzte und mit lautem Hupen ihre Ankunft bekannt gab.
»Ich bin im Stress«, stieß sie hervor, stürmte mit wehendem

Mantel durch die Tür, eilte durch den Flur in die Küche, ließ ihre Handtasche auf den Fußboden fallen und das Baguette über die Anrichte schlittern. »Bei mir geht's drunter und drüber«, meinte sie schwer atmend und strich sich eine Haarsträhne aus der Stirn.

»Das ist ja nichts Neues«, meinte Charlotte und füllte zwei Weingläser. »Bei dir geht es immer drunter und drüber. Aber jetzt zieh doch erst mal den Mantel aus und beruhige dich. Du verbreitest eine Hektik ... furchtbar!«

»Ach ...«, Regine atmete tief durch und entledigte sich des Mantels. »Wenn du wüsstest ...«

»Los, deck den Tisch!«, sagte Charlotte und drückte Regine Teller und Besteck in die Hände. »Das Essen ist fertig ... Spaghetti mit Meeresfrüchten.« Sie hob einen großen Edelstahltopf von der Herdplatte.

Fünf Minuten später saßen die beiden Frauen an Charlottes Holztisch. Einzige Lichtquelle im Raum waren weiße Kerzen, die in Silberleuchtern auf dem Tisch und den Fensterbrettern standen, und das Kaminfeuer, das knackte und zischte und ab und zu ein winziges Stück Glut ausspuckte.

Regine spießte einen Tintenfischring auf die Gabel, betrachtete ihn geistesabwesend und zog ihn dann mit den Lippen von den Zinken. »Ich bin im Stress«, schmatzte sie.

»Das sagtest du bereits. Aber ganz abgesehen davon ist das nichts Neues, weil du immer im Stress bist«, antwortete Charlotte lakonisch.

»In so einem Stress aber nicht. Nur ...«, Regine verzog ihr Gesicht zu einer leidenden Grimasse, »... wie ich das hinkriegen soll, das ist mir ein Rätsel.«

»Darf ich mal fragen, wovon du sprichst?« Charlotte wickelte bedächtig ein paar Spaghetti um ihre Gabel.

»Tja, das ist so ...« Regine nahm einen Schluck Wein. »Irgendwie überrollen mich die Ereignisse.«
»Was für Ereignisse denn?«
»Mit den Männern aus dem Internet.«
»Na klar, was sonst. Aber ich dachte, du bist so haushoch verliebt«, sagte Charlotte emotionslos. »In diesen Italiener. Was gibt's denn jetzt schon wieder für Probleme?«
»Also ... ehm ... Probleme sind's nicht so direkt ... aber plötzlich tauchen aus allen möglichen Ecken irgendwelche Verehrer auf.«
»Aus was für Ecken denn?« Charlotte pulte konzentriert den Inhalt einer Herzmuschel aus der Schale.
»Aus dem Internet, Menschenskind ...!«
»Na ja, was Männer betrifft, wundert mich bei dir schon lange nichts mehr«, meinte Charlotte und biss lustlos auf dem Muschelfleisch herum. »Aber dass du dich ausgerechnet für diese kranken Typen von AOL interessierst, kann ich wirklich nicht begreifen.«
Regine stutzte. »Aaaahh«, kreischte sie dann, »du hast schon wieder Zuschriften gekriegt.« Ihre Augen blitzten. »Los, erzähl!«
»Da gibt's nichts zu erzählen. Hab sie alle gleich wieder gelöscht.« Sie kaute und schluckte. »Bis auf eine«, fügte sie hinzu.
Regine hob ruckartig den Kopf. »Also gibt's doch was zu berichten!«
Charlotte antwortete nicht, sondern stocherte in einer weiteren Muschel herum.
»Na«, sagte Regine, »was ist das für ein Typ?«
»Das weiß ich auch nicht so genau. Ich weiß nur eins: Mr. Spock hat das Ganze angezettelt.«

»Was angezettelt?«
»Na, die Sache mit dem Hufschmied.«
Regine riss die Augen auf. »Was für 'ne Sache mit dem Hufschmied? Ich versteh nur Bahnhof.«
»Mir hat ein Mann aus Venezuela geschrieben.«
»Häh? Aus Venezuela?«
»Ja, genau. Und dieser Mann ist Hufschmied. Und dieser Hufschmied ist ein Freund von Mr. Spock. Und Mr. Spock wollte uns verkuppeln. So, das ist die ganze Geschichte.«
»Wie bitte?!« Mit offenem Mund starrte Regine ihre Freundin an.
»Jawohl«, sagte Charlotte. »Genau so ist es.«
Regine fand noch immer keine Worte.
»Du kennst doch Mr. Spock«, sagte Charlotte weiter. »Er meint wohl, der Hufschmied und ich seien füreinander geschaffen.«
Regine klappte den Mund wieder zu. »Du?«, meinte sie gedehnt. »Du ... und ein Hufschmied? Wie soll das denn zusammengehen? Eine Journalistin und ein Hufschmied ... Mr. Spock hat wohl 'nen Sprung in der Schüssel!« Kleine Pause. »Übrigens, woher weißt du das denn alles?«
»Von dem Hufschmied natürlich.«
»Ach so, na klar ...«, stotterte Regine und war sichtlich noch immer fassungslos. »Und was hat er sonst noch geschrieben?«
»Ach, alles Mögliche ... du kannst es ja selber lesen, wenn du magst.«
»Und *ob* ich mag!«, meinte Regine, stand auf, klaubte eine Nudel aus der Schüssel, warf sie sich in den Mund und griff ihr Weinglas. »Los, komm!« Sie eilte aus der Küche. »Na komm schon!« Sie stand im Flur und winkte ungeduldig. »Los!«

achtzehn

»Nicht schlecht, Frau Specht!« Regine saß vor dem Bildschirm, las den Text und schnalzte anerkennend mit der Zunge. »Er weiß, wer Quasimodo ist. So ungebildet, wie ich vermutet hatte, scheint der Typ tatsächlich nicht zu sein.«

»Ich sag ja, du und deine Vorurteile ...«

»Ach, vergiss es!«, winkte Regine ab. »Zeig mir lieber sein Konterfei.«

Charlotte klickte auf die Fotodatei.

»Zumindest hat er keine Glatze«, sagte Regine und beobachtete gespannt, wie sich das Foto langsam aufbaute. »Also, wie Quasimodo sieht er tatsächlich nicht aus, der Typ«, meinte sie, als Fabians Gesicht schließlich komplett dargestellt war. »Sehr männlich ... so wie Nick Nolte in jüngeren Jahren.«

»Wer ist denn Nick Nolte? Einer deiner Lover?«

»Nein, leider nicht.« Regine grinste. »Nick Nolte ist ein Schauspieler. Sag nur, den kennst du nicht!«

»Nein, ich schaue ja kaum fern.«

»Das ist ein Fehler! Denn da hast du was verpasst. Nick Nolte ist nämlich ein wirklich guter Typ. Sehr männlich und *sehr* erotisch.«

»Womit wir wieder beim Thema wären, bei deinem Lieblingsthema, meine ich.«

»Na und? Männer sind nun mal ein prima Thema. Und wenn ich mir so deinen Schmied betrachte ...«, sie leckte sich die Lippen und warf Charlotte einen lasziven Blick zu. »Also, wenn *du* ihn nicht willst, dann nehme *ich* ihn.«

»Du hast doch schon genügend Eisen im Feuer.«

»Ach, davon kann man nie genug haben. Aber apropos Eisen im Feuer ...«, feixte sie, »was machst du denn jetzt mit dem Schmied?«

»Keine Ahnung, ich werde erst mal darüber schlafen. Morgen sehe ich dann weiter. Auf alle Fälle scheint er ein interessanter Mann zu sein. Und sein Gesicht gefällt mir auch. Es hat so was ... so was Vertrauenswürdiges und Souveränes. Er macht den Eindruck, als würde ihn nichts so schnell umhauen.«
»Na klar«, alberte Regine, »schließlich ist er Hufschmied. Und so einer ist täglich den Tritten von Pferden ausgesetzt. Ist doch logisch, dass den so schnell nichts umhaut.«
Charlotte erwiderte nichts, sondern warf Regine einen missbilligenden Blick zu.
»Okay, okay ... war'n kleines Scherzchen«, sagte Regine und grinste breit. »Aber halt mich auf dem Laufenden ... und jetzt lass uns endlich über mein Problem reden.«
Energisch schob sie einen Stapel Papiere zur Seite, setzte sich auf den Schreibtisch und baumelte mit den Beinen. »Ich stecke nämlich in einem kleinen Dilemma.« Glucksend trank sie einen Schluck Wein. »Genauer gesagt zwischen drei Männern. Der eine lebt in Frankfurt, ist Kinderarzt und will mich am Wochenende besuchen. Der andere lebt irgendwo in der Nähe von Hannover, hat irgendwas mit Computern zu tun und will mich auch am Wochenende besuchen. Der dritte lebt in Stuttgart, ist irgend so ein höherer Bankangestellter, hat nächste Woche in München zu tun und will mich auch besuchen. Ach ja, da ist noch der Italiener. Der schließlich lebt in Mailand, verkauft Stoffe und will auch am Wochenende kommen.« Mit unverhohlenem Stolz angesichts der Menge von Verehrern schaute sie Charlotte an.
»Wenn ich richtig gezählt habe, handelt es sich nicht nur um drei, sondern um vier Männer«, sagte diese. »Du tust mir ja

sooo Leid.« Sie verzog ihr Gesicht zu einem spöttischen Grinsen. »Aber ein Problem kann ich dabei nicht erkennen, du hast doch immer mehrere Männer gleichzeitig.«

»Erstens ist das üble Nachrede, und zweitens liegt das Problem darin, dass ich am liebsten allen absagen würde.« Regine nuckelte vergnügt am Glas und vermittelte nicht den Hauch eines Problems. »Außer dem Italiener natürlich.«

»Dann tu das doch.«

»Tja ... ehm ... das wiederum wäre grob fahrlässig. Schließlich weiß man ja nicht, wie die Sache mit dem Italiener sich entwickelt.«

»Die wird sich entwickeln wie immer«, meinte Charlotte lapidar. »Kuss, Koitus, Schluss.«

»Du übertreibst mal wieder maßlos!« Regine gab sich empört, fummelte in ihrer Handtasche herum und zog eine Zigarettenschachtel heraus.

»Seit wann rauchst du denn wieder?«, fragte Charlotte ungehalten. »Ich denke, du hast damit aufgehört.«

»Wenn ich im Stress bin, muss ich rauchen.«

»Dann müsstest du dauernd rauchen, rund um die Uhr sozusagen«, gab Charlotte zurück und schaute Regine, die gerade im Begriff war, eine Zigarette anzuzünden, ungnädig an. »Lass das gefälligst! Ich habe nicht die geringste Lust, mir von dir die Wohnung verpesten zu lassen.«

Schuldbewusst steckte Regine die Zigarette zurück in die Schachtel.

»So, und nun mal Tacheles«, sagte Charlotte. »Wer von den Kandidaten interessiert dich am meisten?«

»Sag ich doch, der Italiener.«

Charlotte umarmte rücklings die Stuhllehne und musterte Regine für einige Sekunden schweigsam.

»Warum ausgerechnet der?«
»Hmh, das weiß ich auch nicht so genau. Er hat so was, das kann ich gar nicht beschreiben. Ich find ihn einfach irgendwie sexy. Seine Stimme, seinen Akzent, sein mediterranes Machogehabe. Ach«, sie lächelte verträumt, »ich finde ihn einfach total gut. Mehr kann ich nicht sagen.«
»Das ist ja nun wirklich nichts Neues«, antwortete Charlotte gereizt und fühlte plötzlich eine unerklärliche Wut in sich aufsteigen. »Du findest jeden deiner Typen erst mal gut.«
»Na und? Das ist doch normal.«
»Stimmt, aber davon rede ich nicht. Ich rede von deinem Männerverschleiß, denn der ist *nicht* normal.«
Regine schaute Charlotte verblüfft an.
»Was meinst du denn damit?«
»Was ich damit meine? Du bist doch sonst so schnell von Begriff!«, gab Charlotte barsch zurück. »Damit will ich sagen, dass du mir mit deinen Männergeschichten total auf die Nerven gehst und ich diese Leier nicht mehr hören kann. Ja, wirklich, die unendliche Geschichte mit deinen Galanen hängt mir zum Hals heraus. Einen Mann nach dem anderen reißt du auf, vollkommen wahllos, und nach Gebrauch wirfst du ihn auf den Müll. Wie ein Papiertaschentuch, in das du einmal hineingeschnäuzt hast. Vielleicht solltest du mal genauer hinschauen, bevor du mit einem Kerl ins Bett gehst und am nächsten Tag feststellst, dass du dir schon wieder den falschen ausgesucht hast.« Charlotte atmete heftig. »So, das musste einfach mal raus.«
Regine gab keinen Ton von sich, schaute ihre Freundin nur perplex an und leerte ihr Weinglas.
»Und was ich dir noch empfehlen möchte ...«, Charlotte räusperte sich, »du solltest weniger trinken.«

Regine zog die Augenbrauen hoch. »Was willst du denn *damit* sagen?«
»Was ich damit sagen will? Ganz einfach, du solltest deinen Alkoholkonsum einschränken. Der ist nämlich ein wesentlicher Grund für deine Eskapaden.«
Regine warf Charlotte einen bösen Blick zu.
»Also, diesen Schwachsinn höre ich mir nicht länger an!«
»Das ist kein Schwachsinn, sondern die Wahrheit. Das weißt du genau. Und du reagierst auch nur deshalb so beleidigt, weil du Kritik grundsätzlich nicht erträgst und die Wahrheit erst recht nicht.«
»Das musst ausgerechnet *du* sagen!«, fauchte Regine. »Du hast ja keine Ahnung vom Leben, geschweige denn von Männern. Du bist und bleibst eine verwöhnte reiche Tochter und suhlst dich in deinen Dornröschenträumen. Und jetzt sag ich dir auch was«, schnaubte sie, »deine Glorifizierung von Daniel kann *ich* nicht mehr ertragen. Denn der hatte bestimmt auch seine Macken. Du hattest nur keine Zeit, um sie herauszufinden. Daniel, der Supermann, der Mensch ohne Fehl und Tadel. So einen gibt's aber nicht. Also, gib den anderen auch mal 'ne Chance. Kümmere dich um deinen Hufschmied oder sonst wen – das ist mir scheißegal! Verschon mich nur mit deinen selbstgefälligen Moralpredigten. Lass mich mein Leben so leben, wie *ich* es will, und leb du endlich mal wieder deines. *Leben* meine ich, verstehst du? *L-e-b-e-n.* Nicht in verklärten Erinnerungen schwelgen und in Selbstmitleid baden.«
Erbost rutschte sie von der Schreibtischplatte, eilte in die Küche, zerrte ihre Jacke von der Stuhllehne, griff die Handtasche, rannte nach draußen und warf krachend die Haustür hinter sich ins Schloss.

Wie betäubt saß Charlotte vor dem Computer und starrte mit glasigen Augen auf den Bildschirm. Der Text von Fabian stand an vorderster Stelle, direkt neben der Fotodatei. Nachdenklich betrachtete sie sein Gesicht und schrieb dann:
»Lieber Fabian,
ich habe es mir überlegt und glaube, eine Korrespondenz zwischen uns macht keinen Sinn.
Gruß von Charly und alles Gute!«
Sie schickte die Mail ab, schaltete den Computer aus und ging mit langsamen Schritten ins Wohnzimmer. Die Scheite im Kamin glühten nur noch. Charlotte legte Holz nach, füllte ihr Glas mit Rotwein, legte sich auf das große Kissen auf dem Fußboden und beobachtete, wie die Scheite allmählich von kleinen Flammen erfasst und in Brand gesetzt wurden. Das Feuer züngelte, knisterte und knackte, die Flammen der heruntergebrannten Kerzen flackerten, durch die gardinenlosen Fenster schimmerte die Nacht – erhellt von der Sichel des abnehmenden Mondes, der wie ein von einem Sommerfest übrig gebliebener Lampion im schwarzen Geäst der Buche hing und zu grinsen schien.
Aus der Stereoanlage im Regal ertönte leise Musik. Zu den Klängen von Saxophon, Piano und Gitarre gesellte sich die rauchige Stimme von Frank Sinatra. »I did it my way«, sang er gerade. Charlotte schluckte, schloss die Augen, presste Oberkiefer auf Unterkiefer und versuchte, die Tränen zurückzuhalten, die nach draußen drängten. Vergeblich. Wie so häufig in den vergangenen Monaten wurde sie von Einsamkeit übermannt, die sich anfühlte wie eine Sturmwelle, die über sie hinwegschwappte, sie mit sich riss und unbarmherzig ans felsige Ufer schmetterte.

neunzehn

»Mein Gott, wie siehst du denn aus«, brummte Charlotte ihr Spiegelbild an, als sie am nächsten Morgen in aller Herrgottsfrühe im Badezimmer stand und missmutig ihr bleiches und um die Augenpartie aufgequollenes Gesicht betrachtete, »wie eine Leiche auf Latschen.«

Nach vollzogener Morgentoilette zog sie sich an, trank im Stehen eine Tasse Kaffee, ging zur Garage, setzte sich ins Auto und fuhr in Richtung Westen.

Eineinhalb Stunden später war sie am Ziel.

»Oh, Charly, das ist ja eine Überraschung!« Eine korpulente kleine Frau, Mitte sechzig, mit grauem Haarknoten im Nacken und weißer, spitzenumrandeter Halbschürze um den Bauch, stand in der Tür und strahlte.

»Lass dich drücken!«

Sie stellte sich auf die Zehenspitzen, reckte ihre Arme nach oben, zog Charlottes Kopf nach unten, umarmte und küsste sie.

»Schön, dass du mal wieder zu Besuch kommst. Ist ja Monate her!«

Sie ergriff Charlottes Hand.

»Komm rein, ich hab gerade Kaffee aufgebrüht.«

Die Frau hieß Klara und war Mädchen für alles bei Charlottes Eltern. Zu ihrer Position war sie vor vielen Jahren durch einen schicksalhaften Zufall gelangt. Ungewollt schwanger und ledig lag sie zur selben Zeit wie Charlottes Mutter auf der Entbindungsstation, als ihr Baby kurz nach der Geburt aufgrund eines Herzfehlers starb. Die Milch in ihren prallen Brüsten war also für die Katz und hätte abgepumpt werden müssen. Die Milchdrüsen von Charlottes Mutter dagegen produzierten aus unerfindlichen Gründen so gut wie nichts, außerdem litt sie an einer postnatalen Depression. Irgendjemand hatte deshalb vorgeschlagen, Klara als Charlottes Amme einzusetzen, was dann auch geschah. Sie säugte das Baby vom zweiten Tag an und landete nach kurzem Krankenhausaufenthalt mit ihrem schäbigen kleinen Pappkoffer im Hause von Charlottes Eltern. Seit damals war die feudale Villa in dem weiträumigen Park mit altem Baumbestand ihre Heimat.

Diese Lösung war für alle Beteiligten ideal. Für Klara, weil sie ihren Muttergefühlen frönen konnte. Für Charlottes Mutter, weil sie sich nicht um ihr Kind zu kümmern brauchte, sondern sich ohne schlechtes Gewissen in ihr verdunkeltes Zimmer zurückziehen konnte. Für Charlotte, weil Klara ihren Schützling liebte wie ein eigenes Kind.

Wenn sie nicht draußen irgendwo herumstreunte, hielt Charlotte sich vorzugsweise in der Küche auf und dort wiederum an ihrem Lieblingsplatz, dem langen Tisch aus Kirschholz mit Schubladen an Fuß- und Stirnseite. Einen Ellbogen auf die Tischplatte gestützt, füllte sie hier ihren stets hungrigen Magen mit den von Klara bereitgehaltenen Leckerbissen. Und egal, was sie verzehrte, Pfannkuchen mit Apfelmus, Pommes frites mit Ketchup, Popcorn, Wiener Würstchen oder dreifach belegte Käsebrote, sie schlug sich so lange den Bauch voll, bis Klara angesichts der vertilgten Mengen einen Bandwurm in Charlottes Eingeweiden vermutete. Vor deren geistigem Auge tauchte bei dieser gezielt hingeworfenen Bemerkung ein langes, dünnes Gebilde auf, das zielstrebig durch ihre Gedärme kroch und sie langsam, aber sicher von innen auffraß. Diese Vorstellung verscheuchte schlagartig Charlottes Appetit, aber nur für kurze Zeit. Eine Weile später, wenn der

Hunger sie wieder überfiel, war Charlotte überzeugt davon, dass Klara nur einen üblen Scherz gemacht hatte, und stürzte in die Küche, wo sie lauthals wie ein junger Vogel Nahrung forderte und natürlich welche bekam. Serviert auf dem Kirschholztisch.

Hier saß sie auch jetzt wieder, strich mit der Hand über die blank polierte und matt glänzende Oberfläche, schnupperte und schaute sich um. Es schien sich nichts verändert zu haben. Penibel blank geputzte kupferne Pfannen und Töpfe blitzten in Reih und Glied und der Größe nach aufgehängt über dem Gasherd. Auf der Fensterbank über der Spüle reckten Rosmarin, Oregano, Schnittlauch, Petersilie, Salbei und Basilikum ihre Spitzen dem Sonnenlicht entgegen. Rustikale Teller aus handbemaltem Steingut steckten hochkant in speziell dafür geschreinerten Regalen, darunter lagerten bauchige Gläser mit Mehl, Zucker, Grieß, Reis und Nudeln. Auch die große Maggi-Flasche befand sich noch an Ort und Stelle. Maggi auf eine nackte Brotscheibe geträufelt, das war für die kleine Charlotte eine kulinarische Köstlichkeit gewesen. »Igittigitt!«, hatte Klara jedes Mal ausgerufen und sich angewidert geschüttelt. »Das schmeckt doch lecker!«, hatte Charlotte mit verständnislos gerunzelter Stirn erwidert und Bissen für Bissen andächtig genossen.

Der voluminöse alte Bosch-Kühlschrank hatte seinen Geist auch noch nicht aufgegeben und brummte wie eh und je, wie eine Hummel, die gemächlich ihre Kreise zieht.

So viele Jahre sind vergangen, dachte Charlotte, alles hat sich verändert, doch in dieser Küche ist alles beim Alten geblieben.

»Na, Charly, wie geht es dir denn?« Klara musterte Charlotte besorgt und holte eine Kaffeetasse aus dem Schrank.

»Ach, eigentlich ganz gut«, murmelte Charlotte und beobachtete Klara, die die Tasse mit Kaffee füllte, zwei gehäufte Teelöffel Zucker hineinrieseln ließ und unter Rühren so lange Milch dazu schüttete, bis die dunkle Flüssigkeit hellbraun geworden war. Diese Mischung hatte Charlotte von ihrer Großmutter übernommen. Ein guter Bohnenkaffee müsse süß und hell sein, hatte diese immer gesagt, ein Stück Hefezopf hineingetaucht und es unter schlürfendem Schmatzen verzehrt.

»Du machst mir aber nicht den Eindruck, als ob es dir gut ginge.« Klara ließ sich auf den Stuhl neben Charlotte fallen und streichelte liebevoll ihren Rücken. »Was ist denn los, meine Kleine? Weshalb bist du überhaupt gekommen?«

»Ach ...«, Charlotte rührte geistesabwesend in ihrer Tasse herum und blickte trübe vor sich hin, »seit Daniel nicht mehr da ist, fühle ich mich so einsam. Da hatte ich einfach das Bedürfnis, ein bisschen mit dir zu reden«, sie lächelte Klara verlegen an und griff nach ihrer Tasse, »und einen Kaffee mit dir zu trinken und ...« Sie zögerte. »Ich wollte dich fragen, ob du nicht zu mir ziehen willst. Meine Untermieterin ist vor zwei Monaten ausgezogen. Jetzt ist die Souterrainwohnung frei, und bevor ich mich auf die Suche nach Ersatz mache, wollte ich dich fragen. Du hast hier doch eigentlich nichts Wichtiges mehr zu tun. Und ich hätte dich so gern in meiner Nähe.«

Klara lächelte Charlotte mütterlich an. »Danke für das Angebot, Charly-Mädchen. Aber ich gehöre hierher. Und ich habe wirklich noch genug zu tun. Und selbst wenn ich nichts mehr zu tun hätte, würde es auch nichts ändern. Das habe ich mit deiner Mutter alles abgesprochen – ich verbringe hier meinen Lebensabend.«

Klara strich mit ihrer rauen, von Altersflecken übersäten Hand behutsam über Charlottes Wange.

»Es kommen bestimmt bald bessere Zeiten für dich.«

»Das kann ich mir nicht vorstellen«, druckste Charlotte.

»Das glaube ich dir ... aber irgendwann, ganz unerwartet, wirst du feststellen, dass der Schmerz nachgelassen hat, dass du wieder Freude empfindest und lachen kannst.«

Charlotte blickte Klara skeptisch an. »Lachen? Ich weiß gar nicht mehr, wie das geht. Ich hab permanent nur rabenschwarze Laune. Am liebsten würde ich mich in eine Höhle verkriechen und Winterschlaf halten. Dort muss ich mich nicht mit der Wirklichkeit beschäftigen, sondern kann träumen.«

»Das Leben besteht aber nicht nur aus Träumen.«

»Das weiß ich auch!«, gab Charlotte muffig zurück, hob die dampfende Kaffeetasse vom Tisch und nahm einen vorsichtigen Schluck.

»Mit Regine hab ich mich auch noch zerstritten«, fügte sie nach einer kleinen Pause hinzu. »Und ich weiß nicht mal, warum.« Geistesabwesend wischte sie sich den Mund ab.

»Aber warum *das* denn?«

»Sag ich doch ... ich hab keine Ahnung. Ich war ganz einfach wütend auf sie ... am liebsten hätte ich ihr eine geklebt.«

»Jetzt zerbrich dir nicht den Kopf, sondern trink in Ruhe deinen Kaffee. Ich hole dir ein Stück Kuchen dazu. Gugelhupf, frisch gebacken, mit Rosinen und Marzipan. Den magst du doch so gern.« Klara lächelte und erhob sich schwerfällig. »Für manche Fragen findet man oft erst eine Antwort, wenn man sich nicht mehr damit beschäftigt. Und der Streit mit Regine hat bestimmt auch sein Gutes.«

»Ich wüsste wirklich nicht, wozu ein Streit gut sein sollte.«

»Um Kopf und Herz zu reinigen, meine Kleine.«
»Ach, Klärchen!« Charlotte hob den Kopf und schaute die alt gewordene Frau aufmerksam an. »Ich hab dich lieb, eigentlich bedeutest du mir mehr als Mama ...« Sie sinnierte einige Sekunden vor sich hin. »Apropos ... wo ist Mama eigentlich?«
»Verreist.«
»Verreist? Mit wem? Mit Papa?«
»Ach woher! Mit Marlene natürlich. Wie kommst du denn auf die abwegige Idee, sie wäre mit deinem Vater verreist? Das haben die beiden doch noch nie getan. Zumindest nicht, seit ich hier wohne. Und das ist eine lange Zeit.«
»Stimmt«, sagte Charlotte, »über fünfunddreißig Jahre.« Sie machte eine kleine Pause. »Hast du eigentlich nie daran gedacht zu heiraten?«
Klara, die gerade dabei war, vom Gugelhupf eine dicke Scheibe abzuschneiden, hielt inne.
»Nein!«, meinte sie entschieden. »Auf diese Idee bin ich wirklich nie gekommen.« Sie schüttelte so energisch den Kopf, dass ihre faltigen Hängebäckchen zitterten.
»Warum denn nicht? Hattest du keine Verehrer?«
»Natürlich hatte ich Verehrer! Hin und wieder sogar ein kleines Techtelmechtel.« Die Erinnerung legte ein Schmunzeln über ihr Gesicht. »Und mehr wollte ich auch nicht.« Dann warf sie Charlotte einen mütterlichen Blick zu und sagte: »Aber du bist anders gestrickt. Du brauchst einen Mann! Und der Richtige wird dir irgendwann über den Weg laufen.«
»Das ist er bereits ... vor drei Jahren. Einen anderen will ich nicht.«
»Ach, mein kleines Dornröschen ...« Klara nahm Charlottes Gesicht zwischen beide Hände, schaute ihr zärtlich in die Augen, küsste erst die linke Wange und dann die rechte.

»Noch liegst du in deinem Turm und schläfst. Aber eines Tages kommt der Prinz und küsst dich wach. Das wirst du nicht verhindern können.«

»Du und deine Sprüche ...«, murmelte Charlotte, brach noch ein Stück Gugelhupf ab, tunkte es in den Kaffee und schlürfte es schmatzend. So wie ihre Großmutter es immer getan hatte.

zwanzig

Es war bereits dunkel, als Charlotte – mit einem halben Gugelhupf, zwei Gläsern Pfirsichmarmelade und einem Stück geräuchertem Schinkenspeck im Gepäck – wieder zu Hause eintraf. Sie räumte die Sachen an Ort und Stelle, fütterte Max und begab sich mit einer Kanne Tee und verschiedenen Käsesorten auf einem Holzbrettchen ins Arbeitszimmer. Die monatliche Kolumne war fällig.

Sie trank einen Schluck Tee, schob sich ein Stück Käse in den Mund und versuchte, ein Thema zu finden. Ohne Ergebnis. Sie aß noch einen Käsewürfel, trank noch einen Schluck. Immer noch nichts! Ihr Kopf war wie ausgehöhlt. Sie suchte ihre speziell für derartige Situationen angelegte Stichwörterliste nach einem Begriff ab, den sie mit Leben füllen konnte, entdeckte aber keinen. Dafür kam sie angesichts des Wortes »Freundschaft« auf die Idee, Regine anzurufen, und griff spontan zum Telefonhörer. Statt Regine meldete sich der Anrufbeantworter. Missmutig legte Charlotte auf, ging ins Badezimmer, warf eine Hand voll Ölperlen in die Wanne und drehte den Heißwasserhahn auf. Dann ging sie wieder in die Küche, öffnete eine Flasche Wein, füllte ein Glas, setzte sich auf den Tresen und leerte es mit kleinen Schlucken. Die Hoffnung, damit ihre Laune zu verbessern, erfüllte sich aber nicht, im Gegenteil, von Minute zu Minute wurde diese schlechter.

Charlotte ging wieder ins Bad, stieg in die Wanne und ließ sich durch den leise knisternden Schaum sinken. Mit glasigen Augen saß sie eine Weile im heißen Wasser und starrte in den Spiegel an der gegenüberliegenden Wand, aus dem ihr ein unfreundliches Gesicht entgegensah. Sie schnitt eine missvergnügte Grimasse, erhob sich ruckartig, stieg aus der Wanne, trocknete sich eilig ab, hüllte sich in den Bademantel, ging mit schnellen Schritten wieder ins Arbeitszimmer, setzte sich vor den Computer, öffnete ihre Mailbox und suchte die Liste neuer Nachrichten ab. Ziemlich weit unten befand sich der Name »Titan«. Ungeduldig klickte sie darauf und las.

»Liebe Charly. Ich bedauere deinen Entschluss, respektiere ihn aber selbstverständlich. Ich wünsche dir alles Gute!

Herzliche Grüße von Fabian«

Den Blick auf die wenigen Worte geheftet, saß Charlotte vor dem Bildschirm und spürte wieder dieses diffuse Gefühl in sich auftauchen, ähnlich dem, das sie empfunden hatte, als sie mit Regine in Streit geraten war. Wut machte sich in ihr breit, aber dieses Mal war kein Gegenüber da, das dafür verantwortlich gemacht werden konnte. Mit einer heftigen Bewegung fegte sie einen Zeitschriftenstapel von der Schreibtischplatte. Max, der schlafend daneben gelegen hatte, sprang erschreckt auf, hopste vom Tisch und rannte davon.

Charlotte sammelte die Zeitschriften wieder ein, setzte sich dann kurz entschlossen wieder an den Computer und schrieb:

»Lieber Fabian,

es ist mir ein wenig peinlich, dass ich mich nun doch wieder melde, denn normalerweise bin ich nicht wankelmütig, sondern stehe zu meinen Entschlüssen. Aber die Mail von gestern habe ich weggeschickt, ohne auch nur eine Sekunde darüber nachzudenken. Grund dafür war wohl der Streit mit meiner besten Freundin. Jetzt, im Nachhinein, weiß ich nicht, was in mich gefahren ist. Ich weiß nur noch, dass ich unglaublich zornig war. Der Zorn ist mittlerweile verflogen, und nun grüble ich darüber nach, was die Ursache dafür gewesen sein könnte. Ich glaube, es liegt an ihrem Männerverschleiß. Regine – so heißt meine Freundin – pflückt nämlich Männer wie andere Menschen Blumen auf der Wiese. Und genauso gedankenlos wirft sie sie auch wieder weg. Was sie damit anrichtet, das scheint ihr egal zu sein. Hauptsache, sie hat ihren Spaß. Warum mich das so ärgert, weiß ich nicht, vielleicht tun mir die armen Kerle Leid. Auf alle Fälle hat mir die Auseinandersetzung total die Laune verhagelt, und das war der Grund für meine übereilte Mail an dich.

Heute früh war meine Laune noch mehr im Keller, also bin ich kurz entschlossen nach Hause gefahren. Ich brauchte einfach ein wenig Trost, und den finde ich immer bei Klara, meinem ehemaligen Kindermädchen. Sie ist eine kluge und warmherzige Frau und steht mir emotional viel näher als meine Mutter. Ich mag meine Mutter zwar, aber was ich an ihr nicht leiden kann, ist ihre Schwäche. Und ganz besonders übel nehme ich ihr, dass sie meinem Vater nie Paroli bietet – diesem Zyniker mit seinen Weibergeschichten. Stoisch wie ein Opferlamm lässt sie alles über sich ergehen, und wenn ich sie darauf anspreche, setzt sie eine Leidensmiene auf und sagt, sie warte nur auf den richtigen Zeitpunkt, dann würde sie sich trennen. Dieser Zeitpunkt wird aber nie kommen, denn in ihrer Rolle als Märtyrerin fühlt sie sich augenschein-

lich sehr wohl, sonst hätte sie sich längst scheiden lassen. Sie kommt nämlich aus einer wohlhabenden Familie und ist auf das Geld meines Vater nicht angewiesen.
Nun aber genug des Lamentos über meine Familienangelegenheiten! Ich wünsche dir einen schönen Tag mit besserer Laune als meiner und hoffe, dass du mir meinen Sinneswandel nicht übel nimmst.
Liebe Grüße von Charly«
Sie seufzte erleichtert, schickte die Mail ab und machte sich missvergnügt erneut an die Kolumne. Angeregt durch den Streit mit Regine gelang es ihr bis kurz nach Mitternacht zwei Seiten zum Thema »Freundschaft« zu füllen. Wenn in der Realität alles so einfach wäre wie in der Theorie, dachte sie und schickte den Text gerade an die Redaktion, als eine Mail eintraf. Fabian hatte geantwortet.
»Liebe Charly, zuerst möchte ich dir sagen, dass ich dir deinen Sinneswandel nicht übel nehme, im Gegenteil. Ich hätte sehr bedauert, wenn unser Kontakt – kaum hat er begonnen – wieder eingeschlafen wäre. Ich hätte mich auch nicht so ohne weiteres damit abgefunden, sondern dich erst ein paar Tage in Ruhe gelassen, dann aber bestimmt noch einen Versuch gemacht. Umso größer ist nun die Freude :-))
Danke also für deine Post und für deine Offenheit, die mich einerseits überrascht und andererseits nachdenklich macht. Du schreibst zwar sehr locker über Eltern und Kindermädchen, ich vermute aber, dass du das Ganze nicht so einfach wegsteckst, wie es klingt. Ich vermute das deswegen, weil ich solche Verhaltensweisen von mir selbst gut kenne. Über lange Zeit hinweg habe ich mich stark und männlich raubeinig gegeben, bis mir eines Tages bewusst wurde, dass das alles nur der mickrige Versuch war, meine Gefühle zu kompensie-

ren. Nicht aus der Absicht heraus, anderen etwas vorzumachen, sondern aus Angst, mich lächerlich zu machen. ›Ein Mann weint nicht‹, dieser Leitsatz wurde mir – wie wohl den meisten Jungs – eingetrichtert, und daran habe ich mich so lange gehalten, bis ich erkannt habe, dass das alles Quatsch ist und in mir ein ganz anderer Kerl steckt. Das war, als mein Hund eingeschläfert werden musste. Als ich seinen leblosen, aber noch warmen Körper in den Armen hielt, habe ich zum ersten Mal seit Jahren wieder geweint. Das schmerzte, befreite aber auch. Seit damals lasse ich meinen Gefühlen freien Lauf und kümmere mich nicht mehr darum, was andere von mir denken.

Dieses Erlebnis war letzten Endes auch mit ein Grund dafür, meinen Beruf an den Nagel zu hängen und umzusatteln – was mein Leben von Grund auf verändert hat. Mehr darüber ein anderes Mal.

Was übrigens die Männer deiner Freundin betrifft, so glaube ich nicht, dass die ›armen‹ Kerle dir Leid tun sollten. Du brauchst sie auch nicht zu bedauern, die können nämlich gut auf sich selbst aufpassen. Sind schließlich erwachsen, die Herren, und gehen auch nur ihrem Vergnügen nach. Ich vermute, dass hinter eurem Streit etwas anderes steckt. Was das sein könnte, musst du selbst herausfinden.

Was den Streit an sich betrifft, so gräm dich nicht darüber. Was meinst du, wie oft Otto und ich uns schon in der Wolle hatten? Diskutiert und gestritten haben wir, uns die Köpfe heiß geredet. Dabei sind auch böse Worte gefallen. Das passiert einfach. Man kann nicht dauernd abwägen, was man sagt und was nicht. Wichtig ist nur, dass man sich dabei nicht absichtlich verletzt und dass man darüber spricht. Eine gute Freundschaft hält viel aus. Und – mit wem sollte man

sich denn sonst kabbeln, wenn nicht mit einem Menschen, zu dem man Vertrauen hat ...
In diesem Sinn schicke ich ganz herzliche Grüße von der anderen Seite des großen Teiches und wünsche dir, dass du bald wieder bessere Laune bekommst.
Ich umarme dich freundschaftlich – Fabian«

einundzwanzig

Charlotte nahm ihren Blick vom Bildschirm und schaute durchs gardinenlose Fenster nach draußen, wo der Wind die kahlen Zweige der Sträucher auf der Terrasse hin und her schüttelte und abgestorbene Blätter jagte. Wie kleine Mäuse huschten sie durch den nach draußen dringenden Schein der Schreibtischlampe und verloren sich in der Nacht. Charlotte kraulte Max, der es sich mittlerweile wieder neben der Tastatur bequem gemacht hatte, den Kopf, tippte »Post von Dornröschen« in den Betreff und schrieb:
»Lieber Fabian,
ich freue mich, dass du mir meinen Wankelmut nicht übel nimmst. Mittlerweile habe ich auch eine vage Vermutung, was die Ursache des Streits mit Regine betrifft. Natürlich hast du Recht, mir tun nicht ihre Galane Leid, zumal ich die meisten davon nicht mal persönlich kenne. Nein, was mich ärgert, das ist die Art und Weise, mit der sie einen Mann nach dem anderen vernascht, vollkommen wahllos. Ihr gefällt einer, und zack, liegt er auch schon in ihrem Bett. Jedes Mal faselt sie von der großen Liebe, stellt bald darauf aber fest, dass das Ganze wieder mal ein Irrtum war. Und das ist es, was mich so wütend macht: ihr unreflektiertes Geschwätz über Liebe, obwohl sie gar nicht weiß, was das ist.

Damit bin ich auch beim Punkt, bei meinem wunden Punkt, besser gesagt. Meine Achillesferse heißt Daniel. Daniel war mein Mann, und er ist gestorben, als wir gerade mal ein Jahr verheiratet waren. Er war mein Alter Ego, und ich habe ihn sehr geliebt.

Vor seinem Tod haben mich Regines Eskapaden amüsiert, *danach* nicht mehr. Und das ist wohl auch der Grund dafür, dass ich mich nicht mehr gern mit ihr treffe. Ich habe einfach keine Lust mehr auf ihre Männergeschichten, weil sie mich an Daniel erinnern. Bisher dachte ich, dass mich ihre Art, die Männer wie ihre Unterwäsche zu wechseln, ärgert. Jetzt aber vermute ich, dass der Ärger nur meine Traurigkeit tarnt – nach demselben Prinzip, wie die von dir erwähnte Raubeinigkeit nur Gefühle kompensiert, die du nicht zeigen wolltest.

Was das betrifft, so teile ich übrigens deine Meinung, weil mein Vater sich ähnlich verhält. Er gibt sich zwar nicht raubeinig, dafür intellektuell, und Gefühlsregungen jeglicher Art leugnet er mit zynischen Argumenten. Von Liebe hält er schon gar nichts. ›Liebe‹, sagt er immer wieder verächtlich, ›was ist das schon?‹ Und dann erzählt er die Geschichte von dem Affen, dessen Gehirn an Elektroden angeschlossen war. Ein Wissenschaftler hatte dem Tier eine Banane hingehalten, gierig hatte es danach gegriffen. Der Wissenschaftler drückte auf einen Knopf, und der Affe hatte sich gelangweilt von der Frucht abgewandt. Diese Geschichte dominiert das Leben meines Vaters und untermauert seine These, der Mensch tue nichts wirklich bewusst. Sein gesamtes Tun sei manipulierbar, erst recht die Liebe. Sie sei lediglich eine Konstruktion des Gehirns und erfunden, um profanen Fortpflanzungstrieben das Mäntelchen der Romantik umzuhängen. Ich dagegen bin überzeugt davon, dass Menschen, die nicht lieben können, zu bedauern sind. Mein Vater ist das wandelnde Beispiel. Volles Konto, leeres Herz. Im Grunde ist er arm dran, und vermutlich beneidet er insgeheim Menschen, die Gefühle zeigen können. Deswegen macht er sich lustig über sie.

Was Regine betrifft, so kommt mir eben noch ein Gedanke. Wahrscheinlich bin ich nicht nur traurig, sondern auch noch neidisch. Ja, ich beneide sie um die Leichtigkeit, mit der sie durchs Leben geht. Während ich mir über alles und jedes den Kopf zerbreche, lebt sie vergnügt und sorglos in den Tag hinein. Sie ist eine wahre Frohnatur und schert sich den Teufel um irgendwelche Hintergründe und Erklärungen. Wenn ich sie zum Beispiel nach dem Sinn des Lebens frage, lacht sie und meint, ich solle weniger nachdenken, sondern mehr leben. Wahrscheinlich hat sie Recht.

Mir fällt übrigens auf, dass ich dir Dinge erzähle, über die ich bisher nie gesprochen habe. Dir, einem vollkommen Fremden! Das liegt wahrscheinlich an der räumlichen Entfernung. Dabei kann nicht allzu viel Nähe entstehen, es bleibt immer eine Distanz, eine Art Sicherheitsabstand. Kommt einem jemand zu nahe, drückt man ganz einfach auf den Knopf. Wie bei einem Fernsehfilm, der das Gemüt belastet. Ein Tastendruck auf die Fernbedienung, und die Gefahr ist gebannt. Ich bin sicher, diese Möglichkeit des schnellen Rückzugs ist ein wesentliches Element der Kommunikation im Internet. Man baut eine Beziehung ohne Verantwortung auf. Man lebt nur die Vision. Die Realität wird entweder ignoriert oder bleibt unsichtbar.

So, genug fabuliert. Ich habe ohnehin kein Recht, mich über dieses Thema auszulassen, weil ich keine Erfahrung mit diesem Medium habe. Alles, was ich dazu sage, ist reine Theorie. Abgesehen von den Zuschriften all dieser merkwürdigen Männer aus AOL. Wobei ich von Anfang an – und wohl zu Recht – vermutet hatte, dass das Internet ein Tummelplatz für Neurotiker ist. Du scheinst Gott sei Dank nicht dazuzugehören ;-))

Nun werde ich schlafen gehen und wünsche dir einen schönen Abend.

Herzliche Grüße von Charly

PS: Auch ich umarme dich freundschaftlich.«

zweiundzwanzig

Mitten in der Nacht riss ein heftiger Sturm Charlotte aus dem Schlaf. Wütend rüttelte er an den Jalousien, stieß die Tür zur Terrasse im Wohnzimmer auf und wieder zu, jagte heulend übers Dach und fegte Blumentöpfe von der Terrassenbrüstung, so dass sie laut scheppernd in Stücke brachen und der Inhalt über die Fliesen kullerte.

Schlaftrunken schlüpfte Charlotte aus dem Bett, verschloss die Tür und schaute dann auf die Küchenuhr. Halb drei. Vielleicht hat Fabian eine Mail geschickt, fuhr es ihr durch den Kopf, und prompt machte sie sich auf den Weg ins Arbeitszimmer, wo sie den Computer einschaltete. Es ließ sich nicht länger ignorieren: Fabian hatte sich in ihr Leben geschlichen. Vielleicht hat Mr. Spock ja doch Recht, dachte sie und versuchte im selben Moment, diesen Gedanken wieder zu verdrängen. Das funktionierte aber nicht, der Gedanke war da, und er blieb da. Je intensiver sie ihn verdrängen wollte, desto massiver wurde er. Nistete sich förmlich ein, verankerte sich in ihrem Gehirn, und während sie den unwillkommenen Besucher grimmig anstarrte, winkte er vergnügt. »Mich wirst du nicht mehr los«, schien er zu sagen und zufrieden dabei zu grinsen.

Charlotte öffnete ihre Mailbox, und Fabians Pseudonym stand tatsächlich auf der Liste.

»Liebstes Dornröschen«, schrieb er, »ich danke dir für dein Vertrauen, und es tut mir Leid, dass dein Mann gestorben ist, weil ich mir vorstellen kann, wie dir zu Mute war und möglicherweise immer noch ist. Ich persönlich hab so eine Situation zwar noch nicht durchgemacht, dafür aber mein Freund Otto. Hanna, seine große Liebe, ist ein paar Tage vor der Hochzeit verunglückt. Ein bierseliger Waldarbeiter hat ihr Auto mit seinem Unimog von der Landstraße geschoben und an einen Baum gedrückt. Sie war auf der Stelle tot.«

Oh, der arme Mr. Spock, dachte Charlotte voller Mitgefühl und erinnerte sich an Otto Gabriels Worte, als er meinte, dass er gut nachvollziehen könne, wie sie sich nach dem Tod von Daniel gefühlt habe ...

Sie las weiter.

»Otto hat damals nicht viel über seinen Gemütszustand erzählt. Nur am Abend ihrer Beerdigung, an dem wir uns sinnlos betrunken haben, sagte er, er fühle sich wie durch einen Hurrikan gewirbelt, und genauso sah er auch aus. Ich kann mir also einigermaßen vorstellen, was du durchgemacht hast. Aus eigenem Erleben weiß ich aber, wie es ist, seinem anderen Ich zu begegnen. Diese Erfahrung hatte ich vor einiger Zeit – mit der Freundin eines Kollegen. Wir hatten zwar kein Verhältnis miteinander, zumindest kein körperliches, aber wir waren Seelenverwandte. Und im Gegensatz zu sonst musste ich diese Frau auch nicht besitzen, es reichte mir, mit ihr befreundet zu sein. Ich weiß nicht, was sich entwickelt hätte, wenn sie nicht gebunden gewesen wäre. Vermutlich mehr als eine platonische Liebe. Aber darüber nachzudenken ist müßig.

Der intensive Gedankenaustausch mit ihr war der ultimative Auslöser für meinen Entschluss, Schmied zu werden.

Ursprünglich hatte ich nämlich einen Broterwerb, der mir weder schwarze Hände noch Muskelkraft bescherte, geschweige denn in fegefeuerähnlicher Umgebung Schweiß aus den Poren trieb. Sauber und rein saß ich mit blütenweißem Hemd und Krawatte im obersten, angenehm temperierten Stockwerk einer renommierten Bank an einem eleganten Schreibtisch, die staubfreie Glasplatte nur von Computer und Telefon belegt. Mit Blick über die Dächer von Brüssel wälzte ich täglich Millionen von Dollar, Yen und anderen Weltwährungen rund um die Erdkugel, bewohnte ein Penthouse mit Fahrstuhl direkt in meine Wohnung, dinierte in teuren Restaurants rund um La Grand' Place, trug maßgeschneiderte Anzüge aus feinen Stoffen, war mehrmals die Woche Gast auf irgendeiner Cocktailparty, duzte mich mit Diplomaten und Politikern, fuhr ein teures Auto, die Frauen liefen mir nach, und jedermann beneidete mich. Glücklich allerdings war ich nicht. Als mir schließlich ein Vorstandsposten in meiner Bank angeboten wurde, nahm ich das als Anlass zu kündigen.

Freunde und Kollegen schüttelten den Kopf und tippten sich an die Stirn. Lediglich Otto gratulierte zu meinem Entschluss.

So, liebe Charly, das war ein kleiner Einblick in mein Leben. Mehr ein anderes Mal – falls es dich überhaupt interessiert.

Liebe Grüße von Fabian

PS: Ich werde jetzt ein paar Tage durchs Land reisen, kann dir also nicht schreiben, was ich sehr bedaure. Aber umso mehr freue ich mich auf die Fortsetzung unserer Kommunikation nach meiner Rückkehr. Pass gut auf dich auf bis dahin!«

dreiundzwanzig

Fabian war ungefähr zehn Jahre alt, als eines Tages ein kleiner Wanderzirkus auf einer Wiese am Stadtrand sein Zelt aufschlug. Ausnahmsweise ohne Otto unterwegs, lungerte Fabian zwischen den bunt bemalten Wohnwagen herum und linste schließlich durch einen Schlitz in das blau-weiß gestreifte Zelt, wo ein Mann in engen weißen Hosen und mit nacktem, muskulösem Oberkörper mit drei Pferden trainierte. Seine Peitsche knallte spielerisch durch die Luft, die Tiere folgten aufs Wort, trabten, galoppierten und folgten umgehend jedem noch so knappen Kommando. Fasziniert beobachtete Fabian die Leichtigkeit, mit der der Mann die Tiere durch die Arena befahl.

»Na, willste nich reingehn?«, fragte eine Stimme hinter ihm. Ertappt drehte er sich um. Hinter ihm stand ein Mädchen mit feuerroten lockigen Haaren und unzähligen Sommersprossen auf der Nase. Oben auf dem Kopf zitterte eine breite gelbe Schleife. Das Mädchen lachte, reichte ihm die Hand und sagte: »Komm!«

Ohne zu überlegen, nahm er ihre Hand und folgte ihr.

Drinnen im Zelt war der Mann in den engen Hosen gerade dabei, stehend auf einem trabenden Pferd zu balancieren. Er schnalzte mit der Zunge, stieß kurze, unverständliche Befehle aus und wirbelte die Peitsche durch die Luft. Sein Körper bewegte sich geschmeidig im Rhythmus des Pferdes. Elastisch federten seine Knie, seine Füße standen so sicher auf dem Rücken des Tieres, als seien sie in ihm verwurzelt. So drehte er Runde für Runde und knallte immer wieder lachend mit der Peitsche.

Fabian beobachtete Pferd und Reiter und spürte die Verbundenheit der beiden Wesen. Spürte die ausgelassene Freude, das Vertrauen, die Harmonie der Körper, die sich bewegten wie aufeinander eingespielte Tänzer. Er spürte aber auch ein Gefühl von Neid, von Ausgeschlossensein. Spürte eine nie erlebte Sehnsucht, die schmerzhaft sein Herz umklammerte.

Plötzlich stoppte der Mann, sprang vom Rücken des Pferdes, kam mit großen Schritten auf den Jungen zu. Schweißtropfen rollten über seinen nackten Oberkörper, blieben in seinen Brusthaaren hängen, verfingen sich dort. »Willst du mal reiten?« Er schaute Fabian an. Der nickte stumm. Der Mann packte ihn am Hosenbund, trug ihn zu dem Pferd, das schnaubend und mit dem Vorderhuf im Sägemehl scharrend dastand, hob ihn auf das Tier, setzte seinen linken Fuß in den Steigbügel und schwang sich hinter Fabian. Ein leichter Druck mit den Schenkeln, das Pferd bewegte sich. Trabte, warf den Kopf nach oben, begann zu galoppieren. Der Mann legte seinen Arm um die Schultern des Jungen. Fabian drückte seinen Kopf an die Brust des Mannes, roch seinen frischen Schweiß und spürte die Feuchtigkeit an der Wange. Mit einem Schlag war der Schmerz um sein Herz verschwunden. Er verspürte nur noch Glück und wusste in diesem Moment intuitiv, dass es die Pferde waren, die sein Leben beglückten. Auf den Umgang mit ihnen sollte er allerdings lange warten müssen.

Mit zwölf Jahren verließ er die Hauptschule und besuchte das Gymnasium. Zum gleichen Zeitpunkt wurde er von einem Anfall heftiger Verliebtheit überrollt. Objekt seiner Begierde war das radebrechende schwedische Au-pair-Mädchen der Nachbarn zur Linken. Es war unglaublich dünn, trug die kürzesten Miniröcke, die er je gesehen hatte, seine Haare waren lang und blond, und allabendlich war es damit beschäftigt, mit dem halbwüchsigen Sohn des Hauses hinten im Garten im Schutz eines Haselnussstrauches herumzuknutschen. Dabei kicherte es in einem fort, und keiner von beiden kriegte mit, dass ein paar Meter weiter Fabian hinter einem Busch saß und das Treiben höchst interessiert beobachtete.

Er überstand den Sommer ohne nachhaltige Schäden und verliebte sich im Oktober in eine neue Klassenkameradin. Das Thema mit der dünnen Schwedin war damit erledigt. Da die Klassenkameradin ihn nicht erhörte, weil sie auf ältere Jungs stand, fummelte er ersatzweise mal an diesem oder jenem willigen Mädchen herum, und als er siebzehn war, raubte ihm eine vier Jahre ältere Krankenschwester hinter einer abgelegenen Hecke des Strandbades die Unschuld.

Zum ungefähr gleichen Zeitpunkt machte er sich auch auf die Suche nach dem Sinn des Lebens. Da er keine Antwort fand und Otto ihm auch nicht maßgeblich weiterhelfen konnte, suchte Fabian eines Nachmittags seinen Großvater auf. Der von massiven Bandscheibenbeschwerden geplagte Mann schlurfte gerade, nach vorn gebückt und nach rechts gebeugt, in Richtung Liegestuhl, um dort, gewärmt von einer Wolldecke, den Fünfuhrtee zu genießen.

Fabian hockte sich neben ihn.

»Sag mal, Opa, was ist eigentlich der Sinn des Lebens?«

Der Alte paffte eine Weile an seiner Zigarre, schaute melancholisch den Rauchwölkchen hinterher und meinte: »An einem solchen Tag wie heute im Liegestuhl in der Sonne zu sitzen, Tee zu trinken, eine gute Zigarre zu rauchen und die

Gedanken in den blauen Himmel zu schicken.« Er kaute auf der Zigarre herum und sagte sinnierend: »Ja, das ist für mich der Sinn des Lebens. Heute. Früher war er anders. Aber das ist nun mal so. Der Sinn ändert sich ständig, und jeder Mensch hat einen anderen.«

»Ein Sinn, der sich ständig ändert und für jeden anders ist, das kann doch nicht der wahre Sinn des Lebens sein!«, erwiderte Fabian unzufrieden, verschob die Suche nach der ultimativen Antwort aber auf später.

Beim Herumschmökern in einer Buchhandlung entdeckte er dann eines Tages das Buch eines amerikanischen Physikers, der den Gesamtzusammenhang alles kosmischen Seins zum Thema gemacht hatte. Fabian las die vierhundert Seiten an einem Stück und war sehr zufrieden. Die Antwort auf seine Fragen hatte er zwar immer noch nicht gefunden, aber den Weg dahin. Da war er sich sicher. Und so kaufte er ein Buch nach dem anderen. Die Themen waren zwar vielfältiger Natur: Philosophie, Psychologie, Physik, Zen-Buddhismus, Taoismus, Esoterik – sie hingen aber trotzdem alle irgendwie zusammen. Außerdem legte er sich für ein paar Mark einen gebrauchten Computer zu, weil die Menge der handschriftlichen Notizen allmählich derart zunahm, dass er befürchtete, den Überblick zu verlieren. Und das wollte er auf keinen Fall. Er ordnete seine Zettelchen, indem er sie an eine riesige Pinnwand aus Styroporplatten heftete, Ober-Überschriften und Unter-Überschriften formulierte, den Wust an Informationen, Gedanken und Assoziationen entsprechend zuordnete und innerhalb weniger Wochen ein Prinzip kreierte, in das er jede neue Information problemlos einfügen konnte.

Diese Leistung befriedigte ihn über alle Maßen. Er war enorm stolz auf sich. Und überrascht, denn er hatte bis dato keine

Ahnung, dass dieses Talent in ihm schlummerte. Im Gegenteil. »Am besten, du gehst zur Post und stempelst Briefe«, hatte vor Jahren der Lehrer für Rechnen und Geometrie der kleinen Vorstadtschule, in der Fabian sechs Jahre lang verschiedene Holzbänke mit seinem Taschenmesserchen traktierte, immer ausgestoßen, wenn der Junge mal wieder ratlos vor der grauen Klapptafel stand, die Kreide in der Hand, und sich den Kopf zermarterte, welche Zahlen der Mann wohl von ihm erwartete.

Grund für die miserablen Vorstellungen war nicht Dummheit, sondern mangelndes Interesse. Fabian hasste Zahlen und alles, was damit zu tun hatte. Dass er trotz dunkelster Prophezeiungen seines Lehrers meistens ganz akzeptable Klassenarbeiten schrieb, verdankte er seinem Stolz. Eine Fünf in Rechnen oder Geometrie würde in seinem Zeugnis ein schlechtes Bild abgeben. Das wollte er nicht. So machte er sich kurz vor jeder Klassenarbeit ans Werk, büffelte einige Stunden in entsprechenden Lehrbüchern und schaffte es, am nächsten Tag zumindest eine Vier zu schreiben. Manchmal sogar eine Drei oder Zwei. Diese Tatsache veranlasste den überraschten Pädagogen jedes Mal zu derselben Reaktion: Erst verdächtigte er den Jungen, abgeschrieben zu haben, meinte dann aber gnädig: »Siehst du, mit einem bisschen guten Willen geht es doch!« Er seufzte tief, schüttelte den Kopf und verteilte die Hefte.

Fabian grinste verhohlen, kramte sein Klappmesserchen aus der Hosentasche und ritzte ein neues Muster in die Bank.

Das neu entdeckte Talent veränderte seine Abneigung gegenüber Zahlen und veranlasste ihn dazu, nach bestandenem Abitur Volkswirtschaft zu studieren.

Nach Abschluss seines Studiums absolvierte er an einem renommierten Institut in der Nähe von Paris eine Zusatzausbildung und wurde danach Assistent des Fonds-Managers bei der Banque de Bruxelles.
Nach einem Jahr übernahm er dessen Posten.

vierundzwanzig

Charlotte lehnte an einem Baum neben der Terrasse ihres Elternhauses und beobachtete die Menschen, die in kleinen Grüppchen oder paarweise herumstanden, sich lachend unterhielten, Champagnergläser aneinander schlugen und mit Kaviar, Lachs oder Roastbeef belegte Weißbrotscheiben verzehrten. Die Mittagssonne warf ihre Strahlen auf die Gesellschaft, alle waren bester Stimmung.
Plötzlich spürte Charlotte jemanden direkt hinter sich. Intuitiv wusste sie, dass es ein Mann war, und wollte sich schon umdrehen. Diesem Impuls gab sie aber nicht nach, sondern blieb reglos und abwartend stehen. Der Mann schob seine Füße unter ihre, sie lehnte sich an seinen Körper. Der Mann machte eine kleine Bewegung mit den Füßen, sie hoben vom Boden ab, schwebten für zwei, drei Sekunden vertikal über dem Boden, kippten dann gemächlich in die Horizontale, schwebten höher und höher, schwebten über die Köpfe der Menschen hinweg, über Tische, Stühle und Bänke, schwebten immer weiter nach oben und zogen gemächlich über Wiesen, Bäume, Sträucher und Häuser. Ruhig und vertrauensvoll lag Charlotte auf dem Fremden, der mit sanften, kaum merklichen Bewegungen seiner Füße die Flugrichtung bestimmte.
Charlotte warf einen vorsichtigen Blick nach unten. Mittler-

weile waren sie schon so hoch gestiegen, dass die Landschaft unter ihnen auf Spielzeuggröße geschrumpft war. Bäumchen, Häuschen, Sträßchen, dazwischen Flüsschen und winzige Seen. Zufrieden wie ein gesäugtes Baby lag Charlotte auf dem Körper des Mannes und schaute immer noch auf die Miniaturwelt, als diese mit einem Mal begann, sich zu verändern. Wie von einem Zauberstab berührt, verwandelten sich die grünen Baumkronen in pralle Knospen, brachen nach und nach auf und gaben pastellfarbene Blüten frei. Hellblau, gelb, türkis, lila und rosa und überdimensional groß. Die runden Stempel waren eingerahmt von langen, schmalen Blättern, die sich geschmeidig im Wind bewegten.
Auch die Gebäude veränderten sich. Langweilige, uniforme Häuser und Mietskasernen entpuppten sich als majestätische Schlösser und Burgen, verziert mit goldenen Türmen, Giebeln und Zinnen. Triste graue Asphaltstraßen wurden zu bunten, leuchtenden Bändern, und schlichte Wiesen und Felder mutierten zu kunstvoll gemusterten Teppichen, durchwoben von Flüssen und Seen, die wie Perlmutt schimmerten und silbrige Funken sprühten.
Mit kindlicher Freude nahm Charlotte den Anblick dieser Märchenlandschaft in sich auf, die sich nacheinander Stück für Stück entfaltete und bis weit in den Horizont hineinreichte.
Nach einer Weile ging es abwärts, und Charlotte befürchtete das baldige Ende der Reise, als der Fremde die Füße ein wenig bewegte und sie wieder nach oben zogen. Wie von einer warmen, duftigen Wolke getragen ruhte Charlotte auf dem fremden Mann und empfand ein noch nie erlebtes Gefühl der Glückseligkeit. Dieses Gefühl, kraftvoll und unbändig, durchzog ihren Körper, schien ihn zu sprengen, zugleich aber mit Balsam zu schützen.

Abermals ging es nach unten, doch jetzt war die Reise definitiv zu Ende. Sie steuerten auf einen klapprigen Schuppen zu. Morsche, von Wind und Wetter malträtierte Holzlatten hingen krumm und schief, teilweise nur noch von rostigen Nägeln gehalten, an ebenfalls morschen Balken. In das verwitterte Ziegeldach hatten Naturgewalten großflächige Löcher hineingeschlagen. Reste einer Tür hingen notdürftig an einer Angel und drohten jeden Moment in sich zusammenzufallen.

Vorsichtig manövrierte der Fremde sich und seine Last durch den aus den Fugen geratenen Türrahmen. Behutsam landeten sie mit den Füßen auf dem rohen Erdboden.

»Oh«, flüsterte Charlotte, »war das schön!«

Zögernd blickte sie um sich. Sie war umgeben von schummrigem Licht, verschwommenen Konturen und verstaubten Spinnweben. Sie fröstelte. Das Glück der Leichtigkeit löste sich auf. »Schade, dass ich allein nicht fliegen kann«, sagte sie leise.

»Du kannst auch allein fliegen«, sagte der Mann, der bisher keinen Laut von sich gegeben hatte. Sein Gesicht verlor sich im Halbdunkel und war nicht zu erkennen, aber die Stimme war Charlotte vertraut. Es war Daniels Stimme.

»Ich zeige dir, wie's geht«, raunte er und machte wieder diese Bewegung mit den Füßen. Ein kleines, kurzes Wippen, und er hob ab. »Siehst du, es geht ganz leicht. Du musst es nur tun, ganz einfach nur tun.« Er schwebte durch den Türrahmen, kippte dieses Mal aber nicht nach hinten, sondern nach vorn und entschwand bäuchlings und mit sachte rudernden Armen ihrem Blickfeld.

Unschlüssig und frierend stand Charlotte in dem von Modergeruch erfüllten Schuppen.

»Los ...«, murmelte sie, »mach schon!«
Sie wippte mit den Füßen, und – tatsächlich – es klappte. Ihr Körper hob ab, legte sich gemächlich in die Horizontale, durchstieß ein riesiges, verstaubtes Spinnennetz und schwebte durch die Tür.
Draußen hielt sie nach Daniel Umschau, doch der war verschwunden. Trotzdem stellte sich wieder diese Leichtigkeit ein, dieses zarte Glücksgefühl, das durch Seele und Körper strömte und sich bis ins letzte Winkelchen ausbreitete. Erfüllt von dem kindlichen Vergnügen beim Anblick der bunten Riesenblumen und glitzernden Märchenschlösser schwebte sie schwerelos weiter, immer weiter, immer höher. Mit geschlossenen Augen genoss sie den lauen Fahrtwind und die Wärme der Sonnenstrahlen in ihrem Gesicht, als sie plötzlich einen kurzen, heftigen Ruck verspürte. Erschrocken öffnete sie die Augen – und wachte auf. Max war auf ihren Bauch gesprungen und trampelte vergnügt darauf herum.
Benommen schaute sie um sich. Die frühe Morgensonne schob ihre flachen Strahlen durch die Jalousie des Dachfensters und hinterließ ein bizarres Streifenmuster auf Wand und Fußboden.
Sie sah auf die Uhr. Die Zeiger standen nicht – wie üblich – auf sechs Uhr, sondern auf zehn nach sieben.
Der Sturm hatte sich gelegt. Charlotte lag da und horchte dem Traumgefühl hinterher. Im Gegensatz zu sonst verwandelte es sich nicht in Schwermut, sondern behielt seine wunderbare Leichtigkeit bei.
»Ja, Daniel«, flüsterte sie und lächelte, »ich kann allein fliegen.«

zweites kapitel

eins

Die Hand an der Haltestange, stand Charlotte in der Mitte des U-Bahn-Abteils, als ein Mann in letzter Sekunde durch die Tür drängte. Ihre Blicke trafen sich, blieben einen Tick länger als normal aneinander haften, und in beiden Augenpaaren blitzte so etwas wie Erinnerung auf, so, als seien sie sich schon einmal begegnet. Das waren sie aber nicht.

Der Mann stellte sich direkt neben sie.

Als die Bahn mit einem leichten Ruck anfuhr, griff er nach der Haltestange, wobei sein kleiner Finger ganz sacht den von Charlotte berührte. Normalerweise hätte einer von beiden seine Hand spontan weggerückt, aber keiner tat es. Ihre Hände saßen auf der verchromten Stange wie zwei kleine Vögel, die behutsam ihre Gefieder aneinander schmiegen.

Bei Charlotte verursachte diese Berührung ein ähnliches Gefühl wie damals, als sie mit Gummistiefeln im feuchten Gras vor dem elektrischen Weidezaun stand. Sie war ungefähr sieben. Umgeben von glotzenden Kühen und feixenden Spielkameraden trat sie unschlüssig von einem Fuß auf den anderen und fasste schließlich beherzt zu. Sanft pulsierte der Schwachstrom durch ihren Körper, stolz und Beifall heischend drehte sie sich zu ihren Freunden um, die spöttisch gemeint hatten, nie im Leben würde sie sich trauen, den Draht zu berühren. Betreten guckten sie sich nun erst gegenseitig an, schlugen dann die Augen nieder und gaben kein Wort der Anerkennung von sich. Charlotte fühlte sich verraten, ließ den Draht los und stapfte mit hoch erhobenem Kopf

davon. Seitdem hatte sie keinen Weidezaun mehr angefasst, aber an das Gefühl konnte sie sich sehr gut erinnern. Eine Mischung zwischen Erregung und Überraschung.
Der zarte Hautkontakt und der Geruch des herben Rasierwassers des Mannes versetzten ihren Körper in warme Schwingungen. Sie stand da, atmete oberflächlich und genoss dieses Kribbeln, das sich anfühlte, als eile eine Ameisenschar über ihre Haut.
Verstohlen musterte sie ihn von der Seite. Randlose Brille, südländisch dunkler Teint, bürstenkurze schwarze, an den Schläfen angegraute Haare, kleinkariertes Jackett, Flanellhose, auf Hochglanz polierte dunkelbraune Schnürschuhe.
Als ihr Blick wieder nach oben wanderte, bemerkte sie ein paar Lachfältchen um seine Augen und wünschte, er würde sie anlächeln. Jetzt, in diesem Moment. Und als könne er Gedanken lesen, drehte er seinen Kopf zu ihr, schaute sie an und lächelte. Ertappt schlug sie die Augen nieder. Als sie wieder nach oben blickte, schaute er sie immer noch an. Das Lächeln war verschwunden, einem eindringlichen Ausdruck gewichen. Als Reaktion darauf stellten sich wie auf Kommando ihre Körperhärchen auf, zugleich spürte sie dieses fröstelnde Zittern, von dem sie hin und wieder überfallen wurde und gegen das sie nichts unternehmen konnte. Zum ersten Mal hatte es sich eingestellt bei jenem Gang auf dem Internatshof, als ihr dieser Junge entgegenkam, den sie seit Wochen heimlich verehrte. Fünfzehn war sie und er schätzungsweise zwei Jahre älter. Keine Chance also, weil sich Jungs mit siebzehn für fünfzehnjährige Mädchen nicht interessierten. Obwohl sie das wusste, hielt sie in der großen Pause immer Ausschau nach ihm.
Die eine Hälfte der Schüler ging die Runde von Ost nach West,

die andere Hälfte von West nach Ost. Wieso das so war, konnte niemand sagen. Es war einfach so. Ungeordnete Ordnung, die sich von allein ergab. Ihre Freundin Regine an der Seite, schlenderte sie in eine mit Butter bestrichene Salzbrezel beißend, mit der Menge mit, als sie ihn schon von weitem entdeckte. Er war ungefähr eins fünfundachtzig groß, sein Haar schwarz und voll, sein Teint dunkler als normal, und seine Augen waren ungewöhnlich hell. Alles in allem war er der schönste Junge, den Charlotte je gesehen hatte. Sein Anblick brachte ihr Herz zum Klopfen und ließ ihren Körper fröstelnd zittern. Je näher sie sich kamen, desto mehr zitterte sie.

»Was hast du denn?«, fragte Regine und musterte ihre Freundin besorgt von der Seite. »Warum bibberst du denn so? Es ist doch gar nicht kalt. Bist du krank?« Auf diese Fragen hatte Charlotte keine Antwort. Sie zitterte einfach vollkommen unkontrolliert. Auf gleicher Höhe mit dem Jungen angekommen, streifte sein Blick sie beiläufig, und sie war glückselig. Trotzdem wünschte sie sich in diesem Moment nichts sehnlicher, als endlich achtzehn zu sein. Fünfzehn, dieses Alter empfand Charlotte als ausgesprochen grausam. Halb Fisch, halb Fleisch. Kein Kind mehr und noch lange nicht erwachsen. Grässlicher Zustand! Erschwerend kam hinzu, dass sie körperlich längst nicht so weit entwickelt war wie ihre Schulkameradinnen. Diese trugen teilweise bereits Körbchengröße B, und was trug sie? Nichts. Sie hätte auch keine Körbchen gebraucht, sondern Schälchen. Ganz flache Schälchen.

Und jetzt stand sie in der U-Bahn und fühlte sich wie damals. Wie mit fünfzehn. Sie war aber bereits dreiunddreißig und versuchte, das Zittern zu unterdrücken. Vergeblich.

Scheu schaute sie den Fremden wieder an. Sein Blick ruhte

immer noch auf ihr. In ihrem ganzen Leben hatte kein Mann sie jemals mit so einem Blick bedacht. Gleich falle ich um, dachte sie und freute sich schon darauf. Sie würde umfallen, und er würde sie – natürlich – im Fall auffangen, und dann, ja, dann ...

Sie fiel nicht um. Aufrecht wie ein Zinnsoldat stand sie neben ihm. Am liebsten hätte sie sich an ihn geworfen, ihr Gesicht an seinen Hals geschmiegt, seinen Duft in sich aufgesaugt, sich in ihm verloren. Wohliger Schmerz krampfte ihren Magen zusammen, und sie wünschte, die Bahn würde ohne anzuhalten bis ans Ende der Welt fahren.

Eine knarrende Lautsprecherstimme kündigte die nächste Station an. Hier musste sie raus. Widerwillig löste sie ihre Hand von der Stange und ging mit unentschlossenen Schritten zur Tür, wo sie von einem ungeduldigen Menschenpulk nach draußen geschoben wurde. Mechanisch setzte sie einen Fuß vor den anderen, Gedanken wirbelten durch ihren Kopf. Warum war sie ausgestiegen? Warum hatte sie ihn nicht einfach angesprochen? Warum hatte sie sich wie ein englisches Fräulein benommen? Sie hasste sich für diese Feigheit. Sie, berüchtigt dafür, unverblümt zu tun, was ihr in den Sinn kam, hatte mit einem Schlag ihre ganze Selbstsicherheit eingebüßt.

Der Pfiff zur bevorstehenden Abfahrt ertönte, allmählich setzte die Bahn sich in Bewegung. Charlotte ging langsamer. Mit der Hoffnung, noch einen letzten Blick auf den Fremden werfen zu können, suchte sie die Fenster ab.

»Darf ich Sie wieder sehen?«

Sie fuhr herum. Der Fremde ging neben ihr her und schob seine Hand mit einer Selbstverständlichkeit unter ihren Ellenbogen, als seien sie alte Freunde. Er sprach dialektfrei, mit

tiefer, gutturaler Stimme. Ein Schauer jagte durch ihren Körper. Sie blieb stehen, schluckte, brachte keinen Ton hervor.
»Na?«, fragte sein Gesichtsausdruck.
Ein stummes Nicken war alles, was sie zustande brachte.
»Schön!«, sagte der Fremde und strahlte. »Ich heiße übrigens Daniel Rosenstiel.«
»Charlotte«, stotterte sie. »Charlotte Altmann.« Sie kam sich vor wie ein Teenager. Schweiß schoss aus ihren Achselporen. In schmalen Bahnen rollte er nach unten und versickerte im Stoff ihres Büstenhalters. »Aber alle sagen Charly zu mir.«

zwei

Charlotte war im Sternzeichen des Steinbocks geboren und hatte per Kaiserschnitt das Licht der Welt erblickt. Ihrem ersten Anblick war das sehr zugute gekommen, weil ihr der strapaziöse Weg durch den engen Geburtskanal erspart geblieben war und sie nicht aussah wie die meisten Neugeborenen, zerknautscht wie eine alternde Zitrone, sondern prall wie ein frisch gepflückter Apfel.
Ihr erfreulicher Anblick blieb nicht nur stabil, sondern entwickelte sich zusehends positiv. Parallel dazu entwickelte sich auch ihr Temperament.
Wann und von wem beschlossen wurde, Charlotte Charly zu nennen, das weiß keiner mehr. Über das Warum jedoch besteht kein Zweifel.
»Sie hätte ein Junge werden sollen«, seufzte ihre Großmutter bereits, als Charlotte gerade mal ein Jahr alt war. Schon damals hielt sie sämtliche Menschen ihres Umfelds in Trab. Quirlte im Laufstall herum, grapschte nach den Spielsachen und schleuderte sie unter wonnevollem Juchzen nach drau-

ßen. Ein Stück nach dem anderen. Die Rassel, die arm- und beinamputierte Puppe, den kleinen, bunt bemalten Leiterwagen aus Holz, dem bereits zwei Räder fehlten, den gestreiften, aufblasbaren Ball, den angekauten Beißring aus natürlichem Bein und den Teddy mit den ausgefransten Ohren und leeren Augenhöhlen.

»Wo sind die Augen?«, hatte die Großmutter eines Tages erschrocken ausgerufen, den Teddy vom Boden gerissen und ihn zwei, drei Sekunden ungläubig angestarrt. »Wo, um Gottes willen, sind seine Augen?« Dann ließ sie ihn wieder fallen, eilte zum Laufstall, stieg behände über das Gitter und machte sich hektisch daran, alles akribisch zu durchforsten. Ohne Erfolg.

»Die Augen sind weg! Sie hat sie verschluckt!«, schrie sie hysterisch in Richtung ihrer Tochter. »Du musst ES untersuchen. Und wenn du die Augen nicht findest, musst du den Arzt rufen!«

Mit durch die Gitterstäbe gesteckten Füßen saß sie neben ihrem Enkelkind, das sich an ihr hochzog, ein Händchen in ihre Wollweste krallte und mit dem anderen der alten Dame fröhlich ein Schäufelchen auf den Kopf patschte.

»Hörst du! Du musst ES sofort untersuchen!«, rief die Großmutter äußerst erregt und kletterte aus dem Laufstall.

Mit ES meinte sie die Kacke von Charlotte. Sie war eine vornehme Dame, und der Begriff Kacke wäre niemals aus ihrem Mund geschlüpft. Vermutlich existierte dieses Wort nicht mal in ihren Gedanken. Wörter wie dieses kannte sie einfach nicht. Deshalb verzog sie auch nicht – wie andere Großmütter es zu tun pflegen – die leiseste Miene, wenn ihre Kinder oder Enkelkinder »Scheiße« sagten oder ähnliche Ausdrücke gebrauchten. Wörter dieser Art waren Fremdsprache.

Die Augen des Teddys tauchten abends tatsächlich im Inhalt der Windel auf, und alles war erleichtert. Seitdem wurden Charlottes Stofftieren vor ihrem Weg in den Laufstall die Glasaugen herausgezogen, und sie erhielten aus glänzendem Perlgarn gestickten Ersatz.
Nachdem Charlotte ihr Spielzeug bis auf das letzte Stück aus ihrem Käfig gefeuert hatte, betrachtete sie zufrieden ihr Werk, rüttelte lautstark quietschend am Gitter und wartete ungeduldig darauf, dass irgendjemand sich anschickte, die Utensilien wieder zurückzubefördern. Reagierte niemand, quittierte sie das so lange mit sirenenartigem Geschrei, bis irgendeiner es nicht mehr aushielt, alles einsammelte und wieder in den Laufstall legte. Kaum war das Zeug an Ort und Stelle, begann das Spiel von neuem.
Hin und wieder kam es vor, dass Charlotte vor Erschöpfung auf den Schaumstoff sank und einschlief. Das waren die Zeiten, in denen sämtliche Familienmitglieder aufatmeten, sich auf leisen Sohlen aus dem Zimmer stahlen und Stoßgebete zum Himmel schickten. »Bitte, lieber Gott, lass sie schlafen. Lass sie mindestens eine Stunde schlafen.«

Charlotte war und blieb ein Rabauke, wild und unbeherrscht. Zimperliche Mädchen, die mit Puppen spielten, konnte sie nicht ausstehen. Verächtlich nahm sie zur Kenntnis, wie die kleine Nachbarstochter einer blonden Schönheit mit Wespentaille hingebungsvoll die lockige Mähne kämmte, daraus einen Pferdeschwanz band oder das Haar zu einem Hochfrisürchen fummelte und mit einer rosafarbenen Schleife verzierte, sie in unterschiedliche Kleidchen, Blüschen oder Höschen steckte, in einem kleinen Korbwagen stolz durch die Straßen rollte und ihr laut und vernehmlich die Gegend erklärte.

Kleider und Röcke lehnte Charlotte grundsätzlich ab. Am liebsten lief sie in kurzen Lederhosen herum, und ihre Spielkameraden waren ausschließlich Jungs. Mit denen kletterte sie auf Bäume, baute in Astkronen Hütten aus von Baustellen geklauten Brettern, sammelte Käfer und Insekten, die sie in Büchsen und Gläsern aufbewahrte, spießte Würmer auf Haken, um damit Forellen zu angeln, band Nachbarkatzen Blechbüchsen an den Schwanz, kletterte auf zwei Meter hohe Mauern, um sich auf Strohballen plumpsen zu lassen, und hatte ständig verpflasterte Knie, weil sie mit ihrem Fahrrad waghalsige Wettrennen über holprige Wege unternahm. Das Ergebnis waren meistens nicht besonders tiefe Kratzer, ab und zu aber auch stark blutende, scheußliche Schürf- oder Platzwunden, die desinfiziert und genäht werden mussten.
»Das nimmt nochmal ein schlimmes Ende mit dir«, drohte der Arzt jedes Mal kopfschüttelnd.
Charlotte grinste lediglich und humpelte an Klaras Hand davon.

drei

»Charly …«, der Fremde schaute sie prüfend an, »Charly, das passt zu Ihnen.«
»Ah ja …« Sie warf ihm einen scheelen Blick zu. »Wieso passt das zu mir?«
»Weil Sie so was Lausbubenhaftes haben.«
»Soso, hab ich das«, murmelte sie verlegen, als habe er sie bei einer kleinen Schandtat ertappt.
»Ja, das haben Sie.« Seine Augenfältchen zogen sich wieder strahlenförmig zusammen, und Charlotte hätte am liebsten jede einzelne Linie mit dem Finger nachgezogen.

Schweigend nahmen sie die Treppenstufen. Während sie dem Ausgang zustrebten, sagte er: »Was halten Sie von einem Cappuccino zum Tagesbeginn?« Er deutete auf das kleine Stehcafé am Ende der Bahnhofsgalerie.

Sie nickte wortlos.

In der Bahnhofshalle schlug ihnen eine Mixtur von Geräuschen und Gerüchen entgegen. Lautsprecheransagen, schreiende Kinder, quietschend einrollende Züge, lachende und ungeduldig durch die Menge hastende Menschen, hupende Gepäckfahrer. Dazwischen der Duft von Kaffee und frisch gebackenen Brötchen und der Geruch von Fischsemmeln, Knoblauch und gebratenen Würsten. Charlotte nahm weder Geräusche noch Gerüche wahr. Verwirrt stand sie neben dem fremden Mann an dem runden Stehtisch und fühlte sich nicht mehr wie fünfzehn, sondern mittlerweile bereits wie fünf.

Nachdem sie ein Croissant zerbröselt hatte und die aufgeschlagene Milch auf dem kalt gewordenen Cappuccino in sich zusammengefallen war, fragte er, ob er sie zum Abendessen einladen dürfe. »Nichts lieber als das«, wollte sie spontan antworten, tat aber so, als müsste sie erst nachdenken. Dafür hasste sie sich wieder.

»Eigentlich ...«, sagte sie zögernd, »eigentlich hab ich noch nichts Wichtiges vor.«

»Das ist schön!« Er strahlte. »Ist sieben Uhr recht?«

»Sieben Uhr ist mir recht«, wisperte sie und rührte mit dem Löffel unkonzentriert in ihrer Tasse herum.

»Darf ich Sie abholen?«

»Ja, gern.«

Er lächelte. »Dazu brauche ich aber Ihre Adresse.«

Charlotte entfernte einen imaginären Fussel von ihrem Ja-

ckenärmel, öffnete dann ihre Aktentasche, wühlte eine Weile darin herum und zog eine Visitenkarte mit Eselsohren heraus.
Er warf einen kurzen Blick darauf und sagte: »Wunderbar, ich wohne nur ein paar Straßen weiter.« Er lächelte wieder. Verlegen, aber selig lächelte sie zurück.
Am Ausgang verabschiedete er sich mit kräftigem Händedruck und einem kleinen Kuss auf ihre Wange und lief mit aufrechter Haltung und federndem Gang den Gehweg entlang. Benommen schaute sie hinter ihm her.
Im Begriff, die Straße zu überqueren, drehte er sich plötzlich um, kam mit schnellen Schritten zurück, blieb vor ihr stehen und schaute sie an. Aufmerksam und wortlos. Wortlos schaute sie zurück.
»Ich freue mich«, sagte er dann, während dieses Lächeln wieder über sein Gesicht zog. Dieses ganz spezielle Lächeln, das bei ihr die Wirkung erzeugte, als bräche an einem eisig kalten Wintertag aus wolkenverhangenem Himmel überraschend die Sonne hervor und erwärmte ihre kalten Wangen.
»Ich freue mich auf heute Abend«, sagte er mit leiser Stimme. »Ich freue mich sehr!« Er nahm ihre Hand und drückte sie sanft.
»Ich freue mich auch«, gab sie genauso leise zurück und wünschte, er würde ihre Hand nie wieder loslassen.

vier

Den Rasierwassergeruch des fremden Mannes in ihrer Nase, saß Charlotte am Schreibtisch und malte mit einem Textmarker kleine Herzen in ihren Notizblock. War das Blatt voll, riss sie es herunter, zerknüllte es, schmiss es in den Papierkorb und bemalte die nächste Seite. So füllte sie Blatt für Blatt, unfähig, auch nur eine Zeile zu schreiben. Als der Redakteur vom Dienst gegen Mittag seinen Kopf durch die Tür steckte und nach dem versprochenen Artikel fragte, sagte sie, es täte ihr Leid, sie habe scheußliche Zahnschmerzen und müsse jetzt zum Arzt. Demonstrativ stieß sie ihren Finger in die Backe, griff nach ihrer Aktenmappe und fuhr wieder nach Hause.

Dort angekommen, kochte sie eine Kanne Baldriantee und hoffte, er würde ihre Aufregung mildern. Das tat er allerdings nicht. Sie saß am Küchentisch, beobachtete den langen, dünnen schwarzen Zeiger der Wanduhr, dessen Takt halb so schnell war wie Charlottes Herzschlag. Eins, pomm-pomm, zwei, pomm-pomm, drei, pomm-pomm ... und draußen wirbelte eine Windböe abgestorbene Blätter in den blauen Himmel.

Der Zeiger der Uhr stand auf kurz vor sechs, sie ging ins Schlafzimmer, stellte sich vor den Schrank und wühlte unkonzentriert in den Kleidungsstücken herum. Ein Teil nach dem anderen riss sie vom Bügel, hielt es sich vor den Körper, beäugte sich kritisch und schmiss alles aufs Bett, das nach einer Weile zugedeckt war mit Blusen, Pullovern, Hosen und Röcken. Unzufrieden betrachtete sie das Durcheinander und warf sich kurz vor sieben Uhr in ihre Lieblingsklamotten: ausgewaschene Jeans und einen schlabberigen Rollkragenpullover aus schwarzer Baumwolle mit Zopfmuster. Auch auf Schminke verzichtete sie, zog lediglich die Lippen mit einem fast farblosen Stift nach und tuschte sich die Wimpern.

Punkt sieben klingelte es. Sie schlüpfte in flache Slipper, griff sich die Handtasche, zerrte wahllos eine Jacke von der Garderobe und stürzte die Treppe hinunter. Vor der Haustür schwebte in Kopfhöhe ein riesiger Rosenstrauß mit weißen Blüten.

»Noch nie in meinem ganzen Leben ist ein Tag so langsam vergangen wie dieser«, sagte Daniel und küsste erst ihre Hand und dann ihre Wange. »Ich konnte es wirklich kaum abwarten, dich wieder zu sehen.« Kleine Pause. »Oh, entschuldige, ich duze dich so ungefragt.«

»Das ist schon in Ordnung«, gab sie nonchalant zurück, während ein kindliches Lächeln sich auf ihrem Gesicht zeigte.

»Die Stunden zogen sich unerträglich in die Länge und kamen mir wie Jahre vor«, sagte er und räusperte sich.

»Mir ging es auch so«, wollte sie antworten, tat es aber nicht. Dafür hasste sie sich wieder.

Den Rosenstrauß auf ihrem Schoß, saß sie verlegen und mit schweißfeuchten Händen auf dem Beifahrersitz und wusste nicht, was sie sagen sollte. Eigentlich wollte sie auch gar nichts sagen. Sie wollte ihm nahe sein, ganz nahe. Ihn anfassen. Ihn riechen. Ihn spüren. Ihn schmecken. Aber sie traute sich nicht. Sie saß auf diesem verflixten Sitz, einen halben Meter von ihm entfernt, schwitzte und hoffte, dass er ihren Zustand nicht roch.

Einen Italiener habe er ausgesucht, sagte er. Ob sie was dagegen habe.

»Nein, im Gegenteil«, antwortete sie. »Die italienische Küche ist mir die liebste.«

»Mir auch«, sagte er, wandte ihr sein Gesicht zu, lächelte und legte für einen kurzen Moment seine Hand auf ihren Oberschenkel. Wie eine brennende Zündschnur prasselte die Berührung durch ihren Körper. Sie schloss die Augen, horchte dem Gefühl hinterher und gab dem Drang, ihre Hand in sei-

nem sauber rasierten Nacken zu versenken, nicht nach. Auch dafür hasste sie sich.
Bei dem Restaurant angekommen, stellte sich heraus, dass es sich um Charlottes Stammlokal handelte. »Das ist mein Lieblingsitaliener«, murmelte sie, als Daniel ihr die Eingangstür aufhielt.
»Das wundert mich nicht«, sagte er und lächelte.

»Ciao Charly!« Tino, der Besitzer des Lokals, begrüßte sie überschwänglich mit Küsschen links und rechts und führte sie an einen Tisch hinten, in der Ecke.
»Hier seid ihr ungestört«, meinte er. Dann deutete er im Weggehen auf die Rosen, die Charlotte immer noch in der Hand hielt. »Ich werde eine Vase holen«, sagte er und grinste.

Als Vorspeise aßen sie Ruccolasalat mit gebratenen Austernpilzen und gehobeltem Parmesan. Halb München schwärmte von dieser Komposition, Charlotte aber schmeckte nichts davon. Sie schmeckte nur die Gegenwart dieses Mannes. Schmeckte den Anblick seiner dunklen Augen, deren Blicke wie glühende Pfeile in sie drangen. Schmeckte seine Stimme, deren Klang sie vibrieren ließ wie ein sanft berührtes Schlagzeug. Schmeckte sein Lächeln, das sie einhüllte wie eine wärmende Decke. Und sie schmeckte die Berührung, wenn er seine Hand behutsam auf die ihre legte. Im Gegensatz zum Vormittag durchfuhr der Kontakt sie jetzt nicht mehr wie ein Stromschlag, sondern löste einen wohligen Schauer aus. Der Schauer lief ihren Arm entlang, breitete sich über den ganzen Körper aus und fühlte sich an wie ein leichter Sommerregen.
Tino servierte Wolfsbarsch im Salzmantel, hob mit geübten

Handgriffen die Kruste ab, verteilte die Fischhälften auf den Tellern und träufelte Olivenöl darüber.

»Buon appetito.«

Er grinste wieder, ging und warf nach ein paar Metern einen schnellen Blick zurück. »O, là, là!«, raunte er im Vorbeigehen seinem Kollegen zu, wackelte theatralisch mit dem Kopf hin und her, wedelte mit der Hand und verdrehte die Augen.

»Grande amore«, sagte er mit rollendem R. »Grandissimo amore!«

Obwohl Charlotte außer dem Frühstück den ganzen Tag über nichts gegessen hatte, hatte sie keinen Hunger, sondern stocherte unkonzentriert mit ihrer Gabel in dem Edelfisch herum. Daniel beobachtete sie dabei und lächelte verhalten.

»Was war der schönste Moment in deinem Leben?«, fragte er plötzlich.

Sie überlegte keine Sekunde.

»Heute früh ...«, flüsterte sie, die Augen immer noch auf den zerpflückten Fisch gerichtet. Dann hob sie den Kopf, und ein Lächeln zog über ihr Gesicht. »Als du mich gefragt hast, ob wir uns wieder sehen.«

Er sagte nichts, schaute sie nur an. In seinen Augen lag dieser Glanz, wie ihn kleine Kinder haben, wenn sie zum ersten Mal vor dem Weihnachtsbaum stehen, die glitzernde und flackernde Pracht mit einer Mischung aus Staunen, Überraschung und grenzenlosem Glück betrachten und dabei an ein Wunder glauben.

»Und was war dein schönster Moment?« Charlottes Stimme war kaum noch zu hören.

»Warum fragst du das?« Die Fältchen um seine Augen zogen sich wieder zusammen wie eine winzige Ziehharmonika. »Du weißt es doch ganz genau.«

Ein unbekanntes Glücksgefühl zog durch Charlottes Körper und nistete sich in ihrem Bauch ein. Mit einem Mal schlug auch ihr Herz wieder ganz ruhig, und sie dachte: Danke, lieber Gott, danke!

fünf

»Du musst den Verstand verloren haben«, zischte Regine, drückte ihre Stäbchen heftig in das Chopsuey, packte ein Stück Hühnerfleisch und wedelte damit aufgeregt in der Luft herum. »Du brauchst eine Therapie!«, stieß sie hervor und ließ das Hühnerstückchen wieder in das blau-weiße Porzellanschälchen plumpsen. »Ja, da gibt es nichts zu deuteln, du musst zum Psychiater.«

»Wieso denn?«

»Willst du mich auf den Arm nehmen?«, stieß Regine hervor. »Ein Mensch, der am ersten Tag einen Heiratsantrag annimmt, ist doch reif für die Klapsmühle.«

»Wieso denn?«

»Wieso, wieso ...« Regine starrte Charlotte erregt an. »Frag doch nicht dauernd, wieso! Du kannst doch nicht allen Ernstes diesen Mann ehelichen!« Sie lehnte sich zurück und versuchte zu grinsen. »Du willst mich veräppeln ... oder?« Ein Hoffnungsschimmer zog über ihr Gesicht, verflüchtigte sich aber gleich wieder, stattdessen gruben sich tiefe Falten in ihre Stirn. »Also wirklich«, sie schüttelte den Kopf. »Ich glaube, ich träume. Meine sonst so vernünftige Freundin Charly will einen wildfremden Mann heiraten. Dazu fällt einem doch wirklich nichts mehr ein. Nee, nee, nee ... ich fass es nicht!« Mit glasigen Augen blickte sie ins Leere. »Nee, also wirklich!« Sie schüttelte erneut den Kopf.

»Jetzt beruhige dich endlich! Schließlich heiraten wir erst in drei Monaten, und bis dahin haben wir genügend Zeit, uns kennen zu lernen.«

Charlotte legte ihren Arm beruhigend um Regines Schulter.

Regine entwand sich der Umarmung, rückte einen halben Meter ab und sagte: »Ach so, an besagtem Tag kennt ihr euch schon drei Monate! Entschuldige, das war mir gar nicht bewusst. Drei Monate. Klar, das ist natürlich etwas anderes. Das ist ja eine g-a-n-z lange Zeit.« Regine trank ihr Glas in einem Zug aus und knallte es unwirsch auf die Tischplatte. »Wirklich. Eine sehr, sehr lange Zeit. Da kann man sich so richtig intensiv kennen lernen.« Sie atmete tief durch.

»Lass doch deinen Sarkasmus!«

»Das ist kein Sarkasmus, sondern Galgenhumor!«, erwiderte Regine schroff, drehte den Kopf und winkte dem Kellner, der eilfertig und mit devotem Lächeln herbeitrippelte.

»Auch ein Glas Wein?«, fragte Regine.

»Nein danke, ich bleibe lieber bei meinem Jasmintee.«

»Trink, was du willst. Ich auf jeden Fall werde mich heute besaufen. Einen triftigen Grund hab ich ja.« Regine lächelte gequält. »Meine beste Freundin schnappt über und wird demnächst in die Psychiatrie eingeliefert.«

»Jetzt hör mir mal in aller Ruhe zu.« Charlotte lehnte sich zurück. »Und wenn du anschließend ein einziges logisches Argument gegen meine Pläne hast, heirate ich nicht.«

»Wie bitte?« Mit finsterer Miene schaute Regine Charlotte an.

»Ja, du hast richtig gehört. Wenn du in Bezug auf das, was ich dir jetzt sagen werde, auch nur ein einziges logisches Gegenargument findest, dann werde ich nicht heiraten.« Sie hob zwei Finger zum Schwur. »Versprochen!«

Regine atmete erleichtert aus. »Na, dann schieß mal los!«
»Also … ungefähr sechzig Prozent aller Ehepaare lassen sich innerhalb von sieben Jahren scheiden oder trennen sich zumindest. Das jedenfalls sagt die Statistik.«
»Ja, und?«
»Gleich, gleich … sei doch nicht so ungeduldig. Schließlich geht es um meine Zukunft.«
»Eben! Vergiss das nicht, nur weil die Hormone unkontrolliert in dir herumtoben. Außerdem kannst du mit diesem Menschen ja auch ins Bett gehen, ohne ihn gleich zu heiraten.«
»Ja, so wie du dauernd …«
»Du bist manchmal derart blöde, dass ich dir eine reinhauen könnte.«
»Das versteh ich gut. Geht mir umgekehrt auch hin und wieder so.« Charlotte grinste. »Aber nun zurück zum Thema«, fuhr sie fort, »fünfundneunzig Prozent dieser Paare kannten sich erheblich länger als drei Monate. Die meisten sogar mehrere Jahre. Und jetzt nenne mir bitte einen Heiratstermin, der garantiert, dass meine Ehe glücklich wird.«
»Das ist unfair!«, polterte Regine. »Das kann doch kein Mensch garantieren.«
»Siehst du, genau das meine ich. Drei Monate oder drei Jahre. Das ist vollkommen egal. Es gibt keine Garantie.«
»Aber trotzdem …«, maulte Regine.
»Nichts trotzdem! Du hast einfach kein Argument. Das musst du zugeben. Und du wirst auch keines finden, weil es keines gibt.« Sie tätschelte Regines Wange. »Na, wirst du jetzt meine Trauzeugin oder nicht?«
»Wird mir ja wohl nichts anderes übrig bleiben.« Regine grinste gequält und trank ihr Glas in einem Zug leer. »Außer-

dem sollte ich mir diese wunderbare Gelegenheit, bei der Dokumentation eines exemplarischen Falles von geistiger Umnachtung Zeugin zu sein, keinesfalls entgehen lassen.«

sechs

»Ein Azorenhoch«, hatte der Mann vom Wetterbericht am Vortag prognostiziert und sich gründlich geirrt. Der Himmel war dunkelgrau, und es regnete ohne Unterlass.

Aber das störte die Gruppe von Menschen vor der Kirche nicht. Lachend und scherzend drängten sie sich unter bunten Schirmen zusammen und versuchten, die Braut vor der kalten Nässe zu schützen. Mit gerafftem Seidenkleid hüpfte Charlotte in kleinen Hasensprüngen über die Pfützen im nassen Kopfsteinpflaster und schlüpfte erleichtert durch das Portal. Vorsichtig schüttelte sie die Regentropfen von Kopf und Schultern, trotzdem löste sich eines der weißen Röschen in ihrem Haar aus seiner Verankerung und landete auf einer großen, im Laufe der Jahrhunderte abgetretenen Fliese aus rotem Marmor. Die fröhliche Hochzeitsgesellschaft eilte darüber hinweg und trampelte es unbarmherzig in Einzelteile. Weiße, zermalmte Blütenblättchen umrahmten den platt getretenen Stängel, an dem wie durch ein Wunder ein grünes Blatt heil geblieben war. Trotzig reckte es sich dem Kreuzrippengewölbe entgegen.

Wäre dieser an sich unbedeutende Vorfall jemandem aufgefallen, hätte er ihn vielleicht als Symbol gedeutet. Aber niemand achtete darauf.

Die Glocken läuteten, der Organist spielte den Hochzeitsmarsch, der Vater der Braut führte seine Tochter zum Altar und übergab sie seinem zukünftigen Schwiegersohn. Die

Mutter der Braut saß in türkisfarbenem Brokatkostüm auf der Holzbank der ersten Reihe und schluchzte gerührt vor sich hin. Dankbar nickte sie nach links zu ihrer Freundin, die Oberschenkel an Oberschenkel neben ihr saß und ihr verstohlen ein Taschentuch in die Hand drückte. Behutsam tupfte sie einige der Tränen ab, die, mit Wimperntusche vermengt, unaufhaltsam über die mit Rouge gefärbten Wangen rollten, am Kinn kurz Halt machten und dann auf die Kostümjacke tropften, wo sie dunkle Spuren hinterließen.

Der Pfarrer hielt eine pathetische Rede über Liebe und Verantwortung, sprach von Pflicht und Verzicht, von Partnerschaft und Hingabe, von Geben und Nehmen, von Aufmerksamkeit und Achtung, von Vertrauen und Treue und davon, dass wahre Liebe verzeihen könne. Die Mutter der Braut lauschte sorgsam seinen Ausführungen und nickte hin und wieder. Beim Thema Treue schielte sie zu ihrem Ehemann an ihrer rechten Seite, und ein weiterer Tränenschub schoss aus ihren Augen. Der sachte, verständnisvolle Druck des dicken, weichen Schenkels ihrer Freundin linderte das traurige Gefühl in ihrem Innern nicht, sondern verstärkte es.

Ihr Ehemann, erfolgreicher Rechtsanwalt, eins zweiundneunzig groß, auffallend gut aussehend, mit breiten Schultern, solariumgebräuntem Gesicht und silberweiß leuchtendem, vollem Haarschopf, war alles in allem eine imposante Erscheinung und hatte ständig wechselnde junge Geliebte. Das war stadtbekannt, er machte auch keinen Hehl daraus.

Er war seiner Frau nie treu gewesen, was ganz einfach daran lag, dass er sie im Grunde nie gemocht hatte. Dieses Gefühl war bereits im dem Moment entstanden, als sie einander vorgestellt wurden. Sie schaute ihn an, voller Bewunderung über seine attraktive Erscheinung. Stolz und aufrecht wie eine Tanne stand er ihr gegenüber, blickte auf sie herab, und intuitiv war ihm klar, dass er alles mit ihr machen konnte. Ein Wort, eine Geste würden genügen. Sie würde gehorchen, wie ein dressierter Schäferhund. Als sie ihm verlegen die Hand reichte, wusste er es. Diese dargebotene Hand sprach Bände, und ihr unterwürfiger Blick rundete das Bild perfekt ab. Ein Befehl, und sie würde von der höchsten Mauer springen. Das Gefühl der Überlegenheit bereitete ihm aber keine Freude, es erzeugte lediglich Verachtung.

Geheiratet hatte er sie aus rein rationalen Erwägungen. Sie stammte aus einer wohlhabenden Familie, er dagegen war ein armer Schlucker. Sein Vater war ein aus Schlesien vertriebener Schneider und hatte mit seiner Arbeit so wenig verdient, dass es an ein Wunder grenzte, dass er das Studiengeld für seinen Sohn überhaupt zusammengebracht hatte.

Dieser war schon als kleiner Junge auffallend intelligent, erledigte seine Schulaufgaben im Handumdrehen und war vor allem in Mathematik unschlagbar, weil er ein phänomenales logisches Denkvermögen besaß. In allen Fächern war er Klassenbester, außer in Turnen. Leibesertüchtigung war ihm ein Gräuel, er wollte nicht seinen Körper, sondern seinen Geist trainieren. Denksportaufgaben löste er in Sekundenschnelle, und als er gerade mal zwölf war, bescheinigte ihm ein Test einen Intelligenzquotienten von hundertfünfundvierzig.

Als er sechzehn war, machte ihm sein Klassenlehrer das Angebot, ein Schuljahr zu überspringen, mit siebzehn bestand er das Abitur mit Eins Komma null und beschloss, Jura zu studieren. Auch das Studium schloss er mit Auszeichnung ab und befand sich am Anfang seiner Assessorzeit, als er seine Frau kennen lernte. Anlässlich einer Autorallye einer schlagenden Verbindung.

Sie fuhr einen roten Porsche, und er war ihr Beifahrer. Aufgrund seiner grandiosen Kombinationsgabe lösten sie alle Aufgaben mit Bravour und gewannen den Hauptpreis, eine Reise nach Venedig. Dort schwängerte er sie ein paar Monate später. Unbeabsichtigt. In einem feudalen Hotel am Canal Grande.

Im ersten Moment versetzte ihm die Nachricht der Schwangerschaft einen Schock, aber die damit verbundene Aussicht, in eine der reichsten Familien der Stadt einzuheiraten, verhinderte seine spontane Forderung nach einem Abbruch. Er überlegte nur kurz und empfand die ganze Angelegenheit dann schließlich als Wink des Schicksals und seine zukünftigen Schwiegereltern als optimales Sprungbrett in eine steile Karriere ohne finanzielle Stolpersteine. Genauso war es dann auch.

Sein Schwiegervater finanzierte ihm die eigene Kanzlei, und innerhalb weniger Jahre entwickelte er sich zu einem renommierten Strafverteidiger. Er war berüchtigt für seinen Zynismus, seine messerscharfen Plädoyers und taktischen Winkelzüge, mit denen er es immer wieder schaffte, auch den aussichtslosesten Fall umzudrehen. Wahrscheinlich lag es daran, dass er im Grunde seines Herzens Menschen verachtete und ihm das Wohlergehen seiner Mandanten vollkommen gleichgültig war. Er wollte gewinnen, das war alles. Er wollte der Bessere sein und war davon überzeugt, dass Gefühle dabei nur hindern. Seine Erfolge gaben ihm Recht.

Auch seine Geliebten bedeuteten ihm nichts. Sie waren lediglich schmucke Anhängsel, die ihn bewunderten und verehrten und mit denen er Sex hatte, der ihm genauso unwichtig war wie das meiste in seinem Leben. Er hatte keinen besonderen Spaß dabei, sondern sah darin mehr einen biologisch-mechanischen Akt. Die Natur forderte ihren Tribut, und er gab ihn ihr. Dafür Hand an sich zu legen wäre unter seiner Würde gewesen.

Mit seiner Frau schlief er schon Jahre nicht mehr. Die anfängliche Verachtung, die er für sie empfand, hatte sich im Laufe der Jahre in Gleichgültigkeit verwandelt. Er behandelte sie meistens freundlich, aber ohne innere Zuwendung, so wie ein Haustier, für das man eine gewisse Verantwortung trägt.

sieben

»Werd glücklich«, schniefte Charlottes Mutter in das weiße Spitzengeflecht auf dem Kopf ihrer Tochter. »Aber du hast dir schon den Richtigen ausgesucht, das spüre ich.« Wieder schossen Tränen aus ihren Augen.

Trotz ihrer fünfundfünfzig Jahre war Charlottes Mutter immer noch eine gut aussehende Frau. Das ebenmäßige Gesicht, die schlanke, sportliche Figur und nicht zuletzt die Tatsache, einzige Erbin eines wohlhabenden Unternehmers zu sein, hatten ihr in jugendlichen Jahren eine stattliche Zahl an Verehrern beschert. Die meisten von ihnen hatte sie abblitzen lassen, der einzige Mann, der sie magisch in Bann gezogen hatte, war Charlottes Vater.

Obwohl sie von Anfang an gespürt hatte, dass ihre Liebe nicht auf Gegenliebe stieß, hatte sie ihn geheiratet, getragen von der Hoffnung, über kurz oder lang seine Gefühle für sich gewinnen zu können. Diese Hoffnung wurde nicht erfüllt – ihr Eheleben war von Anfang an ein Desaster. Und blieb es auch.

Oberflächlich betrachtet führte sie ein prächtiges Leben. Die

Menschen beneideten sie um Villa, Sportwagen, Schmuck, Fernreisen und Designerkleidung, doch materielle Dinge bedeuteten ihr wenig. Wonach sie sich sehnte, förmlich lechzte, war die Liebe ihres Mannes. Aber genau die bekam sie nicht. Sie konnte machen, was sie wollte, sein Interesse, seine Anerkennung, geschweige denn ein zärtliches Gefühl für sie in ihm zu wecken, gelang ihr nicht. Im Gegenteil, je mehr sie sich bemühte, je intensiver sie um ihn buhlte, umso mehr wuchs seine Geringschätzung.

»Du musst ihn links liegen lassen«, sagte ihre Freundin immer wieder voller Mitgefühl, »darfst dich überhaupt nicht um ihn kümmern. Ihn gar nicht beachten. Und vor allem frag nicht, wohin er geht und wann er wieder kommt. Tu einfach so, als wäre er dir egal.«

»Ich weiß ja«, seufzte Charlottes Mutter. »Aber das nutzt doch alles nichts. Das habe ich doch alles schon ausprobiert. Und überhaupt ... was ist das denn für eine Ehe, in der ich mir von morgens bis abends irgendwelche Strategien ausdenken muss? Ach ...!« Ihre Stimme bröckelte. »Wenn ich nur wüsste, was ich tun soll.« Sie verdeckte ihr Gesicht mit den Händen und versuchte, die Tränen zurückzuhalten. »Selbst die Sache mit John hat ja nicht funktioniert.« Sie schluchzte verhalten.

John war Trainer in ihrem Tennisclub. Ein braun gebrannter, leichtlebiger Amerikaner aus Florida. Auf Anraten ihrer Freundin hatte sie dessen Drängen nachgegeben. Nicht aus erotischem Verlangen, sondern aus ratloser Verzweiflung. Vielleicht wäre das eine Möglichkeit, ihren Mann auf sich aufmerksam zu machen. Bestenfalls sogar eifersüchtig.

Wie zu erwarten, verpuffte der Versuch komplett. Das Gerücht über die kleine Liaison verbreitete sich – durch ihre Freundin zielgerichtet ins Volk geworfen – zwar sofort, die einzige Reaktion ihres Mannes allerdings war lediglich eine ironisch hingeworfene Bemerkung auf einem Sommerfest des Clubs. Einen Cocktail in der Hand, lehnte sie neben Marlene an der Bar, als ihr Mann an ihr vorbeischlenderte. »Trink nicht so viel, meine Liebe«, sagte er mit einem Tonfall, hinter dem ein Unbeteiligter liebevolle Besorgnis vermutet hätte. Es war aber nicht Besorgnis, sondern Zynismus. »Das ist schlecht für die Figur«, fügte er hinzu, grinste höhnisch und warf einen viel sagenden Blick auf ihre Hüftgegend.

Obwohl sie kein Pfund zu viel hatte, veranlasste die Bemerkung sie umgehend zu einer Abmagerungskur. Vielleicht würde das ja helfen. Sie wusste, dass seine Geliebten alle Modellfiguren hatten und aussahen, als nagten sie am Hungertuch.

Als sie sich schließlich auf zweiundfünfzig Kilo hinunterdiszipliniert hatte, nahm ihr Mann das nicht mal zur Kenntnis.

acht

Ihren ersten Hochzeitstag verbrachten Daniel und Charlotte in Amerika, mit einer Fahrt durch Kalifornien und Arizona.

Der Grand Canyon leuchtete rötlich im Licht der aufgehenden Morgensonne. Es war kalt, Blätter und Zweige von Bäumen und Sträuchern waren von Raureif umhüllt, der nur zögerlich auftaute.

Charlotte und Daniel standen auf der Hotelterrasse und blickten andächtig in die gewaltige Schlucht, die der Colorado in Millionen von Jahren in den rostfarbenen, mit beigen Streifen durchsetzten Fels gegraben hatte. Dunst drang in Schleiern aus der Tiefe, schwebte nach oben und verflüchtigte sich zwischen den monumentalen Steinformatio-

nen. Charlotte fröstelte und schlüpfte unter die Jacke von Daniel.
»Ist das nicht ein unbeschreiblicher Anblick?«, sagte er und legte seinen Arm um sie. »Über zwei Millionen Jahre hat dieses mystische Gestein auf dem Buckel. Und wir werden nachher hineintauchen, umgeben vom Geist aller Indianer, die hier je gelebt haben.«
Charlotte zitterte.
»Komm, wir trinken jetzt Kaffee und essen Rühreier mit Schinken. Nach dem Frühstück hat es ein paar Grad mehr, dann frierst du nicht mehr. Außerdem ist der Abstieg ziemlich anstrengend, und nach ein paar Minuten wird dir von ganz allein warm.« Er küsste ihre Nasenspitze. »Das kann ich dir versprechen. Ich bin schon mal runtergegangen. Vor ungefähr elf Jahren. Unten angekommen, war ich vollkommen fertig, und alle Muskeln taten mir weh.«
»Und wenn ich müde bin, trägst du mich«, quengelte Charlotte mit Kleinmädchenstimme.
»Natürlich trage ich dich dann«, sagte Daniel, »das ist doch selbstverständlich. Ich trage die zwei Rucksäcke, die Wasserflaschen, und dich setze ich obendrauf.« Er grinste und zog sie in das Restaurant, wo der Geruch von gebratenem Speck und Kaffee über den Tischen lag.
Nach dem Frühstück packten sie ihre Rucksäcke und machten sich auf den Weg. Die Sonne war höher gewandert und hatte den Raureif nahezu aufgelöst. Nur hier und da, auf schattig gelegenen Ästen, Blättern und Grashalmen, waren noch Spuren der kalten Nacht zu entdecken.
Auf dem Weg zum ersten Plateau begegneten sie kaum mehr als einem Dutzend Menschen. Die meisten davon hatten den Großteil des beschwerlichen Ausflugs bereits hinter sich. Ein

paar einzelne Männer, denen anzusehen war, dass solche Touren für sie zum Alltag gehören. Mit sonnengebräunten und von Furchen durchzogenen Luis-Trenker-Gesichtern schritten sie stramm und anscheinend mühelos den kontinuierlich ansteigenden Pfad hinauf. Ein übergewichtiges Pärchen mit missmutigen Mienen und Schweißperlen auf der Stirn setzte schwer atmend und deutlich erschöpft mühsam einen Fuß vor den anderen und wurde von einer schwatzenden und fröhlich lachenden Gruppe auf Mulis überholt. Die Reiter winkten mit ihren Ranger-Hüten, die schwer bepackten Tiere folgten mit auf den Boden geheftetem Blick dem Führer und machten keinen glücklichen Eindruck.
Kurz nach Mittag erreichten Charlotte und Daniel die Gesteinsstufe, von der aus der Colorado zum ersten Mal zu sehen war. Türkisfarben und gemächlich dahintreibend schlängelte er sich aus dieser Perspektive wie ein Rinnsal durch die enge, gewundene Schlucht.
Auf einem großen, in Jahrtausenden flach gewetzten Stein machten sie Rast, tranken Mineralwasser, aßen Nüsse, Rosinen und Schokolade und betrachteten schweigend die imposanten Felsformationen, die in allen Richtungen bis in den wolkenlos blauen Himmel reichten und in ihm aufgingen. Lauwarme Windböen strichen über sie hinweg, bliesen den Staub aus ihren Gesichtern und Sandkörnchen in die offenen Rucksäcke. Ab und zu raschelte ein kleines Tier durchs trockene Gestrüpp, ansonsten war kein Ton zu hören.
»Danke, dass du mich hierher gebracht hast«, flüsterte Charlotte. »Es ist ...« Sie stockte. »Ach ... ich weiß gar nicht, wie es ist ...« Sie stockte wieder. »Es ist so ...« Plötzlich spürte sie ein Gefühl in ihrem Bauch aufkeimen. Ein Gefühl, das sie ihr Leben lang in sich getragen, aber nie beachtet, ihm nie Raum

gegeben hatte, es verachtet und ihm jegliche Daseinsberechtigung strikt verweigert hatte. Ein Gefühl von Hilflosigkeit, Bedürftigkeit und Sehnsucht. »Ich liebe dich«, sagte sie ganz leise, während sich Tränen aus ihren Augenwinkeln stahlen. »Ich liebe dich so sehr.«

Nach sieben Stunden Fußmarsch erreichten sie den Fuß des Grand Canyons, wo sie in einer kleinen Holzhütte der Phantom Ranch ihr Nachtquartier gebucht hatten. Sie duschten ausgiebig, wechselten die Kleider und nahmen mit einer Hand voll internationaler und ebenfalls erschöpft wirkender Touristen in dem kleinen Restaurant Erbseneintopf mit Würstchen zu sich, tranken ein Glas Rotwein und gingen dann schlafen.

Hell und voll stand der Mond zwischen den Sternen. Sein matter Schein fiel durch das gardinenlose Fenster und beleuchtete ihre schmalen, durch ein Nachtschränkchen getrennten Betten. Durch den kleinen Raum zogen die Töne der Kassette, die Charlotte ein paar Tage zuvor einem übrig gebliebenen Hippie mit schulterlangen grauen Haarzotteln und zerschlissenen Klamotten in der Altstadt von San Diego abgekauft hatte. Die Kassette war bespielt mit einer bunten Mischung von Liebesliedern, Ohrwürmern der siebziger und achtziger Jahre.

»Gute Nacht, meine kleine Charly, schlaf schön und träum süß.« Daniel streckte seine Hand über die gebohnerten Holzplanken. Charlotte ergriff sie und zog ihn in ihr Bett. Er schlüpfte unter ihre Decke, schob seinen Arm unter ihren Nacken und drückte sich an sie. »Es ist so gut, dass ich dich gefunden habe«, raunte er in ihr Ohr. »Du bist das schönste Geschenk, das der liebe Gott mir jemals machen konnte.«

Glücklich lächelte Charlotte ins Halbdunkel, schlang ihre

Arme um seinen Hals und krallte ihre Hände zart in seine Haare. »Komm«, lockte sie und reckte ihm ihre Lenden entgegen.
Sie liebten sich, begleitet von den Klängen des kleinen Kassettenradios, das gerade »Stairway to Heaven« spielte.

neun

Sie saßen beim Frühstück, und Daniel schlug gerade einem Ei den Löffel auf den Kopf, als er ihn jäh fallen ließ und sich an die Stirn fasste.
»Was ist los?« Charlotte sah erschrocken auf.
»Ich weiß nicht ...«, stammelte er. »Es ist, als hätte mir jemand einen Nagel ins Gehirn gejagt.«
Er schloss die Augen, sein Kopf war ein einziger Schmerz. Auf einen Schlag sah er zwanzig Jahre älter aus, das Gesicht grau und Blut entleert.
»Das ist bestimmt die Luftveränderung, das Klima ...« Hektisch winkte Charlotte der korpulenten, dunkelhäutigen Bedienung. Die kam angestampft, stand mit über dem mächtigen Bauch gekreuzten Armen hilflos vor ihnen.
»What can I do for you?«
»Mein Mann hat Kopfschmerzen ... strong headache ... you understand?« Charlotte stieß ihren Stuhl nach hinten, der polternd auf den Holzplanken landete. Sie hastete um den Tisch herum. »Ist hier ein Arzt ... a doctor?«, schrie sie und blickte panisch um sich. Die anderen Gäste hörten auf zu kauen, standen besorgt auf und kamen an ihren Tisch. Ein Arzt war nicht dabei.
Daniel krümmte sich stöhnend zusammen und schlug die Hände vors Gesicht. Charlotte warf sich über ihn. »Was ist?«,

rief sie außer sich. »Was ist mit dir? Was kann ich tun? Was kann ich denn nur tun?« Ihre Stimme überschlug sich.
»Hol die Tabletten.« Mühsam stolperten die Worte über Daniels Lippen. »Sie sind in der Brusttasche meines Anoraks.«
Charlotte hastete nach draußen und kam nach wenigen Minuten wieder zurück. Daniel drückte drei Pillen aus dem Kunststoff, warf sie sich in den Mund und spülte sie mit dem Glas Wasser, das die Bedienung ihm reichte, hinunter. Charlotte zog ein Sitzkissen von der Bank, bettete seinen gepeinigten Kopf darauf und streichelte ihn kummervoll.
Als die Schmerzen nach einer Weile nachließen, packten sie ihre Sachen und machten sich an den Aufstieg.
Nach ungefähr fünf Kilometern Fußmarsch brach Daniel zusammen. Ein ihnen nachfolgender Tourist benachrichtigte per Mobiltelefon den Notarzt, der kurze Zeit darauf mit dem Hubschrauber nicht weit von ihnen auf einem Steinplateau landete.
Drei Tage später lag Daniel mit kahl geschorenem Schädel in einer Münchener Klinik.

zehn

Charlotte stand am Fenster des Krankenhauses und betrachtete geistesabwesend die durch die Kälte eilenden, von Atemwölkchen verfolgten Menschen unten auf dem Gehweg, als sie Schritte hörte, sich umdrehte und einen Mann im weißen Kittel zögernd auf sich zukommen sah. Mit ernstem Gesichtsausdruck baute er sich vor ihr auf, schaute erst betreten auf den gekachelten Fußboden und dann in ihr Gesicht, räusperte sich, griff schließlich nach ihrer Hand und teilte ihr leise mit, dass Daniel einen inoperablen Gehirntumor habe.

Wie ein spitzes, langes Messer bohrten seine Worte sich in ihre Brust. Sie riss sich los.
»Wie lange noch?«, stammelte sie, während jemand das Messer bis zum Heft mitten in ihr Herz stieß.
Der Arzt zuckte mit den Schultern. »Vier Wochen, vier Monate, das weiß keiner. Nur der liebe Gott.«
»Nichts weiß er!«, schleuderte sie ihm entgegen. »Keine Ahnung hat er, Ihr lieber Gott da oben!« Sie wandte ihren Kopf himmelwärts. »Die Miesen lässt er leben, und die Guten lässt er sterben!«
Mit verzweifelter Wut blickte sie ihr Gegenüber an, atmete heftig, drehte sich um, rannte mit tränenblinden Augen und dem Messer in der Brust den schmucklosen, von dem Geruch nach Sauerkraut und Desinfektionsmitteln erfüllten Flur entlang, stolperte von Panik gehetzt die gewundene Marmortreppe hinunter, drängte durch die gläserne Schwingtür nach draußen und taumelte mit letzter Kraft durch den kleinen Park neben dem Gebäude.
Auf eine schneebedeckte Steinbank, ganz hinten, im Schutz einer mannshohen Buchsbaumhecke, ließ sie sich fallen und versuchte, das Messer aus ihrer Brust zu ziehen. Vergeblich. Sie fand den Griff nicht mehr. Das Messer war gänzlich in ihrem Körper verschwunden, mit ihrem Herzen zu einer Einheit verschmolzen. Sie krümmte sich vor Schmerzen, schluchzte laut auf, ließ sich von der Bank gleiten und sank in den Schnee. Dort lag sie, zusammengerollt, regungslos, und winselte wie ein getretener Hund.

Drei Monate später starb Daniel. Nach einer Woche Koma hatte sein Herz morgens um sechs Uhr aufgehört zu schlagen.

elf

Wie eine Statue saß Charlotte auf der angefaulten Holzbank unter der dicken Buche hinter dem Friedhof. Ihre Augen blickten ins Leere.

Sie registrierte nicht die Vögel, die in den höchsten Tönen tirilierten und lebenslustig und übermütig durch die laue Frühlingsluft schwirrten. Sie nahm die Tausenden von hellgrünen, prallen, kurz vor dem Bersten stehenden Knospen an den Zweigen über sich nicht wahr, ebenso wenig die Schneeglöckchen, die sich auf der Wiese rund um den Baum versammelt hatten, um zusammen mit kraftvoll aus der Erde drängenden blauen und gelben Krokussen den Frühling einzuläuten.

Auch die Kondensstreifen von zwei Flugzeugen am wolkenlosen Himmel, die sich direkt über ihr kreuzten, nahm sie nicht zur Kenntnis. Sie nahm überhaupt nichts wahr. Wie betäubt saß sie auf den Holzplanken. Leer der Kopf, leer die Augen, leer das Herz. Die Tränen der letzten Wochen, die sie fast hinweggeschwemmt hätten, waren versiegt. Kein Nachschub mehr da. Auch der Schmerz in ihrer Brust, dieser schier unerträgliche Schmerz, der sie seit den verhängnisvollen Worten des Arztes in den nicht enden wollenden Tagen und schlaflosen Nächten begleitet hatte, war plötzlich weg. Jegliche Regung in ihr war verschwunden, auch ihr Puls schien verschwunden. Sie fühlte nichts mehr, kam sich vor wie ein ausgehöhlter, verwitterter Baumstamm. Rechnete damit, jeden Moment in sich zusammenzufallen, in Brösel aufzulösen und mit der Erde unter sich eins zu werden.

Die Beerdigung hatte sie in einem ähnlichen Zustand hinter sich gebracht. Blass, mit einer weißen Rose in der Hand, stand sie da und starrte wie in Trance auf das von Blumen-

kränzen umringte rechteckige Erdloch, in dem der eichene Kasten mit Daniel darin verschwand. Von dicken Seilen getragen sank der Sarg langsam hinab, bis er nur noch zu sehen war, wenn man direkt am Rand des Loches stand.
Die Rede des Pfarrers ging an ihren Ohren vorbei, genauso wie die Kondolenzworte von Freunden, Bekannten und Menschen, die sie noch nie gesehen hatte. Auch die zärtlichen Küsse auf ihrer Wange spürte sie nicht. Auch nicht den sanften Druck der vielen Hände, die ihre Hand teilnahmsvoll und aufmunternd drückten und tätschelten. Es war, als wäre sie gestorben. Zusammen mit Daniel. Der jetzt da unten lag.

Mit tief gesenktem Kopf saß Charlotte auf der Bank, stierte vor sich hin und hatte plötzlich Musik in den Ohren. Die Musik, bei der sie sich zum letzten Mal geliebt hatten, auf dem schmalen, harten Bett in der Holzhütte am Fuße des Grand Canyon.
»Die Treppe zum Himmel«, flüsterte sie, hob den Kopf und schaute ins strahlend blaue Firmament, wo die Kondensstreifen mittlerweile ein überdimensionales Kruzifix bildeten.
Plötzlich waren die Tränen wieder da. Die Tränen, von denen sie geglaubt hatte, sie seien für alle Zeiten versiegt. Unerwartet und unaufhaltsam brachen sie aus ihr heraus, während der Schmerz ihren Körper schüttelte, ihn auf der Bank hin und her warf, so lange, bis alle ihre Muskeln schmerzten und sie entkräftet nach Luft schnappte.

dritteskapitel

eins

Charlotte schob den Kopf durch den Spalt des halb geöffneten Dachfensters und blickte nach Osten. Zwischen den Spitzen hoher Fichten und hinter dem kahlen Geäst riesiger Buchen und Ahornbäume ruhte der See. Silbergrau glitzerte seine Oberfläche im Licht der aufgehenden Sonne, die den unteren Teil des blassblauen Himmels orangerosa färbte. Wie ein glühendes Band lag er auf dem taubenblauen Horizont, unterbrochen von der Silhouette des Kloster Andechs, um dessen Turmspitze filigrane Wolkenschleier schwebten, so zart und fein, dass sie sich jeden Moment aufzulösen schienen.

Versonnen betrachtete Charlotte das Farbenspiel und wünschte, sie könnte jetzt aus dem Fenster steigen und diesem verheißungsvoll leuchtenden Spätherbsttag entgegenfliegen. Leicht und schwerelos – wie in der vergangenen Nacht über die Märchenlandschaft. Schweben wie einer dieser durchsichtigen Wolkenfetzen und eins werden mit dem Kosmos. Sie wartete, bis die glutrote Sonnenscheibe voll und rund über der Hügelkette des gegenüberliegenden Ufers stand und sich verschwommen im Wasser spiegelte. Dann wandte sie sich langsam ab, machte Dehnübungen, schlüpfte in ihre Laufklamotten, legte die Pulsmessuhr an und verließ schnellen Schrittes das Haus.

Eingehüllt von kühler Morgenluft lief sie den schmalen Weg zum See hinunter. Vorbei an grün-rot gestreiften, in dicken Pfählen verankerten Bootshäusern, auf deren Giebeln in

Reih und Glied eine Schar Lachmöwen hockte, so bewegungslos, als wären sie ausgestopft. Vorbei am Dampferanlegesteg, der um diese Jahreszeit mit einer Tür aus Holzlatten verschlossen war. Vorbei an schwarzen Reiherenten mit weißen Hauben und spitzen Schnäbeln, die mit flinken Bewegungen nach Futter tauchten. Vorbei an dem Schwanenpaar, das mit hochgereckten Hälsen gemächlich seine Bahn zog. Vorbei an dem überfluteten Boot, von dem nur noch die Bugspitze aus dem Wasser ragte und einer Krähe als Rastplatz diente. Vorbei an dem Pfeife rauchenden alten Mann, der – seinen Fuß auf die bemooste Ufermauer gestützt – sinnierend ins Weite schaute, während sein Hund ein paar Meter weiter an derselben Mauer erst sein Bein hob und dann fröhlich kläffend und mit wehenden Ohren hinter Charlotte herfegte. Vorbei an dem menschenleeren Minigolfplatz, wo die während der Saison die Spielbahnen beleuchtenden Lampen bereits winterfest in blaue Mülltüten verpackt waren und an mit breitkrempigen Hüten bedeckte und mit Schleiern verhüllte Köpfe von Biedermeierdamen erinnerten.

Mit angewinkelten Armen lief Charlotte leichtfüßig den schmalen Weg am See entlang. Rhythmisch knirschten ihre Schritte im Kies, hin und wieder schaute sie auf die Uhr an ihrem Handgelenk, die minuziös ihren Pulsschlag anzeigte. 145, das war die richtige Geschwindigkeit. Langsameres Laufen war nutzlos, weil es keinen Trainingseffekt erzeugte, schnelleres Laufen verbrauchte zwar Kohlehydrate, aber kein Fett. Letzteres war ihr allerdings egal – sie brauchte nicht abzunehmen, sie hatte die schlanke Figur ihrer Eltern geerbt. Sie lief in Richtung Süden, die Alpenkette vor Augen, deren schneebedeckte Gipfel rosa schimmerten. Nun ein Zwischen-

spurt, Puls 150, 160. Allmählich wurde ihr warm, sie spürte den Schweiß in kleinen Bahnen ihren Rücken hinunterrinnen und reduzierte das Tempo. Während der Puls sich beruhigte, tauchte in der nächsten Kurve wieder die alte Frau auf, ihren Schäferhund im Schlepptau. Als Charlotte den beiden das erste Mal begegnet war, dachte sie von weitem, der Hund zöge ein Wägelchen hinter sich her. Er zog aber kein Wägelchen, sondern seine hintere Hälfte – auf ein zweirädriges Gestell geschnallt. Was der arme Kerl denn habe, hatte Charlotte teilnahmsvoll gefragt. Die Hinterbeine seien gelähmt, hatte die Frau leutselig berichtet. Der Arzt habe ihn einschläfern wollen, aber das habe sie natürlich nicht zugelassen. »Den Benny umbringen!«, hatte die Frau entrüstet ausgestoßen. Schließlich sei ihr Sohn dann auf die Idee mit dem rollenden Unterbau gekommen. Sie lächelte, mit unverhohlenem Stolz.
Auf gleicher Höhe mit Frau und Tier angekommen, stoppte Charlotte und streichelte den Kopf des Hundes. Freudig leckte er ihre Hand ab, und unter normalen Umständen hätte er vermutlich mit dem Schwanz gewedelt. So aber baumelte dieser leblos zwischen den Hinterbeinen – wie ein Fuchsschwanz an der Autoantenne eines Opel Manta in den siebziger Jahren.
Angesichts des träge auf zwei Pfoten dahintrottenden Tieres kam Charlotte die Mail von Fabian in den Sinn, in der er von der Einschläferung seines Hundes berichtet hatte. Seit über einer Woche hatte sie nicht mehr in ihre Mailbox geschaut. Wozu auch? Der Hufschmied reiste durch Venezuela. Aber müsste er jetzt nicht wieder zurück sein? Vielleicht sollte sie ihm schreiben. Aber was? Sollte sie von ihrem Traum berichten? Von ihren Gedanken und Gefühlen erzählen? Nein, das

würde sie nicht tun. Das hatte sie noch nie getan, selbst ihrem Mann hatte sie sich nie so ganz offenbart. Von ihren Eltern hatte sie gelernt, ihr Innerstes für sich zu behalten. Sicher eingeschlossen, wie ein im Safe ruhendes wertvolles Gemälde, von dem die Außenstehenden keine Ahnung haben.

Sie machte kehrt und lief jetzt in Richtung Norden. Vorbei an dem verwaisten Badesteg, dessen graue Holzplanken im Sommer von sonnenhungrigen Menschen bevölkert waren und auf dem jetzt lediglich ein tief in einen Kuss versunkenes Liebespärchen saß. Vorbei an der Wiese, auf der ein paar Gänse herumtappten, Gras zupften und bei Charlottes Anblick die Hälse reckten und bedrohlich zischten. Vorbei an der seit Jahren unbewohnten Jugendstilvilla mit den blind angelaufenen Fenstern und dem gelbbraunen Putz, der in großen Placken allmählich abbröckelte und Teile einer Ziegelmauer freilegte.

Nun noch die Anhöhe hinauf, vorbei an den immer noch grünen Brombeerhecken, die sie Ende August mit viel Mühe abgeerntet hatte. Das Ergebnis waren zahlreiche blutende Kratzer an Armen und Beinen gewesen aber auch zwei Kilo leckere, süße Früchtchen, aus denen sie Marmelade gekocht hatte.

Nass geschwitzt, erschöpft, aber äußerst befriedigt über ihre Disziplin kam sie wieder zu Hause an.

zwei

Frisch geduscht und mit einer Tasse Kaffee saß Charlotte am Schreibtisch und redigierte einen Artikel, als das Telefon klingelte.

»Ich würde dich heute gern besuchen«, sagte Charlottes Mutter nach einer kurzen Begrüßung. »Hast du Zeit?«
»Ich hab immer Zeit ...«, erwiderte Charlotte knapp und in Gedanken mehr bei dem Artikel als bei der Mutter.
»Ja, leider.«
»Mama!«, sagte Charlotte scharf. »Kannst du dieses Thema nicht endlich lassen? Ich kann's wirklich nicht mehr hören!«
»Ist ja schon gut«, antwortete die Mutter und gab einen leisen Seufzer von sich. »Also, ist es dir recht, wenn wir heute Abend zusammen essen?«, fragte sie. »Ich muss dir nämlich was erzählen«, fügte sie nach einer kurzen Pause hinzu.
»Das kannst du auch am Telefon tun«, gab Charlotte patzig zurück.
»Nein, persönlich ist das besser ...«
»Scheint sich ja um eine sensationelle Neuigkeit zu handeln«, sagte Charlotte, ziemlich desinteressiert. Im Leben ihrer Mutter hatte es noch nie aufregende Neuigkeiten gegeben. Im Leben ihrer Mutter verlief jeder Tag wie der andere. Gleichtönig und ereignislos. Selbst die Auseinandersetzungen mit ihrem Mann hatten im Laufe der Zeit einen fast schon schrulligen Charakter angenommen, der immer nach demselben stereotypen Muster ablief und bei niemandem im Umfeld auf Aufmerksamkeit, geschweige denn Interesse stieß. Auch für die beiden Beteiligten selbst schienen sie zur täglichen Routine geworden zu sein – sie gehörten einfach dazu, ähnlich wie das Zähneputzen. Man macht es einfach, ohne groß zu überlegen.
»Sensationell?«, antwortete die Mutter gedehnt, »nun ... je nachdem, wie man's nimmt.«
»Mein Gott, mach's doch nicht so spannend!«, sagte Charlotte unwillig. »Erzähl halt endlich ...!«

»Das werde ich tun!«, erwiderte die Mutter. »Aber erst beim Abendessen. Wir könnten doch mal wieder zu diesem guten Japaner nach Schwabing gehen ... Sushi essen.«
»Gute Idee«, sagte Charlotte.
»Fein. Wir treffen uns dann direkt im Lokal. Ich komme mit dem Zug und fahre mit dem Taxi direkt dorthin. Passt dir sieben Uhr?«
»Sieben ist okay.«

Nach dem Telefonat überlegte Charlotte, um was für eine Neuigkeit es sich handeln könnte. Ein kleines Urlaubs-Techtelmechtel wahrscheinlich, dachte sie, zuckte gleichgültig mit den Achseln und öffnete dann ihre Mailbox, wo sich auf einer langen Liste auch der Name befand, auf den sie insgeheim gehofft hatte. Dem Drang, die Mail umgehend zu öffnen, gab sie allerdings nicht nach, sondern verhielt sich so wie früher, bei den Mahlzeiten. Voller Vorfreude auf das, was ihr am besten schmeckte, hatte sie mit an Masochismus grenzender Geduld zuerst das verspeist, was sie am wenigsten mochte. Und das waren grundsätzlich die Beilagen, wie Kartoffeln, Nudeln oder Reis, danach war das Gemüse an der Reihe. Ganz zuletzt erst widmete sie sich dem Leckerbissen. Um die Vorfreude zu steigern, kostete sie zwischendurch zwar ein Stück davon, doch das definitiv letzte Stück auf dem Teller blieb das Schmankerl. Auch spöttische Bemerkungen der Familienmitglieder konnten sie über Jahre hinweg von diesem Ritual nicht abbringen. Selbst das üble Späßchen nicht, das einer ihrer Großväter sich eines Tages erlaubt hatte. Charlotte war so um die sechs Jahre alt gewesen, als der alte Mann mit einer flinken Bewegung ihre Bratwurst mit seiner Gabel aufspießte, hast-du-nicht-gesehen in den Mund

steckte, kurz kaute und dann schluckte. Weg war die Delikatesse! Auf Nimmerwiedersehen in seinem Bauch verschwunden. Fassungslos und mit weit aufgerissenen Augen hatte Charlotte ihn angestarrt und war empört davongelaufen, verfolgt vom amüsierten Gelächter sämtlicher Familienmitglieder – was zusätzlich kränkte. Die reumütige Entschuldigung des Übeltäters hatte sie tagelang trotzig abgelehnt und ihm erst verziehen, als er sich offiziell entschuldigte und ihr als Wiedergutmachung ein paar Rollschuhe schenkte.
Mit ähnlicher Vorfreude wie früher öffnete sie nun erst die anderen Zuschriften. Im Vergleich zu damals lief sie heute allerdings nicht Gefahr, dass jemand das Schmankerl stibitzte. Nein, unbehelligt von räuberischen Absichten Dritter wartete es darauf, von ihr genossen zu werden.
Einige der Männer, deren Zuschriften sie gelöscht hatte, hatten erneut geschrieben. Manche fragten zaghaft an, ob sie ihre Post erhalten habe, und legten Text und Foto »rein vorsorglich« noch einmal bei. Andere beschwerten sich mit unfreundlichen Worten und forderten eine Erklärung. »Da könnt ihr lange warten, ihr Deppen!«, murmelte Charlotte, löschte die Zuschriften und öffnete Fabians Mail.

»Liebes Dornröschen, seit einer Stunde bin ich wieder zurück von meiner Reise, und mein erster Gang führte mich zum Computer, weil ich zugegebenermaßen auf eine Nachricht von dir gehofft hatte und dann natürlich enttäuscht war, dass dein Name auf der Mailliste fehlte. Aber vielleicht erbarmst du dich ja bald ... ;-)))
Ich habe eine längere Fahrt durch den mittleren Teil des Landes hinter mir. Ganz allein, im offenen Jeep, über holprige Straßen, vorbei an riesigen Mangobäumen, das Geäst voll von

reifen, süßlichen Duft verbreitenden Früchten und kleinen, kreischend hin und her jagenden Affen. Über viele Kilometer keine Menschenseele, nur saftig-grüne, üppige und schier unendliche Weite, die nach hinten hin immer blaustichiger wird, um sich am Horizont Ton in Ton mit dem Himmel zu vereinen. Hin und wieder taucht eine Hütte auf, aus Lehmziegeln gemauert oder aus Wellblech zusammengeschraubt, eingerahmt von im Wind schwankenden Zuckerrohrstauden. Durch deren Ernte verdient der Besitzer – ein meist dürres, sonnengegerbtes Bäuerchen – ein paar Geldstücke, mit denen es sich und seine Familie durchs Jahr bringt. Trotz der Armut flimmert in jeder dieser schäbigen Hütten ein Fernsehapparat. Der Empfang ist miserabel und das Bild total verschneit, aber die schmutzigen Kinder, die mit großen Augen davor sitzen, haben ihren Spaß daran und betrachten fasziniert die verschwommenen Dokumente aus der fernen und fremden Welt. Bad und Küche gibt es nicht. Wasser zum Waschen und Kochen liefert ein Hahn in Hüttennähe. Und selbst der ist oft nicht obligatorisch. Dann dienen ein Bach, ein Fluss oder ein Regenfass als Wasserlieferant. Gekocht wird über einer qualmenden Feuerstelle in einem verrußten Blechkessel, wo meist ein unappetitlich aussehender Mischmasch aus Gemüse, Kartoffeln und Fleischknochen vor sich hin blubbert. Es ist manchmal kaum zu glauben, unter welch primitiven Umständen hier viele Menschen leben. Unglücklich wirken sie dabei allerdings nicht. Im Gegenteil, hier wird erheblich mehr gelächelt als bei uns in Deutschland.

Die Reise dauerte insgesamt zehn Tage und hat vielfältige Eindrücke bei mir hinterlassen. Unter anderem habe ich eine Fahrt auf dem Orinoko gemacht. Leider nicht allein, sondern mit einer deutschen Reisegruppe, die am Anlegesteg stand und mich aufforderte mitzufahren. Das habe ich gemacht, und genau das war ein Fehler! Du kannst dir nicht vorstellen, wie diese Zeitgenossen sich aufgeführt haben. Während das Boot durch die dschungelähnliche, paradiesische Landschaft tuckerte, krakeelten sie herum, soffen Bier und erzählten einfältige Witze. An Land verhielten sie sich auch nicht besser, sondern trampelten in den Hütten der Bewohner herum, als wären sie in ihrem eigenen Wohnzimmer.

Bis auf das Erlebnis mit diesen Touristen war die kleine Reise aber durchweg positiv, werde wieder mit Elan an die Arbeit gehen und freue mich schon auf ›meine‹ Pferde.

So, liebes Dornröschen, das war's für heute. Ich hoffe, dass es dir gut geht und ich bald Post von dir bekomme. Abschließend habe ich allerdings noch eine Frage. Hat dein Pseudonym eine tiefere Bedeutung?

Liebe Grüße über den Teich von Fabian

PS: Ich möchte dir noch ein kleines Geheimnis verraten. Während meiner Reise habe ich mir öfter vorgestellt, dich auf dem Beifahrersitz zu haben. Und – offen gestanden – das war eine schöne Vorstellung ...«

Aufmerksam las Charlotte Wort für Wort und wurde dabei von einem merkwürdigen Gefühl beschlichen. Dieser fremde Mann nahm auf eine Art und Weise Besitz von ihr, gegen die sie sich mit aller Macht sträubte. Sie fürchtete, ihre Autonomie zu verlieren. Diese Autonomie, in der sie wie in einem schützenden Etui gelebt hatte, bevor sie Daniel begegnet war, und in die sie sich nach seinem Tod wieder hineingeflüchtet hatte. Und sie hatte sich fest vorgenommen, dieses Refugium nie wieder zu verlassen. Nie wieder in ihrem Leben wollte sie sich so fühlen wie damals, so unsäglich hilflos, ohnmächtig und verzweifelt. Das war die eine Sache.

Die andere Sache war die, dass sie bei der Lektüre von Fabians Mails zunehmend mehr eine zart aufkeimende, nicht zu unterdrückende Hoffnung spürte, eine Sehnsucht nach Wiederholung des wunderbaren, leichten, lichtdurchfluteten Glücks, von dem sie eine Zeit lang durch die Tage und Nächte getragen worden war.
Alles in allem fühlte sie sich wie ein trockener Alkoholiker, dem ein Glas Wein angeboten wird und der instinktiv auch danach greift, seine Hand dann aber schnell wieder zurückzieht – hin- und hergerissen zwischen sachlicher Vernunft und melancholischer Wehmut.
Analog zu diesem Verhalten gab Charlotte ihrem Bedürfnis, Fabians Brief sofort zu beantworten, nicht nach, sondern nahm hastig ihre Finger von den Tasten.

drei

Es regnete in Strömen, als Charlotte auf der Suche nach einem Parkplatz durch ein tristes Schwabinger Häuserviertel kurvte. Wie erwartet, war in der Reihe der parkenden Autos am Rand der schwarz glänzenden Straßen nirgendwo eine Lücke zu entdecken. Sie schimpfte leise vor sich hin und warf einen Blick auf die Uhr. Viertel nach sieben. Also war sie mal wieder zu spät, und ihre Mutter würde seit exakt fünfzehn Minuten in dem japanischen Lokal sitzen. Das stand fest.
Charlottes Mutter war eine zierliche Frau und stets nach der neuesten Mode gekleidet. Ihren Kopf krönte eine perfekt geschnittene Kurzhaarfrisur, und ihre Manieren waren ebenfalls vom Feinsten. Bei Anlässen aller Art lächelte sie freundlich und vermittelte den Eindruck, als könne sie nichts aus der Fassung bringen. Was oberflächlich betrach-

tet auch stimmte. Dieses Verhalten beherrschte sie derart gekonnt, dass Charlotte sarkastisch witzelnd immer wieder meinte, ihre Mutter tauge mühelos zur englischen Königin, und durch lockere Sprüche versuchte, ihre Mutter aus ihrer distinguierten Reserve zu locken. Das war ihr aber nie gelungen.

Zudem bewies Charlottes Mutter einen exzellenten Geschmack, was Wohnen und Essen betraf. Sie war sehr belesen, vielseitig gebildet und immer auf dem Laufenden in kulturellen Angelegenheiten. Einen gewissen Charme konnte man ihr auch nicht absprechen. Was ihr allerdings fehlte, war Persönlichkeit. Sie war ein Mensch, der, wenn er irgendwo hinkam, von niemandem bemerkt wurde. Sie hatte die Ausstrahlung eines teuren, aber unauffälligen Möbelstücks, das dekorativ in der Ecke steht, wo es sich aus optischen Gründen zwar gut macht, das man aber nur dann registriert, wenn man bewusst hinschaut, und das man anschließend gleich wieder vergisst.

Mit klappernden Absätzen fegte Charlotte durch die Tür des Lokals, wo ihre Mutter – wie erwartet – bereits an einem Tisch saß, jetzt den Kopf hob und ihr erwartungsvoll entgegensah.

»Entschuldige die Verspätung, Mama«, stieß Charlotte atemlos hervor und rempelte gegen einen Stuhl, »ich musste dreimal um den Block fahren und dachte schon, ich finde nie einen Parkplatz.« Sie seufzte genervt und wischte sich eine feuchte Haarsträhne aus der Stirn. »Und dann regnet es auch noch wie verrückt, und ich hatte natürlich keinen Schirm im Auto.«

Charlottes Mutter schien dem Regen entgangen zu sein. Proper wie immer saß sie da und schaute auf ihre Armbanduhr.

»Pünktlichkeit war ja noch nie deine Stärke«, sagte sie. »Eigentlich wundere ich mich, dass du schon da bist.« Sie lächelte freundlich. »Ich hatte mit einer halben Stunde gerechnet.«
»Du übertreibst«, gab Charlotte zurück.
»Nein, ich übertreibe nicht, aber deine Verspätung ist nicht tragisch, ich habe inzwischen einen Sake getrunken und die Karte studiert.« Sie bedachte Charlotte mit einem kurzen, prüfenden Blick über die Brillengläser. »Komm, setz dich und entspann endlich!« Sie deutete mit dem Kinn auf den Stuhl ihr gegenüber. »Ich hab uns schon mal eine Portion Sushi bestellt, ich hoffe, das ist dir Recht.«
»Mit ist alles Recht«, sagte Charlotte, schälte sich aus ihrer Jacke und warf sie mit lässiger Bewegung über die Lehne des Nachbarstuhls. »Ich habe nämlich einen Mordshunger.« Sie setzte sich und schaute dem Kellner entgegen, der offensichtlich nur auf ihr Erscheinen gewartet hatte. Mit gefülltem Tablett stand er in den Startlöchern und setzte sich gerade in Bewegung.

»Auf dein Wohl!« Charlotte hob ihr Weinglas. »Was machst du eigentlich hier? Ich dachte, du seist verreist, mit Marlene.«
»Das war ich auch ... bis vorgestern.«
Charlotte stippte ihren Finger in die giftgrüne Meerrettichsoße und leckte ihn ab. »Wo wart ihr denn?«
»In Marrakesch. Das liegt in Marokko.«
»Ich weiß, wo Marrakesch liegt«, sagte Charlotte leicht gereizt und stippte ihren Finger erneut in die Soße. »Und, was habt ihr dort gemacht?«
»Tennis gespielt, durch die Souks gebummelt, am Swimmingpool gelegen und gut gegessen und getrunken.«

»Klingt ja wahnsinnig aufregend.«
»Ach, in meinem Alter sucht man keine große Aufregungen mehr«, sagte Charlottes Mutter, inspizierte erst aufmerksam ihren linken Daumennagel und hob dann den Kopf. »Die ergeben sich meistens von ganz allein«, fügte sie bedeutsam hinzu.
Charlotte peilte ihre Mutter schräg von der Seite an. »Warum tust du denn so geheimnisvoll? Ist irgendwas los?«
Die Mutter sagte nichts, sondern lächelte viel sagend.
Charlotte schob ihre Augenbrauen zusammen und warf ihrer Mutter einen mäßig interessierten Blick zu. »Und was ist überhaupt mit dieser ominösen Neuigkeit, die du angekündigt hast?«
Die Mutter sagte immer noch nichts, sondern schickte ihren Blick zur Decke, so, als suche sie dort oben nach der Antwort. Nach einigen Sekunden richtete sie ihren Blick auf Charlotte und sagte: »Ich werde mich scheiden lassen.« Sie gab diese Worte so beiläufig von sich, als berichte sie über den Erwerb eines neuen Hutes.
Charlotte, die gerade mit ihren Stäbchen ein Sushi-Röllchen gepackt hatte und im Begriff war, es zum Mund zu führen, ließ Sushi und Stäbchen auf die Tischplatte fallen.
»Wie bitte?!«, stammelte sie und starrte ihre Mutter mit weit aufgerissenen Augen an.
»Ja, ich werde mich scheiden lassen«, wiederholte diese, immer noch ganz ruhig.
Charlotte fehlten die Worte. Mit offenem Mund saß sie da und schien durch ihre Mutter hindurchzuschauen.
»Ich fasse es nicht!«, stieß sie nach einer Weile hervor. »Mit allem hätte ich gerechnet, aber nicht damit.«
»Siehst du, man muss im Leben eben mit allem rechnen.

Aber, ganz offen gestanden …«, ein listig-verlegenes Lächeln zog über ihr Gesicht, als hätte man sie bei einem harmlosen Streich ertappt, »ich bin selbst überrascht.«
Charlotte schaute ihre Mutter nach wie vor perplex an und gab keinen Ton von sich.
»Du predigst mir doch schon seit Jahren, dass ich mich scheiden lassen soll«, fuhr die Mutter fort.
»Ja, schon … aber …«, stotterte Charlotte, »wieso denn jetzt so plötzlich?« Es folgte eine grüblerische Pause, dann hob sie ruckartig den Kopf. »Du hast einen Mann kennen gelernt! Im Urlaub! Stimmt's?«
»Ja, unter anderem.«
»Aha, dachte ich es mir doch …«
»Aber es ist nicht so, wie du denkst.«
»Wie ist es dann?« Charlotte klaubte die Stäbchen vom Tisch, klemmte das fallen gelassene Sushi-Röllchen dazwischen, steckte es sich in den Mund, kaute und schaute ihre Mutter erwartungsvoll an.
»Also, das war so … am dritten Abend … Marlene und ich saßen im Speisesaal unseres Hotels, als sich ein älteres Ehepaar an unseren Tisch setzte. Ein ziemlich altes Ehepaar, besser gesagt. Zusammen waren die beiden bestimmt hundertfünfzig Jahre.«
Charlotte, die den Auftritt eines marokkanischen Liebhabers erwartet hatte, wurde ungeduldig.
»Ja und dann?«, rief sie unzufrieden. »Mach's doch nicht so spannend!«
»Du wirst enttäuscht sein, das kann ich dir gleich sagen. Es ist im Grunde ganz simpel … ich habe dieses Ehepaar beobachtet. Fasziniert beobachtet. Denn der alte Mann behandelte seine Frau so, als sei er ihr gestern erst begegnet. Er

stand auf, wenn sie den Tisch verließ, und er stand auf, wenn sie wieder kam. Jeden Schluck Wein, den er trank, widmete er ihrem Wohl, er reichte ihr das Brot, füllte ihren Teller nach, und zwischendurch streichelte er liebevoll ihren Handrücken, wobei er sie anlächelte. Und er hörte ihr zu, aufmerksam und ohne sie zu unterbrechen.«

Charlotte sagte kein Wort, sondern pflügte mit den Stäbchen unkonzentriert durch das Tischtuch.

»Am dritten Abend wollte ich von ihnen wissen, wie lange sie verheiratet seien. ›Fünfundfünfzig Jahre‹, sagte die Frau und strahlte. Fünfundfünfzig Jahre! Nachts im Bett, als ich nicht einschlafen konnte, habe ich mir dann vorgestellt, weitere zwanzig Jahre mit deinem Vater zu verbringen. Weitere zwanzig Jahre so dahinzuvegetieren wie die ersten fünfunddreißig. Immer unzufriedener, unglücklicher zu werden, immer unattraktiver und immer hässlicher. Gezeichnet von innerem Gram.«

Sie machte eine kleine Pause, leerte mit einem zufriedenen Lächeln ihr Sake-Schälchen, schnipste mit Daumen und Zeigefinger ein verwaistes Reiskörnchen vom Tisch und fuhr dann fort: »Das kommt nämlich noch hinzu. Das Gesicht der alten Dame war zwar von Falten übersät, aber es war schön. Ja, diese Frau war in Würde und Glück alt geworden.«

Sie machte eine nachdenkliche Pause.

»Und genau das möchte ich auch ... in Würde alt werden. Aber mit deinem Vater geht das nicht. Das ist mir eigentlich schon lange klar, aber so richtig begriffen habe ich es erst an jenem Abend, als Marlene und ich vor dem Essen an der Bar saßen und einen Sherry tranken. Da ging nämlich dieses Ehepaar an uns vorbei. Die beiden strebten dem Restaurant zu, wie immer Hand in Hand. Und in diesem Moment wusste

ich, was zu tun war.« Sie machte eine kleine Pause und lächelte versonnen. »Und seitdem ist mir ganz leicht ums Herz, ich kann mich gar nicht erinnern, wann ich mich jemals so gut gefühlt habe.«
Charlotte musterte ihre Mutter. Nein, um einen Scherz konnte es sich nicht handeln. Die Frau sah um Jahre jünger aus und schien sich überhaupt in einen anderen Menschen verwandelt zu haben. Sie strahlte etwas aus, das Charlotte noch nie an ihr wahrgenommen hatte: Selbstbewusstsein und Souveränität. Der sonst vorhandene Ausdruck von Schwäche und Unsicherheit war wie weggeblasen.
»Hast du es Papa schon gesagt?«, fragte Charlotte, als sie ihre Sprache wieder gefunden hatte.
»Ja.«
»Und ... wie hat er reagiert?«
»Wie erwartet. Vollkommen gleichgültig. Und er hat angeboten, eines seiner Apartments in der Innenstadt zu beziehen.«
Gedankenverloren kaute Charlotte die Spitze eines Stäbchens fransig. »Das Leben scheint wohl tatsächlich einem ständigen Wandel unterworfen zu sein«, murmelte sie nach einer Weile und schaute ins Leere. »Meine Mutter lässt sich scheiden ... wer hätte das gedacht«, sinnierte sie halblaut.
Dabei zog ein vergnügtes Grinsen über ihr Gesicht.

vier

»Auf deine Zukunft!«
Charlotte hob ihr Glas. Zusammen mit ihrer Mutter hatte sie es sich auf einer Ansammlung dicker, großer Kissen vor dem brennenden Kamin bequem gemacht. In einem mit Eiswürfeln gefüllten Silbereimer neben ihnen stand die Champa-

gnerflasche, an deren Hals sich gerade ein Tropfen den Weg durchs Kondenswasser bahnte.
»Also, nochmal ... auf deinen Entschluss!« Charlotte leerte ihr Glas zur Hälfte und wischte sich den Mund ab. »War allerdings auch höchste Zeit«, murmelte sie und warf ihrer Mutter einen strafenden Blick zu. »Wie du das überhaupt so lange ausgehalten hast ... ich an deiner Stelle hätte einen Mann wie meinen Vater schon längst verlassen. Ich hätte ihn gar nicht erst geheiratet ...«
»Ach, das sagt sich so leicht. Zu wissen, was zu tun oder zu lassen ist, das ist die eine Sache. Es dann tatsächlich zu tun oder zu lassen, ist die andere. Aber das wirst du auch noch erkennen.« Geistesabwesend zupfte die Mutter an einer Haarsträhne und schaute ins Feuer, dessen Schein rötlich flackernde Zungen auf ihr Gesicht zeichnete, was ihr einen geheimnisvollen Ausdruck verlieh. »Im Nachhinein gesehen habe ich von Anfang an gewusst, dass das nicht gut geht. Aber der Mensch neigt nun mal dazu, nicht der Realität ins Auge zu schauen, sondern seinen Wunschträumen nachzuhängen.«
»Warum hast du Papa eigentlich geheiratet?«, fragte Charlotte und nippte am Glas.
»Weil ich schwanger war und weil ich in ihn verliebt war – vom ersten Moment an. Er sah unglaublich gut aus. Aber es war gar nicht sein Aussehen, sondern seine Ausstrahlung. Seine Unnahbarkeit hat mich gereizt.« Sie machte eine Pause. »Ich dachte, seine kühle Art sei nur gespielt«, fuhr sie fort. »Und natürlich war ich überzeugt davon, seine Schale knacken zu können.« Sie wandte ihr Gesicht Charlotte zu. »Leider ist mir das nicht gelungen.« Sie fuhr ihrer Tochter mit den Fingern liebevoll durchs Haar. »Und du bist ihm auf eine gewisse Art und Weise ähnlich.«

»Wie bitte?!« Unwillig zog Charlotte ihren Kopf zur Seite. »Wie meinst du *das* denn? Willst du damit etwa sagen, ich sei so ein gefühlskaltes, arrogantes Arschloch wie mein Vater?!«

»Nein, das will ich nicht damit sagen.« Sie legte ihre Hand beruhigend auf Charlottes Schenkel. »Außerdem ist dein Vater kein Arschloch.«

»Doch, das ist er!«, gab Charlotte scharf zurück und schob mit einer unwirschen Bewegung die Hand von ihrem Schenkel. »Aber unabhängig davon ... drück dich bitte klar aus. Was meinst du damit ... ich sei ihm ähnlich?«

»Ich meine damit, dass du einiges von deinem Vater geerbt hast.«

»So, und das wäre?«, fragte Charlotte barsch.

»Seinen Stolz zum Beispiel. Und sein Durchsetzungsvermögen.« Die Mutter lächelte ihre Tochter warmherzig an. »Und seinen klugen Kopf, aber auch seine Ungeduld und seinen Starrsinn.« Sie strich Max, der es sich mittlerweile zwischen beiden Frauen bequem gemacht hatte und zufrieden schnurrte, übers Fell. »Ich habe nach meinem Entschluss viel nachgedacht. Über mich, über deinen Vater ... und über dich natürlich.«

»Ja, und?« Charlotte war weiterhin verstimmt. »Was ist bei dem vielen Nachdenken herausgekommen?«

»Ich befürchte, du könntest dir dieselbe harte Schale zulegen wie dein Vater.«

»Keine Sorge!«, bellte Charlotte. »Nie im Leben werde ich so wie dieser wandelnde Kühlschrank. Darauf kannst du Gift nehmen!« Sie atmete schwer und warf ihrer Mutter einen bedrohlichen Blick zu.

»Ich hoffe es«, sagte diese leise, »ich hoffe es für dich! Ein

Mensch, der sich von seiner Umwelt emotional abkapselt, tut sich selbst am meisten weh damit.« Sie streckte sich nach hinten, angelte ihr Glas und nahm einen kleinen Schluck. »Die anderen können gehen – selbst wenn es fünfunddreißig Jahre dauert. Aber sich selbst kann man ja nicht verlassen, sondern muss sich ein Leben lang ertragen.«

»Sehr weise gesprochen«, meinte Charlotte sarkastisch. »Und was soll ich mit dieser Erkenntnis jetzt anfangen?«

»Ach, meine Kleine ... was sollst du wohl damit anfangen?« Die Mutter seufzte, griff nach Charlottes Hand, hielt sie gegen deren Widerstand fest und tätschelte sie zärtlich. »Seit Daniels Tod lebst du nicht mehr richtig. Du hast dich total abgekapselt. Ich weiß nicht, was du fühlst, was du denkst und wie es dir geht. Genau wie bei deinem Vater. Der hat auch nie über sich und seine Gefühle gesprochen.«

»Der hat überhaupt keine Gefühle«, fuhr Charlotte auf, »dieser zynische Holzklotz.« Sie grinste böse. »Ja, Holzklotz ist ein prima Begriff für meinen Erzeuger. Man kann auf ihn drauf hauen, so oft man will. Selbst wenn man ihn spaltet ... es macht ihm nichts aus. Dann zerfällt er eben in zwei Teile wie ein durchschnittener Regenwurm. Das bekümmert weder die eine noch die andere Hälfte. Jede kriecht in die entgegengesetzte Richtung und hat die andere bereits vergessen.«

Teilnahmsvoll schaute die Mutter auf ihre Tochter. »Ach, Charly«, sagte sie leise, »ich glaube, da täuschst du dich.«

»Ich täusche mich überhaupt nicht!«, gab Charlotte zurück. »Und falls ich mich doch täuschen sollte, dann frage ich mich, warum du ihn verlässt, diesen, ach, so gefühlvollen Menschen.«

»Ich verlasse ihn nicht, weil er keine Gefühle *hat*, sondern weil er sie nicht *zeigt*. Das ist ein großer Unterschied.«

Charlotte schaute ihre Mutter grimmig an und sagte nichts. Die Mutter schaute liebevoll zurück. »Schlaf erst mal drüber, wir reden dann morgen weiter – wenn du willst. Einverstanden?« Sie erhob sich und strich ihren Rock glatt.

»Übrigens, morgen früh kommt Marlene, sie muss zum Flughafen, ihren Neffen abholen, und ich soll sie begleiten. Könntest du uns chauffieren? Du weißt doch, ich fahre nicht gern mit ihr. Wie sie mit ihrer hektischen Fahrweise überhaupt jemals den Führerschein geschafft hat, ist mir ein Rätsel, und dass sie nicht einen Unfall nach dem anderen baut, grenzt an ein Wunder.«

»Und warum fährst *du* nicht?«, fragte Charlotte.

»Was glaubst du, weshalb ich mit dem Zug gekommen bin? Weil ich mich nur ans Steuer setze, wenn es sich nicht vermeiden lässt. Also, was ist … fährst du uns?«

»Ja, ja, ich fahre euch schon«, brummte Charlotte. »Aber ich wusste gar nicht, dass Marlene einen Neffen hat.«

»Er ist der Sohn ihrer Schwester. Weißt du, Luise, die eine Zeit lang in Indien gelebt hat, in einem Ashram.«

»Luise? Kenne ich nicht.«

»Doch, du kennst sie. Wir waren mal bei ihr eingeladen. Zur Vernissage einer ihrer Ausstellungen … ist schon ein paar Jahre her.«

»Ach, die! Die mit diesen unsäglichen Bildern! Groß, bunt und schrill. In die so genannten Kunstwerke konnte man hineininterpretieren, was man wollte. Und ein Schweinegeld haben sie auch noch gekostet.«

»Ja, genau die. Das ist Luise, ganz anders als Marlene, total aus der Art geschlagen. Und ihr Sohn kommt morgen. Direkt aus San Diego. Ich habe ihn noch nie gesehen. Nur auf Fotos. Aber auf denen sieht er umwerfend gut aus. Und …«, sie warf Charlotte einen bedeutungsvollen Blick zu, »und er ist nicht verheiratet.«

»Mein Gott, das ist *mir* doch egal«, gab Charlotte kurz angebunden zurück.

»Na ja, ich meine ja auch nur ... er hat in London und New York studiert und jahrelang in Kalifornien gelebt Und jetzt zieht er nach Deutschland, nach München genauer gesagt.«

»Und warum erzählst du mir das?«

»Ach, einfach nur so ... ist auch nicht wichtig. Auf alle Fälle wird Marlene so gegen neun Uhr da sein. Wir können ja zusammen frühstücken. Einverstanden?«

»Ja, ja, ist okay.«

»Fein! Dann gehe ich jetzt schlafen.« Charlottes Mutter beugte sich zu ihrer Tochter hinunter und küsste sie auf die Wange. »Gute Nacht, Charly, schlaf gut und träum schön.«

Mit leisen Schritten verließ sie das Zimmer.

Charlotte schaute ihr nachdenklich hinterher und wandte ihren Kopf dann wieder zum Feuer. Die Scheite glimmten nur noch, strahlten aber trotzdem eine angenehme Wärme aus. Charlotte rückte die Kissen näher zum Kamin und kuschelte sich dazwischen. Max räkelte sich, stand von seinem Platz auf und tappte auf ihren Schoß, wo er sich nach einer kleinen Trampelrunde niederließ und schnurrend einringelte.

»Katze müsste man sein«, murmelte Charlotte, versenkte ihre Hand in seinem Fell und schloss die Augen.

fünf

Ein paar Minuten vor Mitternacht wachte Charlotte auf. Im Kamin befanden sich außer Asche nur noch ein paar Bröckelchen Glut. Fröstelnd beschloss sie, schlafen zu gehen, und war schon im Begriff, die Treppe nach oben in ihr Schlafzimmer zu steigen, als sie auf halbem Weg kehrtmachte, in ihr Arbeitszimmer ging, den Computer einschaltete und ihre Mailbox öffnete.

»Sie haben Post«, teilte die freundliche Frauenstimme mit, und Charlotte klickte ungeduldig auf Fabians Pseudonym.

»Liebes Dornröschen,

nur eine kurze Nachricht zwischendurch. Ich habe nicht viel Zeit, weil hier ein furchtbarer Sturm wütet und wir befürchten, dass der angekündigte Orkan seinen Einzug hält, also entsprechende Schutzmaßnahmen treffen müssen. Vorher möchte ich dir aber noch sagen, wie schön es ist, dir begegnet zu sein. Das Bewusstsein, dich zu kennen, versüßt das Einschlafen gleichermaßen wie das Aufwachen und erfüllt auch die Gedanken am Tag, die sich in regelmäßigen Abständen selbständig machen und wie Zugvögel über den Ozean zum Ammersee fliegen.

Ganz herzliche Grüße und eine Umarmung von deinem Fabian«

Charlotte lächelte und antwortete dieses Mal umgehend.

»Lieber Fabian, aus den Lautsprechern dringen gerade die leisen Klänge eines Saxophons. ›Round Midnight‹ heißt das Stück, und es passt perfekt zur Uhrzeit. Es ist ein paar Minuten nach Mitternacht, und eigentlich wollte ich ins Bett gehen, habe es mir aber anders überlegt. Es war, als zöge eine innere Stimme mich zum Computer, und jetzt bin ich froh, dass ich ihr gefolgt bin, weil ich sonst deine schöne Mail nicht mit in den Schlaf nehmen könnte.

Es ist eine Weile her, dass solche Worte für mich bestimmt waren, und sie tun mir sehr gut, weil die Dinge des Lebens mich momentan heftig durcheinander wirbeln. Irgendwie ist alles anders, als es früher war. Bei deinem Freund Otto, der meint, Schicksal spielen zu müssen, fängt der Wirbel ja schon an. Allerdings muss ich zugeben, dass ich mich frage, ob an seiner Intuition nicht doch was dran ist, denn mittlerweile gehe ich ins Internet immer mit der Hoffnung, Post von dir zu finden.

Ja, lieber Fabian, in der kurzen Zeit unseres Kontaktes bist du mir schon so vertraut geworden, als würden wir uns Jahre kennen. Das ist einerseits angenehm, verwirrt mich andererseits aber auch, weil ich gewohnt bin, die Dinge im Griff zu haben. Dabei weiß ich, dass ich gar nichts im Griff habe, sondern froh sein muss, wenn ich den Überblick nicht verliere.

Dann geht es weiter mit Regine. Sie fehlt mir, und ich möchte gern mit ihr reden, die leidige Angelegenheit klären und ins Reine bringen. Seit über zwanzig Jahren sind wir befreundet und jetzt zum ersten Mal so richtig böse aufeinander. Aber so eine lächerliche Auseinandersetzung darf doch nicht von heute auf morgen alles kaputtmachen! Leider neige ich zu rigorosem Verhalten, ohne mir Gedanken darüber zu machen, ob ich mich irre. Demzufolge bin ich bisher immer davon ausgegangen, im Recht zu sein. Ja, das muss ich bekennen – was mir nicht leicht fällt, das kannst du mir glauben! Aber diese Tatsache kann ich nicht länger ignorieren, denn vor einigen Tagen habe ich einen Film angeschaut und hatte dabei einen unfreiwilligen Erkenntnisschub. Auslöser war der Protagonist – ein großmäuliger und unsympathischer Besserwisser. Plötzlich – ich weiß gar nicht mehr genau, was der Typ sagte oder machte, und das ist auch egal – wurde mir klar, dass ich mich in manchen Situationen ge-

nauso verhalte wie er. Das an sich ist ja schon schlimm genug. Noch schlimmer ist allerdings, dass mich dieser Typ auch an meinen Vater erinnerte. Das war wirklich ein Schock! Ich, die dauernd mit dem Finger auf meinen Vater zeigt, verhalte mich auch nicht besser als er. Es war, als risse mir jemand eine Maske vom Gesicht. Und während ich das schreibe, wird mir jetzt auch klar, warum ich heute Abend meiner Mutter gegenüber so unfreundlich war. Mit ihrer Befürchtung, ich könnte so werden wie mein Vater, hat sie ihren Finger mitten in die Wunde gelegt. Meine garstige Reaktion war nichts anderes als Betroffenheit. Einerseits.
Andererseits ist auch meine Mutter mein Spiegel. Jahrelang habe ich ihre Schwäche verachtet und wollte partout nicht erkennen, dass mein nach außen demonstriertes robustes Verhalten nichts anderes ist als die Angst, Verletzlichkeit – also Schwäche – zu zeigen. Und dann erfahre ich heute Abend, dass sie sich scheiden lassen wird. Sie, die vermeintliche Marionette meines Vaters, fasst von einem Moment auf den anderen so einen gravierenden Entschluss! Schüttelt sich wie ein nasser Hund und wirft alles ab, was sie jahrelang unterwürfig und geduldig getragen hat.
Somit vereine ich wohl alles in mir. Die Schwächen und Stärken meiner Mutter genauso wie die Schwächen und Stärken meines Vaters. Auweia, das ist eine harte Nuss! Das Beste ist wohl, ich schlafe erst mal darüber. Hoffentlich bescheren mir all diese Erkenntnisse keine Alpträume ;-))
Zähneknirschende, aber herzliche Grüße über den Teich schickt Charly
PS: Du hast nach meinem Pseudonym gefragt. Das ist ganz einfach. Als ich ein kleines Mädchen war, musste mir Klara eine Zeit lang jeden Abend vor dem Schlafengehen das Mär-

chen von Dornröschen vorlesen. Ich kann mich zwar nicht mehr erinnern, was mich an dieser Geschichte so fasziniert hat – vermutlich war es der Umstand, dass die Prinzessin so viele Jahre geschlafen hat. Schlafen, das mochte ich als Kind nämlich überhaupt nicht. Ich war immer mit irgendetwas beschäftigt und fand es ausgesprochen gemein, gerade während einer – natürlich äußerst wichtigen – Tätigkeit ins Bett geschickt zu werden.
Das zu meinem Pseudonym. Die Frage, ob es eine tiefere Bedeutung hat, habe ich mir bisher nicht gestellt. Wenn das der Fall sein sollte, dann unbeabsichtigt. Aber neulich meinte Klara, ich befände mich in einem Dornröschenschlaf. Vielleicht hat sie ja Recht. Und in diesem Sinn werde ich nun tatsächlich schlafen gehen ... zumindest für ein paar Stündchen.
Dir wünsche ich einen nicht allzu turbulenten Abend und freue mich schon auf Post von dir!«

sechs

»Wir müssen uns beeilen«, sagte Marlene und schaute auf ihre Armbanduhr, »es ist schon kurz vor zehn. Wenn viel Verkehr ist, brauchen wir mindestens eineinhalb Stunden zum Flughafen. Und dann müssen wir noch einen Parkplatz suchen. Also, auf geht's!« Sie erhob sich ungeduldig.
»Mein Gott, Marlene«, sagte Charlotte, »verbreite doch keinen Stress. Erstens ist um diese Zeit nie viel los auf den Straßen, und zweitens hat das Flugzeug hundertprozentig Verspätung.«
»Ja, so wie du immer«, sagte Charlottes Mutter und lächelte ihre Tochter vergnügt an. Charlotte erwiderte nichts, sondern

bedachte ihre Mutter mit diesem Blick, den sie von ihrem Vater geerbt hatte. Dieser kurz verweilende Blick, der in ganz bestimmten Situationen zum Einsatz kam und wirkte, als überlege der Absender, wo er auf die Schnelle einen Killer anheuern könne, um das Gegenüber ein für alle Mal aus der Welt räumen zu lassen.

Charlotte trank in Ruhe ihren Kaffee aus, steckte sich den letzten Bissen Vollkornbrot in den Mund, stand auf und teilte beim Rausgehen mit, dass sie sich jetzt noch ihre Zähne putze.

»Mein Gott, ist das denn notwendig?«, seufzte Marlene und schaute wieder auf ihre Uhr. »Ich glaube, du machst das nur, um mich zu ärgern.«

»Ja, das muss sein!« Charlotte grinste. Sie hatte tatsächlich Spaß daran, die für ihre Überpünktlichkeit berüchtigte Marlene zu provozieren, und zwickte sie im Vorbeigehen freundschaftlich in die Wange. Marlene zog die Augenbrauen hoch und seufzte erneut.

Entgegen Marlenes Befürchtungen war die Fahrt zum Flughafen ganz unproblematisch, und Punkt halb zwölf standen die drei Frauen in der von Menschen, Geräuschen und Lautsprecheransagen erfüllten Ankunftshalle. Marlene suchte auf der Anzeigetafel die Liste der ankommenden Flüge ab – das Flugzeug aus San Diego war pünktlich gelandet. »Siehst du«, rief sie aus, »beinahe wären wir zu spät gewesen.« Sie schaute Charlotte vorwurfsvoll an.

»Siehst du«, konterte Charlotte, »beinahe wären wir zu früh gewesen.« Sie grinste, zwinkerte ihrer Mutter zu und warf einen Blick durch die große gläserne Trennscheibe, hinter der sich eine Menschentraube versammelt hatte und ein ovales Laufband belagerte, auf dem bereits die ersten Koffer auf-

tauchten. Die Reisenden stürzten sich mit einer Vehemenz darauf, als seien sie bei einer Fernsehshow, bei der es darum ging, entweder der Erste zu sein oder leer auszugehen.
Angestrengt schaute Marlene durch die Glaswand. »Ich kann ihn gar nicht entdecken«, jammerte sie. »Er wird doch hoffentlich nicht das Flugzeug verpasst haben.«
»Ach, Marlene, mach doch nicht immer so ein Theater«, sagte Charlottes Mutter, spähte aber auch interessiert dem Menschenpulk entgegen, der sich mit ratternden Gitterwagen in Richtung Ausgang bewegte.
»Da!«, rief Marlene und stieß ihren Finger in die Luft. »Da ist er!«
»Wo denn?«
»Na da, links. Der große, schlanke Mann mit Hut und mit dem hellen Mantel über dem Arm.«
Charlotte hielt nach einem Mann mit Hut Ausschau und entdeckte ihn sofort. Mit großen, elastischen Schritten passierte er gerade die automatische Tür und blickte suchend auf die Reihe der wartenden Menschen.
Marlene winkte und schrie: »Hallo, Islama! Hallo, hier sind wir.« Sie zappelte wie ein kleines Kind, das aufs Klo muss.
Der Mann stutzte, drehte seinen Kopf in die Richtung der Frauen, entdeckte Marlene, winkte und kam schnellen Schrittes auf sie zu. Als er bei ihnen angekommen war, ergriff Marlene seine Hand, drehte sich zu ihren Begleiterinnen um und sagte: »Das ist Islama, mein Neffe.« Sie strahlte, als sei ein Vermisster nach Jahren ängstlichen Bangens unversehrt wieder aufgetaucht. Besitzergreifend tätschelte sie seinen Rücken. »Na, sieht er nicht gut aus?!«

sieben

Islama, das Ergebnis der glutvollen Liebe zwischen Marlenes Schwester und einem indischen Stofffabrikanten, als gut aussehend zu bezeichnen war maßlos untertrieben. Islama sah nicht gut aus, sondern war ganz einfach schön. Er steckte in einem ein Meter fünfundachtzig großen, ausgewogen schlanken Körper, den ein begnadeter Bildhauer nicht besser hätte modellieren können. Auch sein Kopf war das Produkt eines bestens gelaunten Schöpfers. Die vollen schwarzen Haare glänzten, als seien sie mit Olivenöl getränkt. Der samtig schimmernde Teint hatte die Farbe von Milchschokolade und war von keiner Falte oder Hautunreinheit gestört. Die Nüstern der schmalen, ebenmäßigen Nase waren fein und sensibel und vibrierten bei besonderer Aufmerksamkeit wie bei einem Tier, das Witterung aufnimmt. Der Mund mit den rosa-bräunlichen Lippen strahlte eine starke Sinnlichkeit aus. Die makellos weißen Zahnreihen waren so gleichmäßig und perfekt, als habe ein Zahntechniker sie in liebevoller Kleinarbeit speziell für Islama kreiert.

Hervorstechendstes Merkmal aber waren seine Augen. Sie waren nicht dunkel, wie es aufgrund seiner Abstammung eigentlich üblich gewesen wäre, sondern blau. Ein kräftiges Mittelmeerblau mit türkisfarbenen Sprenkeln. Je nach Lichteinfall vermischten die Anteile sich spielerisch, wechselten das Farbverhältnis, leuchteten, glitzerten und irisierten wie ein Kaleidoskop. Jeder, der zum ersten Mal in Islamas Augen schaute, war zunächst irritiert, danach fasziniert. Niemand konnte sich dieser Anziehungskraft entziehen.

Islama umarmte erst seine Tante, begrüßte danach Charlottes Mutter mit Handkuss und wurde schließlich Charlotte vorgestellt.

»Das ist Charlotte, die Tochter meiner Freundin«, sagte Marlene. »Aber wir nennen sie alle Charly.«
Islama reichte Charlotte die Hand, schaute sie aufmerksam an und sagte: »Ich würde lieber Charlotte sagen. Charly, das klingt so männlich.« Er lächelte, und seine Augen sprühten türkisfarbene Funken. »Einverstanden?«
»Ja, natürlich ...«, stotterte Charlotte und starrte Islama geistesabwesend an. Diesen Mann hatte sie schon gesehen. Diese Augen waren ihr schon begegnet. Aber wo? Und wann? Wie die Zahlen eines Spielautomaten klickerten die Stationen der letzten zwei Jahrzehnte durch ihren Kopf und machten plötzlich Halt, im Schulhof ihres Internates. Es war große Pause, sie ließ sich von der Schülermenge über den Asphalt treiben und hielt nach dem Jungen Ausschau, der ihr seit einigen Wochen täglich im Schulhof begegnete.
Die Erinnerung traf Charlotte wie der Schlag einer Keule. Vor ihr stand ihr Jungmädchenschwarm, der hoch gewachsene Junge, dessen Anblick ihr monatelang Bauch- und Herzschmerzen verursacht hatte, bis er von einem Tag auf den anderen nicht mehr zu sehen war. Er war genauso schnell von der Bildfläche verschwunden, wie er aufgetaucht war. Anfangs hatte sie immer wieder Ausschau nach ihm gehalten, vergeblich. Dann hatten die Gedanken an ihn allmählich nachgelassen, bis sie ihn mit der Zeit ganz vergessen hatte. Und jetzt stand er vor ihr, hielt ihre Hand und ihren Blick fest.
»Ich freue mich, Sie kennen zu lernen.«
Islama lächelte, und seine Augen schillerten wie ein kleines Stück karibischer Ozean, auf dem ein Sonnenstrahl über die Wellen tanzt.
»Mein Gott, duzt euch doch!«, sagte Marlene. »Schließlich

seid ihr gleich alt und außerdem eine Generation jünger als wir. Da geht's doch angeblich nicht so förmlich zu wie bei uns.«

»Gern, wenn du nichts dagegen hast?« Islama sah Charlotte fragend an.

»Nein«, lächelte sie verkrampft, »natürlich nicht.«

acht

Auf der Fahrt nach München redete Marlene in einem fort, und Charlotte nutzte die Zeit, um ihre Gedanken zu sammeln. Sie war sich mal wieder nicht ganz sicher, ob sie wach war oder träumte. Das passierte ihr öfter. Viele ihrer Träume hatten so realen Charakter, dass sie hinterher nicht wusste, ob sie sich lediglich in deren Erinnerung bewegte oder in der Wirklichkeit. Erst nachdem sie Stück für Stück die Traumhandlung rekonstruiert und Mögliches von Unmöglichem getrennt hatte, fand sie die Orientierung wieder.

Und jetzt schien sie zu träumen. Gerade mal einen halben Meter entfernt saß der Mann, von dem sie als Fünfzehnjährige geglaubt hatte, ohne ihn sterben zu müssen. An gebrochenem Herzen einfach einzugehen wie eine im Keller vergessene Topfpflanze. Ohne Sonne, ohne Wasser. Wie oft hatte sie an ihn gedacht! Täglich. In Gedanken lange Spaziergänge mit ihm unternommen, Zwiegespräche mit ihm geführt und sich sein geheimnisvolles Lächeln ausgemalt, bevor er seine Lippen auf ihre legte. Sich vorgestellt, wie er langsam Bluse und Rock von ihrem Körper schälte und sie leidenschaftlich liebte. Und nachts im Schlaf waren ihre Phantasien hin und wieder wahr geworden.

Der Mittelpunkt dieser Träume befand sich nun auf dem

Rücksitz und beantwortete die unzähligen Fragen, die seine Tante ohne Unterlass stellte. Während er ihr aufgeregtes Geplapper geduldig lächelnd über sich ergehen ließ, warf er immer wieder einen Blick in den Rückspiegel, wo sich seine Blicke mit denen von Charlotte trafen, die sich dann ertappt fühlte und verlegen schnell woandershin schaute. Islama irritierte sie. Seine bloße Anwesenheit auf dem Rücksitz versetzte sie in Aufregung, und sie spürte plötzlich ein Gefühl in sich, ein erotisches Verlangen, von dem sie geglaubt hatte, es sei für alle Zeiten erloschen. Das war ihr angenehm und unangenehm zugleich. Was ist denn nur mit mir los, dachte sie und wischte sich die feuchte Handfläche am Stoff ihrer Jeans ab.

»Wo soll ich euch denn hinfahren?«, hörte sie sich fragen.

»Ins Park-Hilton«, unterbrach Marlene ihren Redefluss und plapperte dann weiter.

»Mein Gott«, sagte Charlottes Mutter, die bisher kaum ein Wort von sich gegeben hatte und aus dem Seitenfenster nach draußen schaute, wo gerade ein Schneeregen niederging. »Es schneit doch tatsächlich.« Sie drehte sich zu Islama um. »Und ausgerechnet zu so einer unwirtlichen Jahreszeit siedelst du nach Deutschland über – wo es in Kalifornien doch so schön warm ist.«

»Ach«, sagte Islama, »dort habe ich jetzt lange genug gelebt. In Deutschland dagegen, wo schließlich die Hälfte meiner Wurzeln liegt, nur kurze Zeit. Wahrscheinlich ist es ein ganz natürliches Bedürfnis, so eine Art Heimatgefühl. Ich weiß es auch nicht genau. Ich weiß nur, dass meine innere Stimme plötzlich meinte, ich solle jetzt hier leben. Und da ich gelernt habe, auf diese Stimme zu hören, habe ich mir keine großen Gedanken gemacht, sondern meine Übersiedlung geplant.«

»Und was hast du nun vor hier?«, fragte Charlottes Mutter. »Was bist du überhaupt von Beruf? Marlene hat es mir zwar schon mal gesagt, aber ich hab's vergessen, offen gestanden.«

»Er ist Chiropraktiker«, erklärte Marlene eilfertig.

»Was ist das denn?«

»Er renkt Menschen die Knochen ein«, sagte Marlene. »Stimmt's, Islama?«

Er lächelte. »Ja, so ungefähr.«

»Eine Art Folterknecht also«, meinte Charlotte ironisch und warf einen schnellen Blick in den Rückspiegel.

»Klingt vielleicht danach, ist aber genau das Gegenteil«, sagte Islama. »Chiropraktik ist eine sehr sensible Angelegenheit, und man braucht ein entsprechendes Händchen dazu. Man muss die kleinsten Veränderungen spüren, die kleinsten Fehllagen. Die meisten Menschen haben Verspannungen, und dadurch verändert sich die Lage der Knochen in den Gelenken. Minimal zwar, aber mit teilweise schmerzhaften Konsequenzen. Und ich versuche, das wieder in Ordnung zu bringen. Ein Großteil der Verspannungen liegt übrigens im Schulterbereich.«

Er legte seine Hand an Charlottes Hals.

»Hier zum Beispiel, der Halswirbel ist oft ein Problem.« Er nahm Charlottes Schultermuskel zwischen Daumen, Zeige- und Mittelfinger, drückte ihn sacht und ließ seine Finger dann behutsam die Halswirbel hinaufwandern. Charlotte zuckte zusammen.

»Er hat Zauberhände, musst du wissen«, erklärte Marlene. »Und er hat enorme Erfolge zu verbuchen. Die ganze High Society lag schon auf seiner Pritsche. Stimmt's, Islama?«

»Das ist doch gar nicht wichtig«, wehrte Islama bescheiden ab.

»Natürlich ist das wichtig!«, protestierte Marlene. »Sonst

würde dieser bekannte Orthopäde dich auch nicht als Partner haben wollen.«

»Welcher bekannte Orthopäde denn«, wollte Charlottes Mutter wissen.

»Dieser Doktor ... ach, mir fällt der Name gerade nicht ein«, sagte Marlene. »Auf alle Fälle gehen bei ihm nur Prominente ein und aus.« Ihr Stolz war nicht zu überhören.

»Erstens ist das nicht richtig, und zweitens werden gerade Prominente nicht meine Patienten sein, sondern ganz normale Menschen«, erklärte Islama und ließ seine Finger an Charlottes Hals rauf- und runterwandern.

»Tut es hier weh?«, fragte er und drückte behutsam an eine Stelle neben dem fünften Halswirbel.

»Ja«, sagte Charlotte. Wobei der Druck des Fingers zwar schmerzte, gleichzeitig aber auch ein Wohlgefühl verursachte.

»Siehst du, jetzt hab ich schon meine erste Patientin.« Islama lächelte in den Rückspiegel, und Charlotte wurde rot.

»Ach, diese Probleme hab ich schon seit vielen Jahren«, wiegelte sie ab.

»Dann wird es höchste Zeit für eine Behandlung. Hinterher wirst du dich wie neugeboren fühlen.« Er strich abschließend noch einmal wie beiläufig mit seinem kleinen Finger ihren Hals hinauf. Über Charlottes Rücken lief ein Schauer.

»In welchem Stadtteil willst du denn wohnen?«, wollte Marlene wissen.

»In gar keinem Stadtteil«, sagte Islama. »Ich werde aufs Land ziehen. Großstadt habe ich jetzt genug gehabt.«

»Er hat mitten in San Diego gewohnt«, informierte Marlene.

»Schöne Stadt«, sagte Charlotte, die der Berührung von Islamas Fingern hinterherspürte.

»Oh, du warst schon dort?«, fragte Islama.

»Ja, mit meinem Mann.«
»Der lebt aber nicht mehr«, warf Charlottes Mutter eilig dazwischen. »Leider«, fügte sie in getragenem Ton hinzu. »Er ist gestorben, vor zwei Jahren.«
»Das tut mir Leid«, sagte Islama.
»Ja«, murmelte Charlotte, kaum hörbar. »Mir auch.«

neun

Vor dem Hotel angekommen, zog Islama seine Gepäckstücke aus dem Kofferraum und trug sie zur Rezeption, wo der Mann hinter dem Tresen nach seinem Namen fragte.
»Gupta. Islama Gupta.«
Der Mann wandte sich dem Computer zu. »Gupta ... Gupta«, murmelte er und suchte den Bildschirm ab. Dann drehte er seinen Kopf wieder zu Islama und zuckte entschuldigend mit den Achseln.
»Tut mir sehr Leid, Herr Gupta, aber Ihr Name steht nicht auf der Liste.«
»Das gibt's doch nicht!«, rief Marlene entrüstet und schlug mit der Hand auf den Tresen. »Vor drei Wochen habe ich höchstpersönlich angerufen und das Zimmer reserviert.«
»Mit wem haben Sie denn gesprochen?«
»Mein Gott, woher soll ich das denn wissen«, schnaubte Marlene. »Ich denke, Sie sind ein First-Class-Hotel. Da muss man sich doch nicht den Namen von einem Mädchen an der Rezeption merken. So eine lächerliche Reservierung ist doch wohl die kleinste Kleinigkeit in Ihrem Job, oder?«
»Da haben Sie Recht, meine Dame, da haben Sie vollkommen Recht. Aber Fehler können immer vorkommen ... so Leid es mir tut.« Er machte ein zerknirschtes Gesicht. »Wir sind ja

auch nur Menschen«, fügte er hinzu und zog entschuldigend die Schultern nach oben.
»Und jetzt?« Marlene schaute fragend von einem zum anderen. »Was machen wir jetzt?«
»Er kann doch vorübergehend deine Souterrainwohnung beziehen«, meinte Charlottes Mutter und schaute ihre Tochter strahlend an, sichtlich beglückt über ihren Einfall.
»Meine Souterrainwohnung?«, fragte Charlotte gedehnt und wusste nicht, wie sie reagieren sollte. »Ehm ... die ist doch viel zu klein.«
»Größer als ein Hotelzimmer ist sie allemal«, warf Marlene ein. »Na, was hältst du davon«, fragte sie Islama.
Islama stand da, sichtlich verlegen.
»Es ist doch bestimmt noch woanders ein Zimmer zu finden«, meinte er.
»Oh, das wird schwierig«, mischte sich der Mann hinter dem Tresen ein. »Zur Zeit ist Computermesse, da sind alle Hotels restlos ausgebucht. Es gibt nicht mal freie Badewannen«, fügte er hinzu und konnte die Freude über sein Bonmot nicht verbergen.
»Also, was ist?«, sagte Charlottes Mutter ungeduldig. »Nun stellt euch nicht so an. Die Wohnung steht doch sowieso leer.« Sie warf einen auffordernden Blick von Islama zu Charlotte und zurück. »Na?«
Charlotte zuckte mit den Schultern. »Klar – wenn Islama damit einverstanden ist.«
»Natürlich ist er das!«, warf Marlene dazwischen, ohne ihrem Neffen die Chance einer Antwort zu geben. »Nicht wahr?« Sie packte Islamas Arm und zog ihn an sich. »Und du wolltest doch ohnehin aufs Land. Das kannst du jetzt haben. Charly wohnt nämlich am Ammersee. Ist doch prima, nicht?«

»Ja, das ist prima«, sagte Islama und schickte ein kleines Lächeln zu Charlotte. »Aber ich habe doch überhaupt keine Möbel. Soll ich auf dem Fußboden schlafen?«
»Nein, das sollst du nicht«, sagte Marlene mit Nachdruck, »die Wohnung ist möbliert. Stimmt's, Charly?«
»Na ja, es stehen halt ein paar Möbel drin, und ein Bett gibt's natürlich auch ...«
»Siehst du ...«, sagte Charlottes Mutter, grinste und warf Marlene einen verschwörerischen Blick zu.

zehn

»Ach ...« Charlottes Mutter stand mit einer Tasse Kaffee in der Hand auf der Terrasse, schaute auf den See und seufzte beglückt. »Ist das nicht wunderbar hier?« Sie machte eine ausladende Geste von links nach rechts.
Die großen alten Bäume zwischen Haus und See hatten ihre Blätter abgeworfen. Nackt und schwarz standen sie vor dem milchigen Horizont, ein frostiger Wind schaukelte ihr Geäst sacht hin und her. Der See hatte seine Konturen verloren und bildete mit dem grauen Dunst auf dem gegenüberliegenden Ufer eine diffuse Einheit. Über dem stumpfen Wasser hingen dunkle, schwere Wolken, aus denen jeden Moment der Winter herauszubrechen schien.
»Nun ist ja heute nicht gerade das beste Wetter«, fuhr Charlottes Mutter guter Dinge fort. »Aber wenn die Sonne scheint, gibt es kaum ein schöneres Plätzchen. Ich hatte schon damit geliebäugelt, das Häuschen als Feriendomizil zu nutzen.«
Sie drehte sich zu Islama um.
»Es gehörte nämlich zur Hälfte einer Cousine und mir, musst du wissen. Wir haben es vor Jahren geerbt, von einer Groß-

tante. Und nach Daniels Tod haben wir es Charly geschenkt. Sie wollte nämlich nicht mehr in dem Haus in München wohnen.« Sie warf ihrer Tochter einen teilnahmsvollen Blick zu. »Was ja nur verständlich ist. Alles voller Erinnerungen und außerdem viel zu groß für eine Person. Ach ...«, sie schlug sich die Hand an die Stirn, »was rede ich da überhaupt. Ist doch vollkommen egal. Hauptsache ist, sie fühlt sich wohl hier. Und das tut sie.« Sie lächelte, ging auf ihre Tochter zu und legte ihr den Arm um die Hüfte. »Nicht wahr, Charly?«
»Ja, Mama, ich fühle mich sogar *sehr* wohl hier!«, sagte Charlotte und schaute Islama verstohlen von der Seite an.
»Das kann ich gut verstehen«, sagte dieser und drehte sich zu seiner Tante um. »Ich glaube ja nicht an Zufälle, und das Malheur mit der Zimmerreservierung war bestimmt ein Wink des Schicksals.«
»Sag ich doch«, murmelte Charlottes Mutter und lächelte Marlene verschmitzt zu. »Aber jetzt müssen wir leider gehen.« Sie trank ihren Kaffee aus. »Fahren besser gesagt. Wir sind nämlich zum Bridge verabredet heute Abend.«
»Ja, richtig, wir müssen jetzt los«, stimmte Marlene ein. »Hast du denn schon deine Sachen gepackt?«
»Hab ich. War eh nicht viel zu packen, nur meine Tasche. Sie steht schon vor der Tür. Übrigens ...«, sagte sie, an Charlotte gewandt, »Klara hat mir ein Päckchen mitgegeben, es liegt auf der Anrichte in der Küche.«
»Ein Care-Paket«, sagte Charlotte lachend zu Islama und bückte sich nach ein paar vertrockneten Blättern in der Terrassenecke. »Klara war mein Kindermädchen und hat immer noch Angst, ich könnte verhungern«, fügte sie hinzu, knautschte die Blätter zu einer Kugel zusammen und warf sie in hohem Bogen über die Brüstung.

»Ist doch schön, jemanden zu haben, der sich um einen kümmert«, meinte Islama.

»Da hast du ein wahres Wort gesprochen!«, sagte Marlene, ging auf Islama zu und umarmte ihn von der Seite. »Also, mein lieber Neffe, leb dich gut ein hier im kalten Deutschland. Und wenn du was brauchst, melde dich.« Sie stellte sich auf die Zehenspitzen, küsste ihn auf den Mund und schulterte entschlossen die Handtasche. »Und kümmere dich ein bisschen um Charly«, fügte sie hinzu.

»Das mache ich sehr gern!«, sagte Islama und lächelte in Charlottes Richtung. Verlegen lächelte Charlotte zurück.

Wenige Minuten später fuhr das Auto mit den beiden Frauen vom Hof. Und als sei die Abreise das Signal, gaben die dunklen Wolken mit einem Schlag ihren Inhalt frei.

»Na«, grinste Charlottes Mutter und tätschelte selbstzufrieden den weichen Oberschenkel ihrer Freundin. »Das hat doch geklappt wie am Schnürchen. Findest du nicht?«

»Abwarten«, sagte Marlene und schaltete den Scheibenwischer ein. »Es ist noch nicht aller Tage Abend.«

elf

Charlotte lehnte im Wohnzimmer am Kamin und schaute auf Islama, der gerade im Begriff war, seine Schuhe auf der Matte vor der Tür abzustreifen.

»Weißt du, dass wir uns schon mal begegnet sind?«, sagte sie.

Er hielt inne und hob den Kopf.

»Wie bitte?! Wir beide?«

»Ja. Wir beide.«

»Das kann nicht sein! Eine Frau wie dich vergisst man nicht!«

»Ach, lass doch diese Floskeln!«, grinste sie. »Und außerdem war ich damals noch keine Frau, leider. Aber Scherz beiseite, ich kenne dich von Schloss Greifenstein.«

»Von Schloss Greifenstein?«

»Ja.«

Islama runzelte die Stirn und schaute Charlotte grübelnd an. »Hm«, meinte er unzufrieden, »ich muss zugeben, dass ich mich nicht an dich erinnern kann.«

»Macht nichts. Aber ich kann mich an *dich* erinnern. Sehr deutlich sogar. Wir sind uns täglich über den Weg gelaufen ... während der großen Pause.«

»Das gibt es doch nicht!« Islama sah Charlotte verdutzt an, trat ins Zimmer und schloss die Tür hinter sich. »Ich war dort doch nur ein paar Monate.«

»Ja, und?« Charlotte kauerte vor dem Kamin und schaute Islama von schräg unten an. Ein paar Jährchen älter geworden ist er, dachte sie, sieht aber besser aus denn je. Sie wandte ihren Blick wieder ab, riss zwei Seiten aus einer alten Zeitung, knüllte sie zusammen und warf sie in den Kamin.

»Und du warst auch dort?«, fragte Islama.

»Natürlich war ich dort ...«

Sie grinste und verteilte ein paar Holzspreißel kreuzweise über den Papierknäueln.

»Sonst könnte ich mich ja nicht an dich erinnern.«

Sie zündete ein Streichholz an, setzte damit das Papier in Flammen, erhob sich und stand nun Islama gegenüber.

»Allerdings nicht nur ein paar Monate, sondern acht Jahre insgesamt.«

Mit zusammengekniffenen Augen musterte Islama Charlotte. »Nein, tut mir Leid«, sagte er dann. »Ich kann mich wirklich nicht erinnern. Was für ein Fauxpas!«

»Na ja, so schlimm ist das auch nicht«, meinte Charlotte gnä-

dig. »Ich hatte nur ein paar Wochen Liebeskummer.« Sie lächelte belustigt.
»Liebeskummer?«, fragte Islama erstaunt. »Wegen mir?«
»Ja.«
»Aber wir kannten uns doch gar nicht.«
»Eben. Deswegen.«
»Aha, das ist wohl die berühmte weibliche Logik, oder?« Seine Augen sprühten türkisfarbene Funken.
»Man kann durchaus Liebeskummer haben, ohne das Objekt der Begierde zu kennen«, brummte Charlotte. »Ich wüsste nicht, was daran unlogisch sein soll.«
»Oh, das war nicht gegen dich gerichtet.« Islama lächelte Charlotte an. »Aber wenn ich mich nicht irre, habe ich jetzt einen wunden Punkt entdeckt. Richtig?«
»Was soll ich denn darauf sagen«, meinte Charlotte und verzog ihr Gesicht. »Je mehr ich mich verteidige, desto mehr reite ich mich rein in den Schlamassel.«
»Schlamassel? Das ist ja ein interessantes Wort. Was bedeutet es?«
Sie ging auf die Frage nicht ein, sondern sagte: »Woher kannst du eigentlich so gut Deutsch?«
»Naturtalent«, grinste er. »Nein, ich bin zweisprachig aufgewachsen, das heißt, meine Mutter hat mit mir meistens deutsch gesprochen. Und in Kalifornien hatte ich auch einige deutsche Freunde.«
»Aha, verstehe. Ist wirklich erstaunlich, dein Deutsch. Man hört überhaupt keinen Akzent. Ich wünschte, ich könnte nur halb so gut englisch sprechen.«
Kleine Pause.
»Ich werde mir jetzt noch einen Kaffee kochen, magst du auch einen?«

»Erst musst du mir erklären, was Schlamassel heißt.«
»Tja, was heißt denn Schlamassel? Darüber habe ich noch nie nachgedacht.« Charlotte grübelte. »Mir fällt auf Anhieb keine gescheite Übersetzung ein ... Schwierigkeiten, Probleme, irgendwas in dieser Art. Auf Französisch würde man wohl Bredouille sagen.«
»Bredouille, ah ja ... Schlamassel bedeutet also Bredouille ... schon wieder was gelernt!«
»Französisch sprichst du also auch noch.«
»Ja«, lachte er. »Und Spanisch. Und Hindi.«
»Ich sag ja, Sprachtalent«, murmelte sie, mehr an sich als an Islama gerichtet. »Meine Güte, da kann man richtig neidisch werden. Ich bin ja schon froh, wenn ich englische und französische Speisekarten lesen kann. Und selbst das gelingt mir nicht immer.« Sie kicherte vor sich hin. »In London hab ich zum Beispiel mal crabs bestellt, weil ich dachte, das seien Krabben. Von wegen! Krebse waren es, kleine, steinharte Krebse. Die Dinger zu knacken gelang mir auch nicht, weil ich mit dem dafür vorgesehenen Besteck nicht zurechtkam. Ich hab sie dann einfach zurückgehen lassen.«
Sie kicherte wieder vergnügt und machte sich auf den Weg in Richtung Küche.
»Also, was ist jetzt mit Kaffee?«, fragte sie im Türrahmen und warf einen Blick über die Schulter.
»Gern«, sagte er und folgte ihr.

zwölf

»Na, was habt ihr gestern noch gemacht?« Aufgeräumt klang die Stimme von Charlottes Mutter durch den Telefonhörer. »Du und Islama, meine ich.«

»Was sollen wir schon großartig gemacht haben«, grummelte Charlotte. »Wir haben noch einen Kaffee getrunken und uns ein bisschen unterhalten. Dann hat er sich nach unten verzogen, um seinen Jetlag auszuschlafen.«
»Hat er sich denn schon eingelebt?«
»Das musst du ihn selber fragen.«
»Oh, ist er denn da, bei dir, meine ich?« Ihre voyeuristische Neugierde war nicht zu überhören.
»Nein, natürlich nicht!«
»So natürlich ist das auch nicht. Schließlich ist er sehr sympathisch.«
»Na und?«, knurrte Charlotte. »Deswegen muss er sich doch nicht dauernd in meiner Wohnung aufhalten. Ich bin weder mit ihm verwandt noch verschwägert.«
»Was nicht ist, kann ja noch werden.«
»Was soll *das* denn jetzt?«, rief Charlotte unwillig in den Hörer. »Auf was für merkwürdige Ideen du kommst ...«
»Ich wüsste nicht, was an dieser Idee merkwürdig sein sollte«, gab ihre Mutter fröhlich zurück. »Man muss im Leben mit allem rechnen, das ist doch das Motto deiner Freundin Regine, wenn ich mich recht erinnere.«
Pause.
»Außerdem ist er ja nun wirklich ein Bild von Mann, findest du nicht?«
»Na ja, er sieht schon gut aus«, sagte Charlotte gedehnt.
»Siehst du!«
»Mein Gott, Mama! Es kommt doch nicht nur auf das Aussehen an. Das weißt du wohl am besten. Papa sieht schließlich auch gut aus ... und was ist dabei herausgekommen? Verdruss, nichts als Verdruss.«
»Ich meine doch nicht nur das Aussehen. Bei Islama ist einfach

alles da, was eine Frau braucht. Er sieht gut aus, ist intelligent und hat Herz. Er ist einfach ein guter Typ Mann. Und gute Männer sind Mangelware. Das weißt du ja nun wirklich am besten, hast schließlich erst mit zweiunddreißig geheiratet.«

»Na und? Das ist schließlich nicht verwunderlich. So ein Musterbeispiel an miserabler Ehe vor Augen ... da heiratet man eben nicht den Erstbesten.«

»Ich habe weiß Gott nicht den Erstbesten geheiratet, sondern alle möglichen Anträge abgelehnt.«

»Tja, und dann hast du Papa genommen. Klasse Entscheidung!« Charlottes Stimme klang wie das Kläffen eines kleinen, angriffslustigen Hundes.

»Ach, Charly, dieses Thema haben wir ja schon oft genug durchgekaut, und es ist außerdem mittlerweile Schnee von gestern.«

»Ja, fünfunddreißig Jahre sibirischer Schneesturm ...«

»Ich hab's überlebt. Außerdem macht jeder Fehler.«

»Aber nicht solche!«

»Solche oder solche – jeder macht seine eigenen. Aber bevor wir uns in die Haare kriegen, lass uns das Thema wechseln ... sag mal, was machst du eigentlich an deinem Geburtstag?«

Charlotte hielt kurz inne.

»Nichts, natürlich. Wieso?«

»Du könntest doch mal wieder so eine kleine Feier machen – so wie früher. Mit all deinen Freunden.«

»Mit welchen Freunden denn?«, fragte Charlotte mürrisch.

»Mein Gott, was für eine Frage. Mit deinen Freunden eben ... damit meine ich diese Menschen, die vor gar nicht allzu langer Zeit regelmäßig bei dir ein- und ausgegangen sind.« Sie seufzte leise. »Was ist denn los mit dir, Charly? Warum bist du so unfreundlich?«

»Ich bin überhaupt nicht unfreundlich!«
»Doch, das bist du. Aber lassen wir das ... also, warum lädst du nicht mal wieder ein paar nette Menschen ein? Das ist doch eine gute Idee. Findest du nicht?«
Muffig schwieg Charlotte ins Telefon.
»Weißt du was?«, sagte die Mutter, nachdem sie vergeblich auf eine Reaktion gewartet hatte. »Ich richte dir deinen Geburtstag aus.«
Charlotte sagte immer noch nichts.
»Du beauftragst einen Partyservice, und ich übernehme die Kosten.«
Darauf reagierte Charlotte prompt.
»Partyservice?! Das kommt ja überhaupt nicht in Frage!«, raunzte sie. »Kostet einen Haufen Geld, und man kriegt Brötchen, die wie feuchte Pappe schmecken und mit tranigem Lachs belegt sind.«
Kleine Pause.
»Wenn ich schon Leute einlade, dann kümmere ich mich selbst um das Essen.«
»War ja nur ein Angebot«, beschwichtigte die Mutter. »Wenn du selber kochst, ist das natürlich tausendmal besser. Oh, ich kann mich noch gut an das Sommerfest vor ein paar Jahren erinnern – da hast du ja Sachen gezaubert, mmmh! Spanisches Büfett, wenn ich mich recht erinnere, mit wunderbaren Tapas ... stimmt's?«
»Ja, stimmt.«
»Das könntest du doch wieder machen.«
»Spanisches Büfett taugt nur für den Sommer. Und jetzt haben wir Winter. Wenigstens sieht es hier so aus.«
Sie warf einen missvergnügten Blick durchs Fenster. Die geschlossene Schneedecke auf der Terrasse wurde von Minute

zu Minute dicker. Im Geäst verblühter Sträucher hingen flauschig weiche Schneetücher, und die einzige vom Herbst übrig gebliebene Rose, die vor einigen Tagen ihren Kopf noch frohgemut zum Himmel gestreckt hatte, beugte sich unter der Last ihrer weißen Haube nach unten wie ein reuiger Büßer. Die Rhododendronblätter trugen kleine, spitze Hauben und erinnerten an nach oben gereckte Hände, deren Fingerkuppen einander berühren. In ihrer Vielzahl sahen sie aus wie ein in der Kälte erstarrtes Ballett.

»Muss ja nicht spanisch sein«, sagte die Mutter. »War nur so eine Idee. Was möchtest du stattdessen servieren?«

»Darüber muss ich erst nachdenken ... außerdem habe ich auch gar nicht gesagt, dass ich ein Fest mache.«

»Ach, Charly, sei doch nicht so grantig. Gib dir einen Ruck und lade ein paar nette Menschen ein. Das tut dir gut und wird bestimmt lustig. Du kochst, ich bezahle die Einkäufe und lass dir den Wein liefern. Schließlich haben wir genug davon im Keller.«

»Ich verzichte auf Wein von meinem Vater!«, sagte Charlotte in scharfem Ton.

»Erstens hat den Wein nicht dein Vater bezahlt, sondern ich, und zweitens ist das egal. Stell dich nicht so an!« Ihre Stimme klang sehr resolut.

Wo sie nur mit einem Mal diesen Schneid herhat ... sie ist ja nicht mehr wiederzuerkennen, ging es Charlotte durch den Kopf.

»Apropos Papa«, sagte sie dann, »wenn schon eine Fete, dann begießen wir auch deine Scheidung. Das ist ohnehin der bessere Anlass als mein Geburtstag. Sechsunddreißig ist keine Zahl, die gefeiert werden muss.«

»Ist doch egal, wie alt du wirst. Man muss die Feste feiern, wie sie fallen, so heißt es doch. Aber meine Scheidung können wir auch begießen. Da hast du Recht. Obwohl ich ja noch gar nicht geschieden bin ... aber das ist ja nur eine Formsache. Also, überlege dir, was du auf den Tisch bringst. Ich muss jetzt aufhören ... hab einen Massagetermin, und anschließend treffe ich mich mit Marlene zum Mittagessen. Apropos Marlene, die laden wir auch ein, in Ordnung?«

»Na klar«, meinte Charlotte großmütig, »ist schließlich deine Freundin ... und die Tante von meinem Untermieter.«

»Ja, und den laden wir natürlich auch ein«, fügte die Mutter hinzu, mit einem spitzbübischen Ton in ihrer Stimme.

»Logisch«, murmelte Charlotte.

Nach einer kurzen Verabschiedung, in der ihre Mutter ausdrücklich darum bat, Islama viele Grüße auszurichten, saß Charlotte am Schreibtisch und fühlte sich zwar irgendwie überrumpelt, aber die Vorstellung, mal wieder alte Freunde um sich zu versammeln, gefiel ihr immer besser.

dreizehn

Der Schneeteppich auf der Terrasse nahm beim Hinschauen zu und war innerhalb der letzten Stunden um das Doppelte gewachsen. Max pflügte gerade aufgekratzt darin herum, hüpfte in kleinen Sprüngen hin und her und buddelte schließlich eine Kuhle, in die er vorsichtig seinen Hintern setzte. Sobald genügend Schnee lag, funktionierte er die Terrasse zum Katzenklo um. Damit sparte er sich den langen Weg in den Garten, was ihm bei ungastlichem Wetter sehr entgegenkam.

Charlotte klopfte an die Fensterscheibe und drohte grinsend mit dem Finger, was Max lediglich zu einem verständnislosen Blick veranlasste. Dann scharrte er Schnee über seine dampfende Hinterlassenschaft, schüttelte Schneeflocken vom Fell, zwängte sich durch die Katzenklappe nach drinnen und tippelte zu Charlottes Schreibtisch. Dort angekommen, peilte er nach oben, nahm einen kleinen Anlauf, sprang hoch und machte es sich mit einem wohligen Seufzer neben einem Zeitschriftenstapel bequem.

Charlotte kraulte ihn zwischen den Ohren, steckte ihre Nase in sein feuchtes Fell und schnupperte. »Du riechst nach Schaf, Mäxchen«, sagte sie und lächelte, »aber ich liebe dich trotzdem.« Während der Kater sich zufrieden schnurrend einringelte, machte Charlotte den Computer an. Nicht um zu arbeiten, sondern um nach Post von Fabian zu sehen.

Er hatte geschrieben.

»Liebes Dornröschen,

danke für deine wunderbare Mail! Sie erzählt viel über dich, in und zwischen den Zeilen, und ich freue mich täglich mehr darauf, dich persönlich kennen zu lernen. Und egal, wie die Sache ausgeht – Otto kriegt eine Kiste Schampus von mir ... ;-))

Ich melde mich wieder nur kurz, weil hier die Welt unterzugehen scheint. Seit zwei Tagen regnet, nein, schüttet es, und zwar ohne Unterlass. Der Ausnahmezustand wurde ausgerufen, weil große Teile des Landes bereits unter Wasser stehen. So auch die Farm meines Freundes. Wir sind alle im Dauereinsatz, weil ein wild gewordener Bach die Fundamente des Pferdestalls wegzuspülen droht. Zentnerweise haben wir Sandsäcke herangekarrt und die Mauern damit verbarrikadiert, um sie vor den gewaltigen Wassermassen zu schützen. In Caracas hat das Unwetter einen Teil der an einem Hang gelegenen Slums weggespült. Es gab viele Tote und Verletzte, und Hilfstruppen wühlen sich jetzt durch die von Schlamm und Geröll überdeckten Reste der Hütten. Überall herrscht Chaos! Du kannst dir nicht vorstellen, was hier los ist! So ähnlich muss es bei der Sintflut zugegangen sein. Und Noahs Arche wäre für unsere Pferde jetzt sehr hilfreich. Sollte das Wasser steigen, müssen wir sie zu einer höher gelegenen Nachbarfarm evakuieren. Aber natürlich hoffen wir, dass uns und den Tieren diese umständliche Aktion erspart bleibt.

Eilige, aber trotzdem sehr herzliche Grüße schickt dein Fabian, der sehr hofft, dass es dir sehr gut geht!

Noch ein kleines PS: Vorgestern Nacht habe ich übrigens von dir geträumt. Was, das behalte ich vorerst für mich. Nur so viel sei verraten: Es war ein sehr schöner Traum, und die Erinnerung an ihn ist ständig präsent. :-))«

Lächelnd las Charlotte das Postskriptum Wort für Wort noch einmal und antwortete umgehend.

»Lieber Noah – angesichts der Umstände bei dir ist diese Anrede wohl angebracht ;-))

Was das Wetter betrifft, so regnet es hier zwar nicht, dafür ist mit Macht der Winter eingekehrt. Es schneit hier wie in den gläsernen kleinen Schütteldingern, und ein heftiger Wind jagt die dicken Flocken in riesigen Schleiern durch die Lüfte. Sie sind so dicht, dass das nahe gelegene Nachbarhaus nur noch schemenhaft zu erkennen ist. Mein Kater steckt zwar hin und wieder seine Nase durch die Terrassentür, legt aber meistens gleich wieder den Rückwärtsgang ein. Nein, heute ist wirklich kein Katzenwetter!

Dafür ist es hier drin sehr gemütlich. Aus der Küche dringt der Duft von frischen Plätzchen – ich bin gerade mit der

Weihnachtsbäckerei beschäftigt. Für mich allein würde ich das normalerweise nicht tun, aber ich habe mich heute von meiner Mutter überreden lassen, meinen Geburtstag zu feiern. Und da der am Heiligen Abend ist, werde ich meinen Gästen Selbstgebackenes präsentieren.
Diese Einladung ist die erste seit längerer Zeit. Nach dem Tod meines Mannes hatte ich keine Lust mehr auf Menschenansammlungen. Diese Zeit scheint aber nun zu Ende zu sein. Es ist doch immer wieder erstaunlich, wie sich Gefühle im Laufe der Zeit verändern. Mitten im Strudel der Emotionen glaubt man, der unerträgliche Zustand ginge nie vorbei, doch irgendwann hat er sich klammheimlich aufgelöst und existiert nur noch als dumpfe Erinnerung.
Wo bist du eigentlich an Weihnachten? Noch in Venezuela oder bereits wieder in Deutschland? Letzteres wäre schön, denn ich hätte dich bei meiner Party gern dabei. Otto werde ich selbstverständlich auch einladen, und ich werde hoffentlich auch die Courage haben, meine Freundin Regine anzurufen. Bisher habe ich die Kurve noch nicht gekriegt. Unangenehmen Dingen gehe ich gern aus dem Weg. Dass ich sie dadurch nur vor mir herschiebe und die ganze Angelegenheit deshalb nur noch schlimmer wird, ist mir zwar bewusst, aber der innere Schweinehund ist einfach stärker.
Jetzt muss ich aber schleunigst in die Küche, sonst verkohlen meine Plätzchen.
Also, lieber Noah, pass gut auf dich auf!
Ganz herzliche Grüße zu der venezolanischen Arche von deinem Dornröschen«

vierzehn

Die Nacht war hereingebrochen, im diffusen Lichtschein vor dem Küchenfenster rieselte nach wie vor der Schnee, und Charlotte war dabei, aus Mürbeteig ausgestochene Herzen mit Eigelb zu bepinseln, als es an der Tür klingelte. Sie wischte sich die mehligen Hände an dem um die Hüften gewickelten Küchentuch ab, ging in den Flur und öffnete die Tür. Islama stand davor, strahlte und winkte mit einem Baguette in der einen und einer Flasche Wein in der anderen Hand.

»Darf ich reinkommen?«

»Ja ... ehm ...« Etwas verlegen schaute Charlotte an sich runter. Ihre Jeans waren nicht nur uralt und verschlissen, sondern auch noch von Flecken übersät. Taubenblaue und dunkelrote Flecken aus Acrylfarbe, mit der sie im Sommer eine alte Kommode gestrichen hatte. Den Spuren dieser Aktion mit Spiritus den Garaus zu machen war ihr nicht gelungen. Ihr Oberkörper steckte in ihrem Lieblings-T-Shirt, einem schlabberigen, ebenfalls schon viele Jahre alten Baumwollteil. Es war ein Geschenk von Regine und zeigte als Bildmotiv mehrere dicke Schweine, die sich mit wollüstig verdrehten Augen auf Charlottes Brüsten dem Liebesakt hingaben. Charlotte warf einen unsicheren Blick in Islamas Gesicht und zögerte einen Moment. »Wenn du meinen Anblick erträgst«, sagte sie dann und wischte sich eine Haarsträhne aus der erhitzten Stirn.

»An deinem Anblick gibt es absolut nichts auszusetzen, im Gegenteil!« Er schmunzelte. »Ich mag aufgetakelte Frauen ...«

Charlotte grinste. »Na, dann ist es ja gut ... komm rein!«

»Es riecht ja köstlich hier«, sagte Islama, in der Küche angekommen. »Sag nur, du kannst backen!«

»Ach ja, so leidlich«, sagte Charlotte mit falscher Bescheidenheit, denn sie wusste sehr wohl, dass sie nicht leidlich, sondern ganz hervorragend backen konnte. Das hatte sie bei Klara gelernt. Unzählige Winterabende hatte sie mit ihr zusammen in der geräumigen Küche verbracht. Klara hatte Nüsse und Mandeln gemahlen, Zitronat, Orangeat und Trockenfrüchte in kleine Würfel geschnitten, Teig gerührt, geknetet und ausgewellt, und Charlotte hatte die Ausstechförmchen hineingedrückt. Gemeinsam hatten sie so Blech für Blech gefüllt, und das Ergebnis waren unzählige geräumige Dosen gewesen, bis zum Rand gefüllt mit köstlich duftenden und hervorragend schmeckenden Plätzchen. Bis zu zwanzig Sorten hatten sie jährlich produziert, außerdem mehrere Früchtebrote und Christstollen. Die Adventseinladungen von Charlottes Eltern waren unter anderem deshalb so beliebt, weil sich herumgesprochen hatte, dass es nirgendwo besseres Weihnachtsgebäck gab. Mit Glühwein und Feuerzangenbowle wurde das Backwerk dann in einem Bruchteil der Zubereitungszeit hinuntergespült.
Charlotte drückte Islama einen Korkenzieher in die Hand. »Wein ist im Kühlschrank, und dort sind Gläser«, sie deutete auf das Regal über der Arbeitsfläche und kauerte sich vor den Backofen, um ein Blech mit Haselnussmakronen herauszuziehen. Kaum hatte sie es in der Hand, ließ sie es mit einem Aufschrei fallen. Der Topflappen hatte ein kleines Loch, und sie hatte sich den Daumen verbrannt. Abkühlung suchend wedelte sie mit der Hand.
Islama eilte auf sie zu. »Hast du dir wehgetan?«, fragte er besorgt, zog die Hand heran, beugte sich darüber und blies darauf herum. Charlotte schielte auf seinen Kopf, der vor ihrer Brust schwebte, und spürte plötzlich das Verlangen, mit der

anderen Hand über seine Haare zu streichen. Die Hand befand sich kurz vor dem Ziel, als Charlotte sie abrupt wieder wegzog.

Ich muss verrückt geworden sein, dachte sie und sagte: »Ach, ist nicht schlimm.« Mit einem leisen Seufzer, von dem sie nicht wusste, ob er dem lädierten Daumen galt oder dem eigenartigen Gefühl im Bauch, ließ sie sich auf einen Stuhl fallen.

»Ein Schluck Wein, das ist jetzt genau das Richtige«, meinte sie, während Islama die Gläser füllte und sich ihr gegenüber an den Tisch setzte.

»Prost, liebe Charlotte«, sagte er.

Sie hob ihr Glas und schaute ihn aufmerksam an. Es war, als versuche sie, in seinem Gesicht zu lesen, eine geheimnisvolle, speziell an sie gerichtete Botschaft zu entdecken. Die stumme Aufforderung, ihn zu berühren zum Beispiel, ihre Finger über seine samtige Haut wandern zu lassen, sein Gesicht Stückchen für Stückchen abzutasten und bei den Lippen zu verweilen.

Islama nahm ihren Blick ungeniert auf und lächelte. Verunsichert nippte sie am Glas, wandte ihren Kopf wieder ab und schaute durchs Fenster auf die Terrasse, wo im Strahl des Küchenlichtes dicke Schneeflocken durcheinander wirbelten. Die Haube auf dem Stuhl auf der Terrasse war wieder um einige Zentimeter angewachsen, in der linken Ecke der Brüstung klebte eine Schneewechte, deren Umfang ebenfalls kontinuierlich zunahm. Dick und schwer hing sie zwischen den Holzkanten, und ihr Absturz war nur eine Frage der Zeit, weil das eigene Gewicht über kurz oder lang ihr Ende bedeuten würde.

»Ach«, sagte Charlotte, ohne den Blick vom Fenster zu neh-

men, »ist das Leben nicht merkwürdig? Vor zwanzig Jahren habe ich mich vergeblich nach dir verzehrt. Und jetzt – meinem Gedächtnis längst entschwunden – sitzt du in meiner Küche.«
Sie drehte sich wieder um, nahm einen Schluck Wein und schaute Islama an, der eine Weile vor sich hin sinnierte und dann meinte: »Ja, das Leben geht seine eigenen Wege. Wir können lediglich versuchen, die Weichen zu stellen. Ob sie dann tatsächlich zu dem von uns gewünschten Ziel führen, das müssen wir dem Schicksal überlassen. Meiner Erfahrung nach kommt vieles ganz anders, als wir gedacht haben.«
»Ja«, sagte Charlotte und schaute ins Leere, »das habe ich mittlerweile auch begriffen, und zur Zeit bin ich dabei, mir abzugewöhnen, über alles und jedes nachzudenken und auf jede Frage eine vernünftig klingende Antwort zu finden. Deshalb ist es auch müßig, sich Gedanken darüber zu machen, warum du nach zwanzig Jahren hier an meinem Tisch sitzt.« Sie lächelte kindlich. »Aber schön ist es trotzdem, und das ist die Hauptsache.«
Sie trank ihr Glas aus und hielt es Islama hin.
»Krieg ich noch einen Schluck?«
»Die Flasche ist leider leer, aber ich werde noch eine holen.«
Er machte sich auf den Weg nach draußen und kam nach ein paar Minuten mit zwei Flaschen zurück. Eine davon verstaute er im Kühlschrank, die andere öffnete er und füllte Charlottes Glas.
Sie nahm einen großen Schluck.
»Wir sollten etwas essen«, meinte sie dann und stand auf. »Sonst bin ich in Null Komma nichts betrunken. Ich vertrage nämlich nicht viel. Was hältst du von Nudeln?« Fragend sah sie ihn an. »Spaghetti mit Bärlauchpesto zum Beispiel.«

»Bärlauch ... was ist das denn?«

»Ein Gemüse. Sieht aus wie Maiglöckchenblätter, riecht nach Knoblauch und schmeckt wie eine Mischung aus Spinat und Mangold.«

»Ich weiß zwar auch nicht, was Mangold ist«, lächelte Islama, »aber das macht nichts.« Seine Augen blitzten, und das Verhältnis von Blau zu Türkis wechselte gerade mal wieder. Jetzt nahm Türkis die Oberhand.

»Ich könnte allerdings auch Totentrompeten machen.«

»Was – um Gottes willen – sind denn Totentrompeten?«, lachte er. »Klingt sehr gefährlich.«

»Pilze. Sie wachsen in Buchenwäldern, und man muss ganz genau hinschauen, um sie überhaupt zu entdecken, weil sie sich mimikrymäßig zwischen dem Laub verstecken. Es handelt sich um eine Pfifferlingsart, aber die Röhre ist viel tiefer, wie bei einer Trompete eben. Sie sind bräunlich-schwarz und sehen tatsächlich hochgiftig aus. Aber das sind sie nicht, und sie schmecken köstlich.« Charlotte schaute Islama fragend an. »Also, was ist dir lieber, Bärlauch oder Pilze?«

»Das überlasse ich dir. Mach, was du magst.«

»Gut, dann gibt es die Trompeten. Mit ein bisschen Knoblauch und Zwiebeln gebraten und mit Sahne aufgegossen. Geht ganz schnell.«

»Kann ich dir helfen?«

»Nein, danke. Bleib einfach nur sitzen und unterhalte dich mit mir.«

Sie ging zum Tiefkühlschrank.

»Erzähl mir was aus deinem Leben«, sagte sie über die Schulter.

»Hm, was soll ich da berichten?« Er brach ein Stück Baguette ab, schob es sich in den Mund und dachte nach.

»Also«, sagte er kauend, »meine Mutter hast du vermutlich schon kennen gelernt.«
»O ja«, lachte Charlotte, die gerade einer Knoblauchzehe die Haut abzog, »bei einer Vernissage. Ich kann mich noch gut an sie erinnern. Groß und schön und ein bisschen schrill ... mit ihren roten Haaren und riesigen Ohrgehängen.«
»Ja, diese schrille Dame ist meine Mutter«, lächelte Islama. »Zur Zeit hält sie sich wieder in Indien auf. Dort hat sie auch vor vielen Jahren gelebt, in einem Ashram. Das war damals wohl so eine Art Mode in bestimmten europäischen Kreisen.«
Er saß da, einen Ellbogen auf die Tischplatte gestützt, den Kopf schräg auf die Hand gelegt und beobachtete – während er sprach – Charlotte, die mit geschickten Bewegungen die Knoblauchzehe in winzige Würfel schnitt.
»Mein Vater hat in demselben Ashram eine Meditationswoche verbracht«, fuhr er fort. »Dabei haben sich die beiden ineinander verliebt, und das Ergebnis ihrer Leidenschaft bin ich. Sie haben dann geheiratet, aber die Ehe dauerte nicht lange, weil mein Vater seine Geschäfte von Delhi nach London verlegt hat. Meine Mutter ist in Indien geblieben, in dem Ashram von Bhagwan. Der Name ist dir bestimmt ein Begriff.«
»Ist das nicht dieser Guru, der nach Oregon ausgewandert ist? Und der ein Dutzend Rolls-Royce in seinem Fuhrpark hatte?«
»Ich glaube, es waren sogar noch mehr«, grinste Islama. »Egal ... genau dieser Herr war es ... ihm habe ich übrigens auch meinen Namen zu verdanken.«
»Ach ja, das wollte ich dich ohnehin schon fragen ... was bedeutet dein Name eigentlich?«
Islama lächelte. »Friede. Göttlicher Friede, genauer gesagt.

Denn mein Name besteht eigentlich aus zwei Wörtern. Deva Islama … kommt übrigens aus dem Sanskrit.«
Charlotte warf Islama einen überraschten Blick zu.
»Göttlicher Friede … wunderschön!« Sie hielt kurz inne und wiederholte dann in andächtigem Ton: »Deva Islama.« Sie zog die Vokale in die Länge und horchte dem Klang hinterher. »Ja, ein wirklich göttlicher Name.« Sie lächelte Islama an. »Nun erzähl weiter.«
»Meine Kindheit habe ich also in diesem Ashram verbracht. Mit neun Jahren kam ich dann in ein Internat in Delhi, und dort blieb ich so lange, bis meine Mutter ihre Zelte in Indien abgebrochen hat.«
»Und dann bist du in Greifenstein gelandet.«
»Ja, genau. Weil meine Mutter aber ein unruhiger Geist ist und dauernd ihre Pläne ändert, hat sie kurzfristig beschlossen, nach Oregon zu übersiedeln. Dazu hatte ich aber keine Lust, sondern bin zu meinem Vater nach London gezogen, hab dort Abitur gemacht und Medizin studiert. Dann wollte ich mich auf Chiropraktik spezialisieren. Das konnte man aber nur in Amerika, und so bin ich in Kalifornien gelandet, in San Diego, wo ich nach dem Studium mit zwei Studienkollegen eine Praxis eröffnet habe.«
Islama stand auf und schlenderte um den Tisch herum.
»Tja, Charly, das war's. Mein Leben in Kurzform, meine ich.« Er stand nun hinter ihr und strich mit dem Rücken seiner Finger sachte ihren Hals entlang.
»Immer noch Verspannungen?«, fragt er leise.
Charlotte, die gerade die Totentrompeten in die Pfanne kippte, lief eine Gänsehaut über den Rücken.
»Ehm …« Sie zuckte mit den Schultern. »Ich weiß nicht so genau.«

»Das werden wir sofort wissen.«
Er legte beide Hände links und rechts an ihren Hals und wanderte mit den Daumen die einzelnen Wirbel rauf und runter.
»Der hier sitzt nicht richtig«, meinte er und tastete vorsichtig eine Stelle unterhalb ihres Haaransatzes ab. »Tut es hier weh?«
»Ja, ein bisschen.«
»Das dachte ich mir! Aber das haben wir gleich. Setz dich mal hin.«
Er zog einen Stuhl unter dem Tisch hervor und drückte Charlotte mit sanfter Gewalt auf die Sitzfläche. »Schön still halten und entspannen.«
Er legte die linke Hand in ihren Nacken, mit der anderen packte er behutsam ihren Kopf. »Locker lassen!«, sagte er. »Ganz locker lassen.« Er machte eine kleine, ruckartige Bewegung mit der rechten Hand.
»So, das müsste es gewesen sein«, sagte er. »Na, wie fühlt es sich an?«
»Hmh ...« Vorsichtig drehte Charlotte den Kopf von links nach rechts und zurück. »Irgendwie anders als vorher.« Sie beugte den Kopf nach vorn und wieder zurück. »Vielleicht bilde ich mir das aber auch nur ein«, fügte sie murmelnd hinzu.
Islama legte seine Finger nochmals an ihren Hals und tastete ihn ab.
»Nein, das bildest du dir nicht ein, der Wirbel sitzt jetzt richtig«, meinte er zufrieden.
»Danke«, sagte Charlotte, erhob sich vom Stuhl und lächelte Islama an. »Danke, Herr Doktor!«
»Es war mir ein Vergnügen«, lächelte er zurück, und während seine Augen wieder kleine Blitze abschossen, legte er seine Arme um ihre Schultern und sah sie an. Und mit jeder Se-

kunde, in der sein Blick auf ihr ruhte, wurde sie ein Jahr jünger.
Als sie bei fünfzehn angelangt war, zog Islama ihren Kopf heran und küsste sie.

fünfzehn

Charlotte balancierte eine hohe, schmale Mauer entlang. Mit äußerstem Bedacht setzte sie einen Fuß vor den anderen, ihre weit ausgebreiteten Arme sorgten für Gleichgewicht.
Schritt für Schritt tastete sie sich vorwärts, wobei sie nach unten schaute und sich fragte, wie sie jemals von der Mauer herunterkommen würde. Die nächste Geschossebene lag mehr als zwei Meter unter ihr, und nirgendwo war eine Treppe oder Leiter zu entdecken, lediglich ein paar winzige Mauervorsprünge, so klein, dass gerade mal ein Kinderfuß darauf Platz gefunden hätte. Weil sie keine Wahl hatte, nahm Charlotte all ihren Mut zusammen und sprang. Hüpfte behände und nahezu schwerelos von Vorsprung zu Vorsprung und erreichte so unbeschadet das untere Stockwerk.
Im schmutzig grauen und mit einer dicken Staubschicht überzogenen Fußboden klaffte ein großes, zackig ausgebrochenes Loch. Vorsichtig näherte Charlotte sich dem Rand des Loches und blickte hinab, in eine Art Fabrikhalle. Der düstere, gespenstisch anmutende Raum war leer – bis auf einen Mann. Klein wie ein Wichtel stand er direkt unterhalb des Loches, schaute zu ihr hoch und winkte ermutigend mit der Hand. Nur keine Angst, schien die Hand auszudrücken, und er winkte erneut. Komm schon, komm! Unschlüssig blickte Charlotte durch die Öffnung, als sie einen zweiten Wichtel entdeckte. Er löste sich aus dem Nichts eines dunklen Win-

kels, trippelte mit raschen Schritten auf seinen Kameraden zu, stellte sich neben ihn, hob seinen Kopf empor und begann ebenfalls zu winken.

Beide Wichtel winkten wie auf Kommando.

Charlotte sprang, und im selben Moment ertönte ein lautes, schrilles Klingeln.

Mit einem sanften Ruck fuhr sie auf und blickte um sich.

Sie lag in ihrem Bett. Neben ihr lag Max.

Das Telefon klingelte.

Sie tastete nach dem Hörer und meldete sich verschlafen.

»Hallo, Dornröschen!«, sagte eine tiefe Männerstimme, und Charlotte versuchte, sie jemandem zuzuordnen. Vergeblich. Die Stimme war ihr unbekannt, und sie schwieg irritiert.

»Hallo ... bist du noch da?«, fragte die Stimme.

»Ja«, sagte Charlotte und war sich nicht sicher, ob sie wach war oder noch träumte.

»Hier ist Fabian.«

Die Worte rissen sie vom Kissen hoch.

»Wie geht es dir, Dornröschen?« Seine Stimme klang guttural und kraftvoll.

»Danke, mir geht es gut«, murmelte sie schlaftrunken.

»Hab ich dich etwa geweckt?«

»Ja ... aber das macht nichts.«

»Oh, das tut mir Leid. Aufgrund deiner mitternächtlichen Mails habe ich angenommen, du gehörst zu den Menschen, die spät schlafen gehen.«

»Das ist normalerweise auch der Fall«, sagte Charlotte, drückte den Knopf der Nachttischlampe und warf einen Blick auf den Wecker. Die Zeiger standen auf halb zwölf. »Aber aus irgendeinem Grund bin ich heute früher ins Bett gegangen«, erklärte sie. »Ich glaube, ich habe ein bisschen zu viel ge-

trunken«, fügte sie hinzu und überlegte, wie sie ins Bett gekommen war.
»Was hast du denn gefeiert?«
»Gefeiert? Ehm ... nichts.« Islama kam ihr in den Sinn. »Das heißt ... eigentlich doch ... den Einzug meines neuen Untermieters.«
»Oh, ein Konkurrent«, lachte Fabian, »und er wohnt auch noch bei dir! Da muss ich mich ja sputen.«
»Ja, ja, spute dich ...«, grinste Charlotte und überlegte immer noch, wie sie ins Bett gekommen war, konnte sich aber nicht daran erinnern. »Du weißt ja, man muss das Eisen schmieden, solange es heiß ist«, fuhr sie fort.
»Da hast du Recht«, lachte Fabian. »Aber wichtiger ist, dass man das Feuer in Gang hält ...«, fügte er hinzu. »Dann kann das Eisen ruhig mal abkühlen.«
Eine schöne Stimme hat er, dachte Charlotte und sagte: »Was macht denn das Leben auf der Arche?«
»Das Schlimmste haben wir Gott sei Dank hinter uns«, sagte Fabian. »Der Regen hat nachgelassen, wir haben wieder alles unter Kontrolle, und der Ausnahmezustand ist seit gestern aufgehoben. Du kannst dir vielleicht vorstellen, wie froh wir alle sind. Zwei Dutzend Pferde zu evakuieren, das wäre unter diesen chaotischen Umständen nicht lustig geworden. Und wer weiß, was noch auf uns zugekommen wäre, wenn es weiter so sintflutartig geregnet hätte. Die Schmiede stand bereits knietief unter Wasser, das Wohnzimmer meines Freundes auch, und der Vorrat an Sandsäcken war längst aufgebraucht ...«
Er hielt kurz inne.
»Aber ich wollte nicht über das Wetter mit dir reden«, sagte er, »sondern über dich ... Wie geht es dir denn, Dornröschen?«

»Gut, danke!«
Irgendwie fühlte sie sich ertappt, wusste allerdings nicht genau, wobei. Islama stand plötzlich vor ihrem geistigen Auge.
»Du hast eine sehr angenehme Stimme«, sagte Fabian leise. »Sie passt zu dem, was ich schon von dir kenne.«
»Na ja, so viel kennst du noch nicht.«
»Ich kenne mehr, als du glaubst.«
»Aha, Otto hat aus dem Nähkästchen geplaudert.«
»Nein, das hat er nicht, da kannst du ganz beruhigt sein. Aber wer bei deinen Mails zwischen den Zeilen liest, weiß genau, wie du bist.«
»So«, sagte sie gedehnt, »wie bin ich denn?«
»Du?« Er lächelte durchs Telefon. »Du bist eine ganz süße Maus ...«
»Wie bitte!?«, brach es aus ihr hervor. »Süß? Ich? Aber nun wirklich nicht!«
»Wieso denn nicht?«
»Diese Bezeichnung ist ja fast schon eine Beleidigung.«
»Wieso *das* denn?«
Sie überlegte kurz.
»Weil es nach devotem Weibchen klingt.«
»Aha, daraus schließe ich, dass du kein devotes Weibchen bist.« Er lachte. »Das ist aber schade ... wo ich Unterwürfigkeit doch so liebe.«
»Ja, ja, mach dich nur lustig über mich ...«, gab sie zurück und ärgerte sich über ihre Humorlosigkeit.
»Ich mache mich nicht lustig über dich«, lächelte er, »ich finde es nur lustig, dass du dich so strikt dagegen wehrst, süß zu sein.«
Kleine Pause.

»Aber wenn dir dieses Wörtchen nicht gefällt ... wie würdest *du* dich denn bezeichnen?«

»Ach, ich weiß auch nicht ... ich bin einfach eine ganz normale Frau.«

»Du bist alles andere als normal«, erwiderte er, »und du weißt das auch. Aber zumindest bezeichnest du dich schon mal als Frau. Das beruhigt mich sehr.« Er lachte wieder und machte eine kleine Pause. »Aber im Ernst, liebes Dornröschen, egal, was du davon hältst ... ich finde dich süß.«

Charlotte spürte ein Gefühl der Verlegenheit auftauchen. Gleichzeitig kamen ihr bei Fabians Worten die Filme mit Audrey Hepburn in den Sinn, bei denen sie sich angesichts der grazilen Schauspielerin immer wieder mit einem Seufzen fragte, ob und wie sie es jemals schaffen könnte, auch nur den Hauch dieser Mischung aus Anmut und Weiblichkeit auszustrahlen.

»In meinem ganzen Leben hat mich noch niemand als süß bezeichnet«, brummte sie. »Aber, wenn ich ehrlich bin, muss ich zugeben, dass ich es mag ...« Sie machte eine kleine Pause. »Obwohl ich es auch irgendwie albern finde ...«, fügte sie leise hinzu.

»Das ist überhaupt nicht albern«, sagte Fabian. »Außerdem stehe ich auf süße Frauen. Vor allem, wenn sie schmecken wie Mousse au chocolat. Süß und ein bisschen bitter zugleich. Denn genau diese Mischung macht den Gaumenkitzel für den wahren Genießer aus.« Er lachte vergnügt. »Und bestimmt hast du auch noch andere Geschmacksvarianten anzubieten ... die werde ich alle kosten und mir auf der Zunge zergehen lassen. Deswegen wird es höchste Zeit für meine Rückreise.« Er machte eine kleine Pause. »Ich kann es wirklich kaum abwarten, dich live zu erleben.«

»Wann kommst du denn wieder nach Deutschland?«, fragte Charlotte.
»Das steht noch nicht genau fest, Anfang Januar vermutlich.«
»Oh, dann wird mein Geburtstag ohne dich stattfinden.« Sie versuchte gar nicht erst, ihr Bedauern zu verstecken. »Das ist sehr schade, denn ich hätte dich so gern dabei.«
»Ja, das ist wirklich schade! Aber in Gedanken werde ich an deinem Ehrentag von morgens bis abends bei dir sein«, sagte Fabian und räusperte sich. »Das bin ich ohnehin schon dauernd.«
Kleine Pause.
»Und ich glaube ...«, fuhr er fort und hielt inne. »Ja, ich glaube inzwischen, dass Otto richtig lag mit seiner Vermutung.«
Erneute Pause.
»Ich hätte es zwar nie für möglich gehalten, aber ...«
Charlotte spürte ihr Herz gegen die Rippen schlagen.
»... ich habe mich in dich verliebt.«
Charlotte war sich plötzlich nicht mehr sicher, ob sie nicht doch träumte.
»Dornröschen?«
»Ja ...?«
»Du sagst gar nichts ... ist alles in Ordnung?«
»Ja«, flüsterte sie und merkte, dass ihr Körper wieder von dem altbekannten Zittern erfasst wurde, gegen das sie sich nicht wehren konnte, »alles in Ordnung.«
»Deine Stimme klingt übrigens genauso wie in meinem Traum«, sagte Fabian nach einigen Augenblicken. »Dieser Traum war auch mit ein Grund für meinen Anruf. Ich wollte deine Stimme hören. Ich musste mir ganz einfach Gewissheit verschaffen, dass das alles nicht nur romantische Hirnge-

spinste sind ... Visionen eines in die Jahre gekommenen Mannes sozusagen.«
Charlotte lauschte dem Timbre seiner Stimme hinterher und wünschte, eine gute Fee könnte Fabian jetzt durch die Leitung zaubern. Eingehüllt in die schützende Dunkelheit würde sie sich an ihn schmiegen, seine Haut spüren, mit zarten Fingerspitzen Zentimeter für Zentimeter des fremden Körpers erforschen, ihre Nase an ihn drücken und sich mit seinem Geruch vertraut machen.
»Aber es sind wohl doch keine Hirngespinste«, fuhr Fabian leise fort. »Denn wenn du im richtigen Leben auch noch so riechst wie in meinem Traum ...«
»Wie habe ich denn gerochen?«
»Na, was glaubst du denn ...?« Warm und zärtlich kroch Fabians Stimme durch die Leitung. »Es liegt doch auf der Hand ... du hast natürlich gerochen wie ein Röschen. Wie ein Buschwindröschen, das sich fröhlich im Sommerwind wiegt.«
»Jetzt ist aber Winter ...«, sagte Charlotte und lächelte. »Und es stürmt ...«
»Rosen brauchen Winterschlaf«, sagte Fabian. »In der kalten Ruhe sammeln sie neue Kräfte. Aber dann kommt der Frühling, da treiben sie aus und entwickeln Knospen. Und im Sommer entfalten sie ihre Blüten und ihren süßen Geruch ... man muss nur die richtige Zeit abwarten.«
Charlotte sagte nichts.
»Und da jetzt bei dir Winter ist, werde ich dich weiterschlafen lassen«, fuhr Fabian fort. »Aber keine hundert Jahre, das verspreche ich dir. Denn so bald wie möglich werde ich durch die Hecke brechen ...« Er fügte seinen Worten ein leises Lachen hinzu.

Nach dem Telefonat lag Charlotte mit zwiespältigen Gefühlen in der Dunkelheit und versuchte den Abend mit Islama zu rekapitulieren. Bis zu dem Zeitpunkt, als er sie geküsst hatte, war das kein Problem. Alles, was danach stattgefunden hatte, war wie ausgelöscht.

sechzehn

Nachdem sie am nächsten Vormittag eine Kopfschmerztablette eingenommen hatte, ging Charlotte mit einer dampfenden Tasse Kaffee in der Hand auf die Terrasse, hielt ihr Gesicht in die prickelnde Kälte und blickte um sich. Im Osten lag schiefergrau, stumpf und wellenlos der See, im Westen baute sich eine dunkelgraue Wolkenwand auf und kündigte den nächsten Schneesturm an. Ein Krähenschwarm flog krächzend über sie hinweg, eine Hand voll Meisen hing an den Futterknödeln im Geäst der Obstbäume im Garten, Dompfaffen schwirrten tschilpend um ein auf einem dicken Pfahl befestigtes Vogelhäuschen, balgten sich um Sonnenblumenkerne und flatterten mit ihrer Beute in die umliegenden Baumkronen.
Max, den es trotz der Kälte gleich nach dem Frühstück nach draußen gezogen hatte, hopste in großen Sprüngen zwischen den Bäumen hin und her, pflügte aufgekratzt durch den weichen, tiefen Schnee und scheuchte Vögel auf. Charlotte beobachtete ihn gerade belustigt, als er mit einem Mal stutzte, wie angewurzelt stehen blieb und mit peitschendem Schwanz in Richtung Haus starrte. Charlotte trat zur Terrassenbrüstung und reckte den Hals. Im ersten Moment konnte sie nichts entdecken, dann aber tauchte unterhalb der Dachkante ein Hut auf. Unter dem Hut kam Islama zum Vorschein,

der mit tief in die Manteltaschen gebohrten Händen in Richtung See stapfte. Dort angekommen, stieg er auf einen großen, flachen Baumstumpf und schaute in die Ferne. Kerzengerade stand er da, aufrecht und reglos wie eine in dunklen Stein gehauene Statue.

Das Leben ist schon verrückt, dachte Charlotte. Hätte mir all das vor drei Wochen jemand prophezeit, dann hätte ich ihn ausgelacht. Vor ihrem geistigen Auge tauchte Daniel auf, und überrascht stellte sie fest, dass sie sich nun zum wiederholten Mal an ihren Mann erinnerte ohne diesen diffusen Schmerz, dieses Gefühl lähmender Schwermut, das über Monate hinweg kaum von ihr gewichen war und sie teilweise auch nachts noch in ihren Träumen begleitet hatte. Doch nun schien der ungebetene Weggenosse verschwunden zu sein, sich heimlich aus dem Staub gemacht zu haben, wohlwissend, dass seine Zeit gekommen war.

Islama stieg vom Baumstumpf herunter, schlenderte am Ufer entlang und verschwand zwischen den Tannenbäumen, während die ersten Schneeflocken um ihn herumtänzelten. Charlotte sah ihm hinterher und versuchte zum wiederholten Mal, sich an den Verlauf des vorangegangenen Abends zu erinnern. Das Ergebnis blieb dasselbe wie vor einigen Stunden: Filmriss nach dem Kuss. Schulterzuckend trank sie den Kaffee aus, wandte sich mit einem leisen Seufzen ab und begab sich ins Arbeitszimmer, wo sie den Computer anschaltete und die Mailbox öffnete.

Fabian hatte geschrieben.

»Liebstes Dornröschen!

Mit einem Glas Rotwein sitze ich hier, deine Stimme im Ohr, und beneide Herrn Morpheus, der dich vermutlich gerade in den Armen wiegt, und ich wünschte, ich könnte mit ihm

tauschen! Seit unserem Telefonat ist nichts mehr anzufangen mit mir, denn du gehst mir nicht mehr aus dem Kopf.
Ja, Dornröschen, ich habe mich in dich verliebt! Mit Haut und Haar. Fühlte ich mich bis vor kurzem noch wie ein erwachsener Mann, komme ich mir jetzt wie ein kleiner Junge vor. Allerdings gebe ich mit Freude zu, dass ich diesen Zustand genieße, denn ich befürchtete schon, mit zunehmendem Alter verschwänden solche Gefühle.
Am liebsten würde ich sofort meine Koffer packen und nach Deutschland fliegen, denn ich bin sicher, dass nicht nur deine Stimme so klingt wie in meinem Traum, sondern dass du auch so riechen wirst wie in dem Traum. Diesem wunderbaren Traum, den ich jederzeit wie einen Videofilm abrufen kann. Und wenn ich nachher schlafen gehe, werde ich die Filmkassette zum wiederholten Mal in den Recorder in meinem Kopf schieben. Vielleicht zaubert ja eine erbarmungsvolle Fee die Fortsetzung ...
So, mein liebes Dornröschen, in Gedanken umarme ich dich jetzt, schicke dir ganz herzliche Grüße und einen zärtlichen Ganzkörperkuss.
Dein Fabian«

Aufmerksam las Charlotte Wort für Wort, lächelte und spürte ein im Laufe der Jahre untergegangenes Gefühl in sich aufsteigen. Dieses Gefühl, das sie als kleines Mädchen am Abend vor Weihnachten immer gehabt hatte. Diese aufregende Mischung aus banger Hoffnung und freudiger Zuversicht, am nächsten Tag unter dem Tannenbaum all die Geschenke vorzufinden, deren Bezeichnung sie fein säuberlich auf einen Wunschzettel gekritzelt hatte.

Gleichzeitig machte sich aber auch ein anderes Gefühl breit, und ihre innere Stimme meldete sich lautstark. »Hüte dich vor doppeltem Spiel«, warnte sie.

siebzehn

»Rudolph, the red nosed reindeer ...«, tönte es quäkend durch die Lautsprecher. Mit kalten Füßen stand Charlotte an einem runden Stehtisch und betrachtete das Gewusel um sich herum. Dick vermummte Menschen eilten geschäftig hin und her. Der Geruch von Tannenreisig, gebrannten Mandeln, gerösteten Kastanien und Glühwein lag in der Luft, vereinzelte Schneeflocken tanzten auf und ab, die Kellnerin knallte ein Glas vor Charlotte hin.

»Drei Euro fuffzig«, gab sie muffig von sich und kramte ungeduldig in ihrer auf den Bauch gebundenen Geldtasche herum. Charlotte legte vier Euro auf die von Flecken übersäte Tischplatte. »Stimmt so«, sagte sie freundlich. »Vergelt's Gott«, antwortete die Kellnerin unfreundlich und hastete zum Nebentisch, den sie abräumte und mit einem grauen Lappen und sichtlichem Missvergnügen abwischte.

»Oh, du fröhliche ...«, klang es über den Viktualienmarkt. Doch selbst bei angestrengtem Suchen konnte Charlotte nicht ein fröhliches Gesicht in der Menge entdecken. Sie führte gerade vorsichtig ein Glas Glühwein an den Mund, als sie jemand auf die Schulter stupste.

»Hallo, Charly.«

Die Stimme kannte sie, und sie drehte sich um.

»Hallo, Regine.«

Beiderseitiges Schweigen und verlegenes Lächeln.

»Na, wie geht es dir denn?«, fragte Regine.

»Ganz gut. Und dir?«
Charlotte konnte derartige Dialoge nicht ausstehen und war sauer auf sich, weil ihr nichts Besseres einfiel. Warum sagte sie nicht, was sie wirklich sagen wollte? Warum sagte sie nicht, dass sie zu feige oder zu stolz gewesen war, Regine anzurufen. Die Worte lagen ihr auf der Zunge, aber sie schaffte es nicht, sie freizulassen. Ihr Mund war wie zugeklebt.
Regine hatte dieses Problem nicht.
»Du fehlst mir«, sagte sie und legte den Arm um Charlotte. »Es tut mir so Leid!« Sie drückte ihre Wange an die der Freundin.
»Mir tut es auch Leid«, nuschelte Charlotte und schluckte. »Entschuldige bitte, was ich gesagt hab. Ich wollte dich nicht verletzen.« Sie presste ihre Kiefer aufeinander, um die Tränen zurückzuhalten. Vergeblich. »Ich hab dich doch lieb.«
Bei Regine rollten die Tränen jetzt auch. Von sensationslüsternen Menschen beglotzt, kuschelten die beiden Frauen sich aneinander und kümmerten sich nicht um die Gaffer.
Schweigend standen sie eine Weile da, bis Charlotte sich einen Ruck gab, zwei Papiertücher aus der Handtasche zog, eines Regine gab, sich mit dem anderen erst energisch die Nase schnäuzte und dann die mit Wimperntusche verschmierten Augen sauber wischte.
»Aber jetzt sag mal«, schniefte sie, »wie geht es dir denn wirklich?«
»Also, ganz offen gestanden, geht's mir nicht so gut.« Regine schnäuzte sich ebenfalls. »Einerseits. Andererseits wieder geht's mir doch ganz gut.«
»Aha, verstehe.« Charlotte grinste ironisch. »Es geht doch nichts über klare Aussagen ...«

»Ist doch ganz einfach.« Regine zog die Nase hoch. »Also, nach dem Streit ... als du mir die Sache mit meinen Lovern und dem Alkohol an den Kopf geworfen hast ... da hab ich mir überlegt, dass ich vielleicht doch irgendwie auf dem falschen Trip bin, und hab beschlossen, einen Therapeuten aufzusuchen.«

»Sehr gut!«, kommentierte Charlotte mit deutlichem Oberlehrerton in der Stimme.

»Die Adresse habe ich übrigens von Mr. Spock.«

»Na klar, von wem sonst? Mr. Spock, unser aller Berater in Lebens- und Schicksalsfragen.«

»Mit dem Psychologen hab ich eine Stunde geredet, und dann hat er mir eine Gruppentherapie empfohlen.«

»Sieh mal an ...«

»Ja, und ich hab doch tatsächlich eine angefangen. Bei einem Kollegen des Therapeuten. Der würde dir gefallen! Groß, schlank, blaue Augen. Genau der Typ Mann, auf den du so abfährst ...«

»Und, wäre der nichts für dich? Ein Therapeut fehlt doch noch in deiner Sammlung?«, spöttelte Charlotte.

»Nee, nee, ich hab zur Zeit nichts am Hut mit Männern. Außerdem hat er wirklich Ahnung von der Materie, so einen Fachmann verscherzt man sich nicht durch eine heiße Nacht. Er quatscht nämlich kein blödes Zeug, sondern hört zu und stellt unbequeme Fragen. Auf diese Art und Weise hab ich schon *unheimlich* viel über mich herausgefunden. Und ... stell dir vor ... dass ich so viele Lover habe, das hat mit meinem Vater zu tun.«

»Sag ich doch«, sagte Charlotte selbstgefällig, »aber auf mich hört ja niemand.«

»Auf Freunde hört grundsätzlich niemand, das ist nun mal

so. Auf mich hörst du ja auch nie ...« Regine grinste vergnügt. »Also, weil mein Vater so früh gestorben ist, habe ich diese unterschwelligen Verlustängste, verstehst du? Ich habe ganz einfach Angst davor, dass mir das wieder passiert ... dass ich verlassen werde, meine ich. Und deshalb vermeide ich jede nähere Bindung.« Sie bedachte Charlotte mit einem altklugen Blick. »Klingt doch einleuchtend, findest du nicht?«

»Ja, das tut es.«

Regine nickte zufrieden. »Siehst du, und diese Bindungsangst wird jetzt in der Gruppe bearbeitet.«

»Aha, und was macht ihr da so?«

»Atemtherapie zum Beispiel und bioenergetische Übungen. Aber das schlaucht ganz schön! Was da so alles an Gefühlen hochkommt ... ich kann dir sagen! Manchmal liege ich nur noch heulend auf dem Fußboden und sehe am nächsten Tag aus wie Frankensteins Schwester. Verquollene Augen, rote, runterhängende Lider ... Wenn ich dieses Horrorgesicht im Spiegel sehe, packt mich das Grausen, und jedes Mal nehme ich mir vor, in meinem ganzen Leben keine einzige Träne mehr zu vergießen. Von wegen Weinen macht schön! Genau das Gegenteil ist der Fall. Aber sonst kann ich die Therapie wirklich empfehlen. Vor allem den Therapeuten.« Spitzbübisch schielte sie Charlotte von der Seite an und schob ihren Arm unter den von Charlotte. »Komm, wir bummeln ein bisschen über den Markt.«

»Gute Idee, ich muss noch einkaufen, ich mach nämlich morgen eine Fete.«

Überrascht blieb Regine stehen.

»Wie bitte, *du* machst 'ne Fete? Umgibst dich freiwillig mit Menschen?« Regine runzelte die Stirn. »Was feierst du denn?

Verlobung etwa, mit dem Herrn aus Venezuela?« Jetzt grinste sie ironisch und tätschelte Charlottes Rücken. »Wie hat sich die Sache mit dem Schmied eigentlich entwickelt?«

»Das erzähle ich dir später.« Zielstrebig steuerte Charlotte auf den Käsestand zu. »Es gibt überhaupt allerhand zu erzählen.«

»Oh, das klingt ja viel versprechend.«

»Ja, es sind wirklich einige merkwürdige Dinge passiert – in den letzten Wochen.«

Mittlerweile standen sie vor dem Käsestand. Charlotte hatte alle möglichen Sorten ausgesucht und war gerade im Begriff zu bezahlen, als Regine ihr den Ellbogen in die Seite rammte.

»Schau mal!«

»Aua!«, sagte Charlotte und verzog unwillig das Gesicht. »Was ist denn?«

»Da!«

Regine deutete mit dem Kinn auf den Stand nebenan. Charlotte konnte aber außer Gläsern mit Oliven, in Öl konservierten, getrockneten Tomaten, süßsauer eingelegten Kürbisstücken und Essiggurken nichts Bedeutendes entdecken.

»Ich sehe nichts.«

»Doch! Dort, der Mann da!«

»Wo denn, verflixt nochmal?«

»Mensch, bist du denn blind?« Verzückt starrte Regine zum Nachbarstand. »In meinem ganzen Leben hab ich keinen derart gut aussehenden Mann gesehen!«

Jetzt entdeckte Charlotte den Mann auch und lächelte.

»Was grinst du denn so blöde?«, fragte Regine ungehalten.

Charlotte griff nach der prall gefüllten Plastiktüte, die die Verkäuferin über die Theke reichte, drehte sich um und sagte: »Das ist Islama, mein neuer Untermieter.«

achtzehn

»Ich glaub es nicht!«, stieß Regine hervor. Sie saß mit Charlotte an einem Ecktisch in einem kleinen griechischen Lokal in der Nähe des Viktualienmarktes und schaute kopfschüttelnd Islama hinterher, der gerade mit einem Winken das Lokal verließ.

»Nein, ich glaub es wirklich nicht«, wiederholte sie und kaute geistesabwesend auf der Spitze einer Haarsträhne herum. Nachdem sie diese eine Weile durchgewalkt und eingespeichelt hatte, spuckte sie sie angewidert aus und klemmte sie hinters rechte Ohr. Wortlos nahm sie einen Schluck Wein aus dem innerhalb weniger Minuten zur Hälfte geleerten Glas, ließ ihren Blick aus glasigen Augen erst geistesabwesend durchs Lokal schweifen und sagte dann: »Ich fasse es immer noch nicht.« Danach trank sie ihr Glas leer.

Charlotte tätschelte Regines Hand. »Jetzt beruhige dich wieder«, meinte sie und lächelte amüsiert.

»Na, da soll man nicht aus der Fassung geraten«, murmelte Regine. »Ich begegne dem personifizierten Adonis, und wo wohnt er? Unter einem Dach mit meiner Freundin Charlotte. Das ist doch wirklich nicht zu fassen.« Sie schaute ins Leere. »Ungerecht ist es außerdem«, fügte sie nach einer Weile hinzu.

»Wieso *das* denn?«

»Weil du dich für Männer nicht interessierst. Deswegen!«

Regine winkte dem Kellner und bestellte noch einen Wein. »Und weil dieser Ausbund an Schönheit in deinem Haus demnach wie Perlen vor die Säue ist«, meinte sie weiter und schaute Charlotte vorwurfsvoll an.

»Wie kommst du denn auf die Idee, dass ich mich nicht für Männer interessiere?«

»Weil du es seit zwei Jahren konsequent unter Beweis stellst und bis vor gar nicht langer Zeit auch noch ausdrücklich betont hast.«

»Die Dinge ändern sich eben.«

»Ach ...« Regine warf Charlotte einen scheelen Blick zu. »Erzähl!«

»Na ja, wo soll ich da anfangen?« Charlotte dachte kurz nach. »Irgendwie hat sich in meinem Leben innerhalb weniger Wochen alles verschoben«, meinte sie dann.

»Ich bin ganz Ohr!«, sagte Regine, nahm dem Kellner das Weinglas aus der Hand und schaute Charlotte ungeduldig an. »Na, leg schon los!«

»Also, meine Mutter lässt sich scheiden.«

»Wirklich?«, sagte Regine, deutlich desinteressiert. »Und was hat das mit deinem Untermieter zu tun?«

»Nichts, natürlich. Jetzt bring mich doch nicht durcheinander. Eins nach dem anderen.« Sie pulte das Weiche aus einer Scheibe Brot, drückte es zusammen und warf es sich in den Mund. »Der Entschluss meiner Mutter hat nichts mit Islama zu tun, aber es passierte halt alles zur gleichen Zeit.«

»Was passierte denn?«

»Tja, wenn ich das so genau wüsste.«

»Mein Gott, muss ich dir denn jedes Wort aus der Nase ziehen?! Ich kann doch nicht hellsehen!«

»Na ja ... wie gesagt ... ich weiß es auch nicht so genau, aber es könnte sein, dass ich mit ihm geschlafen habe.«

»Wie bitte?!« Regine riss die Augen auf und starrte Charlotte entgeistert an. »Mit wem?«

»Mit Islama.«

»Und was soll das heißen ... könnte sein?«

»Das heißt, dass ich es nicht so genau weiß. Ach, eigentlich

weiß ich gar nichts. Ich muss so betrunken gewesen sein, dass ich mich an nichts mehr erinnere.«
»Typischer Fall von postkoitaler Amnesie«, grinste Regine.
»Häh?«
»Postkoitale Amnesie«, wiederholte Regine vergnügt. »Ist doch für einen gebildeten Menschen wie dich nicht schwer zu verstehen. Irreversibler Erinnerungsverlust nach dem Beischlaf, verstehst du? Geniale Einrichtung der Natur, um miserable erotische Erlebnisse aus dem Gedächtnis zu streichen – bei Frauen.« Regine schaute Charlotte an. »Bei Männern ist es genau umgekehrt«, fuhr sie dann fort. »Die werden von der präkoitalen Amnesie heimgesucht. Und die wiederum hat die postkoitale Bettflucht zur Folge.« Sie feixte. »In deinem Fall gäbe es allerdings noch die Variante der zerebralen Atrophie.«
»Was ist das denn nun wieder?«, fragte Charlotte unwillig.
»Gehirnschwund«, antwortete Regine aufgeräumt. »Es wird kleiner, schrumpft sozusagen. Analog dazu schrumpft auch das Erinnerungsvermögen. Was ja auch seine Vorteile hat, schließlich muss man sich wirklich nicht an alles erinnern.« Sie grinste. »Ist eher lästig als vorteilhaft.«
»Ja, ja, mach ruhig deine Witze. Ich finde das aber gar nicht lustig! So was ist mir in meinem ganzen Leben noch nicht passiert.«
»Was? Dass du betrunken warst?«
»Quatsch! Dass ich eine derartige Erinnerungslücke hatte! Blackout, totalen Blackout! Ich kann mich gerade mal an den Beginn des Abends erinnern und an die Gespräche, dann ist aber auch schon Feierabend. Irgendwann bin ich in meinem Bett aufgewacht, allein, und konnte mich nur noch an den Kuss erinnern.«

»Oh!« Regine grinste süffisant. »Ihr habt euch geküsst?«

»Sag ich doch! Aber an das, was danach kam, falls überhaupt etwas kam, kann ich mich eben nicht mehr erinnern. Nicht, wie ich ins Bett gekommen bin, und vor allem nicht, ob ich allein dort reingekommen bin oder nicht.« Sie hielt kurz inne. »Mein Gott, ist mir das peinlich!«

»Wieso denn peinlich? Ist doch menschlich. Und verboten ist es auch nicht.«

»Darum dreht es sich doch gar nicht ... aber wenn ich schon mit jemandem schlafe, dann möchte ich mich wenigstens daran erinnern.«

»Na ja«, gackerte Regine, »das kann ich verstehen, denn ...«, sie grinste listig, »wenn dein Untermieter im Bett nur halb so gut ist, wie er aussieht, dann wäre es schon ein Jammer, dieses Ereignis zu vergessen. Aber du könntest ihn ja um ein Dakapo bitten.«

Charlotte sagte nichts, sondern warf Regine nur einen missbilligenden Blick zu.

»Sorry«, prustete Regine, »war'n kleines Witzchen, aber du musst zugeben, dass die Situation einer gewissen Komik nicht entbehrt, gell?« Sie zwickte Charlotte in die Wange. »Und nun?«

»Was und nun?«

»Wie geht die Sache denn weiter?«

»Keine Ahnung.«

»Frag ihn doch einfach.«

»Was soll ich ihn fragen?«

»Ob ihr miteinander geschlafen habt, natürlich.«

»Du hast 'ne Macke!«

»Wieso denn? Entweder du willst es wissen oder nicht. Vielleicht erzählt er dir die Wahrheit, vielleicht erzählt er dir

auch die Geschichte vom Pferd.« Sie hielt inne. »Apropos Pferd ... was macht eigentlich der Schmied?«
»Der hat heute Nacht angerufen.« Ein kindlich-freudiges Lächeln legte sich über Charlottes Gesicht. »Er hat übrigens eine wunderschöne Stimme«, fügte sie hinzu.
»Es scheint sich tatsächlich einiges verändert zu haben in deinem Leben«, grinste Regine zufrieden. »Sehr beruhigend, dass es dir auch mal so geht und nicht ständig nur mir.«
»Wie meinst du *das* denn?«
»Ganz einfach – ich finde es sehr beruhigend, dass auch *du* dich in eine Stimme verliebt hast.«
»Blödsinn!«
»Das ist überhaupt kein Blödsinn. Du bist verliebt. Dein Gesichtsausdruck spricht Bände. Das einzige Problem ist jetzt nur, dass es plötzlich zwei Männer in deinem Leben gibt. Ach ...«, sie lächelte zufrieden, »es stimmt doch ...«
»Was stimmt?«
»Dass alles im Leben seinen Ausgleich findet.« Regine strahlte, als habe sie den Hauptpreis in einem Preisausschreiben gewonnen.
Charlotte sagte nichts, schaute Regine nur verständnislos an.
»Na ja«, erklärte Regine. »Jahrelang meckerst du wegen meiner Männergeschichten an mir herum, und dann passiert dir plötzlich dasselbe. Ist doch nett, finde ich.«
»Das kann man doch gar nicht vergleichen!«
»Doch, das kann man sogar ganz prima vergleichen! Dich interessieren zwei Männer, und jetzt weißt du nicht, was du tun sollst.«
»Wie kommst du denn darauf?«
Mit lässiger Bewegung warf Regine sich eine Olive in den Mund. »Ich höre dir zu«, sagte sie. »Und ich schaue dich an.

Lese in deinem Gesicht, und dort steht, dass du verliebt bist. Jetzt ist nur die Frage, in wen.« Sie lächelte vergnügt. »Vielleicht in beide?«

Charlotte griff zum Weinglas und zwirbelte den Stiel unentschlossen zwischen Daumen und Zeigefinger hin und her. »Irgendwie hast du Recht«, sagte sie. »Andererseits auch wieder nicht. Ich finde Islama zwar sympathisch, und ich mag ihn auch, aber ob ich in ihn verliebt bin ...«, sie zuckte mit den Achseln, »... keine Ahnung.«

»Oh«, sagte Regine, »wie gut ich das kenne! Im Rausch der Sinne findet man einen Typen ganz klasse, und am nächsten Tag hat man total vergessen, warum.«

»Postkoitale Amnesie«, grinste Charlotte.

»Ja, genau!«, grinste Regine zurück.

»Aber ich weiß doch gar nicht, ob ich mit ihm geschlafen habe, Mensch!«, sagte Charlotte, jetzt wieder ganz ernst.

»Vollzug oder nicht, das ist doch vollkommen egal. Du hältst es für möglich, also warst du grundsätzlich bereit dazu. Und das ist ja nur allzu natürlich.«

»Wie meinst du das denn?«

»Na ja, wie lange ist es her, dass du das letzte Mal mit einem Mann im Bett warst? Zwei Jahre doch mindestens, oder?«

»Ja, ziemlich genau zwei Jahre«, sagte Charlotte, und über ihr Gesicht zog ein leiser Schatten.

»Na siehst du«, sagte Regine schnell, um das Thema Daniel gar nicht erst aufkommen zu lassen. »Das ist schließlich eine sehr lange Zeit. Und da ist es doch nur verständlich, dass deine Hormone Zeter und Mordio schreien.«

»Regine!«

»Na, ist doch wahr. Du kannst doch nicht dauernd nur Sex mit dir selber haben.«

»Regine!«, sagte Charlotte nochmal.
»Mein Gott, stell dich doch nicht so an! Selbstbefriedigung ist doch was ganz Normales. Darüber quatschen sie ja sogar schon in Talkshows ...«
»Trotzdem ...«, murmelte Charlotte verlegen.
»Jetzt gib hier nicht das prüde Mütterchen!«, meinte Regine vergnügt. »Der Mensch braucht Sex zum Leben wie die Luft zum Atmen.«
»Eigentlich ...«, meinte Charlotte, »... dachte ich ja schon, meine Sexualität sei verschwunden.« Sie lächelte verlegen. »Aber plötzlich scheint sie wieder da zu sein.« Sie stockte. »Und in der Nacht, als ich mit Fabian telefoniert habe ...«
»Ja, was war in dieser Nacht?« Mit voyeuristischer Neugierde schaute Regine Charlotte an. »Aaah, ich weiß!«, stieß sie triumphierend aus und beugte sich zu Charlotte hinüber. »Ihr hattet Telefonsex«, flüsterte sie. »Stimmt's?«
»Natürlich nicht!«, stieß Charlotte entrüstet aus. »Aber ...«, fügte sie hinzu und machte eine kleine Pause. »So abwegig ist deine Vermutung nicht. Ich habe mir tatsächlich vorgestellt, wie es wäre, ihn anzufassen und ... ja, und wenn ich ehrlich bin ...«
»Sei ehrlich!«, unterbrach Regine und klatschte vergnügt in die Hände. »Ja, bitte, sei doch ehrlich! Ach ... es tut mir ja so gut, dass du endlich auch mal in so eine Situation kommst. Du weißt schon, so eine Situation, in der ich schon oft war und die du dann immer mit deiner Jungfrau-Maria-Moral kommentiert hast. Immer mit diesem Ausdruck in deinem Gesicht, mit dieser unerträglichen Mischung aus Verständnislosigkeit und Mitleid.« Regine sprühte förmlich vor guter Laune. »Ich hätte dir jedes Mal eine scheuern können«, fügte sie fröhlich hinzu »aber ich habe immer gehofft, dass sich das

Blättchen mal wendet, und ... siehst du ... nun hat es sich gewendet. Hat zwar lange genug gedauert, aber gut Ding braucht eben seine Weile. Und jetzt erzähl endlich ... was hast du dir vorgestellt, als du mit dem Schmied telefoniert hast?«

»Tja ... ehm ... ich habe mir überlegt, wie es wäre, wenn er neben mir läge, und was ich mit ihm täte.« Sie lachte etwas verlegen. »Und ich muss zugeben ... diese Vorstellung war gar nicht so schlecht.«

»Freu dich, Charly-Mäuschen, freu dich! Schließlich bist du erst Mitte dreißig. Frauen in diesem Alter sind auf dem Höhepunkt ihrer sexuellen Leistungskraft – im Gegensatz zu Männern. Bei denen geht's nach zweiundzwanzig nämlich nur noch bergab. Bedauernswert, die armen Kerle. Wahrscheinlich fühlen sie sich deshalb dauernd bemüßigt, ihre Potenz unter Beweis zu stellen, wobei sie meistens gar nicht mitkriegen, dass sie lediglich ihre Impotenz demonstrieren.« Sie hatte so schnell geredet, dass sie tief Luft holen musste.

»Apropos Mitte dreißig ... hast du nicht dieser Tage Geburtstag?«

»Ja, morgen. Deswegen mache ich doch die Fete.«

»Was für 'ne Fete denn?«

»Die Fete, von der ich vorhin erzählt habe. Du scheinst auch schon an zerebraler Atrophie zu leiden.«

»Ah ja«, Regine schlug sich an den Kopf, »ich erinnere mich.« Sie überlegte kurz.

»Lädst du Islama auch ein?«, fragte sie dann gedehnt.

Charlotte musterte Regine.

»Ja«, sagte sie und drohte mit dem Finger. »Aber lass die Finger von ihm!«

»Meine Freundin Charly ist in zwei Männer verliebt«, murmelte Regine und tätschelte Charlottes Hand. »Das gefällt mir! Vorbei die Zeiten der selbstgefälligen Moralpredigten.« Sie machte eine kleine Pause und grinste. »Ach, ich kann dir gar nicht sagen, wie gut das tut!«

neunzehn

Die vom Wetterbericht angekündigte, aus Südfrankreich kommende Warmfront schien irgendwo unterwegs stecken geblieben zu sein, denn die Sicht auf der Autobahn in Richtung Ammersee war durch dichtes Schneetreiben massiv eingeschränkt. Mit Ach und Krach konnte Charlotte die Schlusslichter des vor ihr fahrenden Autos erkennen. Auch die Scheinwerfer auf der Gegenfahrbahn bohrten sich nur mühsam durch den Flockenvorhang und besaßen die Leuchtkraft eines erschöpften Glühwürmchens.

Bereits einige Kilometer nach München steckte ein Kleinlaster mit qualmendem Kühler in einem Gebüsch, kurz danach kam sie an der ersten Karambolage aufeinander gefahrener Autos vorbei, wenige Kilometer später an der zweiten. Frierend und unschlüssig standen die Insassen mit um sich herumgeschlungenen Armen im Schneegestöber und warteten auf Abschleppdienst und Polizei.

Charlotte schlich mit ihrem Wagen auf der rechten Fahrbahn entlang und ärgerte sich über die Zeitgenossen, die so unbeirrt an ihr vorbeirauschten, als wäre es eine klare Vollmondnacht. »Idioten«, schimpfte sie lauthals vor sich hin und überlegte, ob es nicht vernünftiger wäre, auf dem nächsten Parkplatz zu übernachten. Das wäre es, dachte sie. Verhungern würde sie nicht, sie könnte den Käse essen, dessen intensiver Geruch bereits das ganze Auto erfüllte. Aber sie hatte keine Decke bei sich, über eine Standheizung verfügte sie

auch nicht, und außerdem konnte sie sich keinen schöneren Schlafplatz als ihr Bett vorstellen. Behaglich in die Daunendecke eingekuschelt, während Max ihr ein Gutenachtlied ins Ohr schnurrte. Angesichts dieser verlockenden Aussicht beschloss sie, nicht im Auto zu nächtigen, sondern hoffte, die restlichen paar Kilometer auch noch heil zu überstehen.
Im Schneckentempo erreichte sie die Ausfahrt und bog nach wenigen Minuten auf den schmalen Weg zu ihrem Zuhause ab. Normalerweise knirschte an dieser Stelle der Kies unter den Rädern, heute knirschte lediglich der Schnee, der die ganze Landschaft einhüllte. Die Zweige der Sträucher bogen sich unter ihrer Last nach unten, die Zaunpfosten trugen runde Hauben, auf den dazwischen hängenden Drähten balancierten dicke Schnüre aus Schnee, und das kleine Haus, in dem sie wohnte, erinnerte mit seinen verschneiten Erkern an das Lebkuchenhäuschen von Hänsel und Gretel.
Erleichtert über ihre unversehrte Rückkehr fuhr sie ihr Auto in die Garage, öffnete den Kofferraum, aus dem ihr ein strenger Käsegeruch entgegenschlug, zog die prall gefüllten Einkaufstüten heraus, ging auf das Haus zu und freute sich schon auf ein heißes Bad.
Eine CD mit Smooth-Jazz würde sie auflegen, das Badezimmer nur mit Kerzenlicht beleuchten, sich ein Glas Rotwein einschenken, von jeder Käsesorte ein Stückchen auf einem Holzbrettchen anrichten, ein paar Scheiben frisches Baguette dazulegen und es sich so richtig gemütlich machen. Genüsslich würde sie durch knisternden Schaum tauchen und bis zum Hals im heißen Nass versinken. Sie würde es sich so richtig gut gehen und die Dinge des Lebens einfach auf sich zukommen lassen, ohne sich den Kopf über ein eventuell stattgefundenes Schäferstündchen zu zerbrechen.

Der Schaum auf der Wasseroberfläche knisterte und schillerte im Kerzenlicht, aus dem Wohnzimmer klangen leise Gitarren- und Saxophonklänge herüber, und Charlotte schob sich gerade ein Käsestückchen in den Mund, als das Telefon klingelte.
»Das hätte ich mir ja denken können«, murmelte sie missmutig, erhob sich, stieg tropfend aus der Wanne, wickelte sich in ein Handtuch, tappte, feuchte Fußspuren hinterlassend, auf Zehenspitzen ins Arbeitszimmer und nahm den Hörer ab.
»Ich habe gekocht«, sagte Islama. »Hast du Lust auf ein Abendessen?«

zwanzig

»Hmm, das riecht ja köstlich«, sagte Charlotte, als sie eine Viertelstunde später die Souterrainwohnung betrat und schnuppernd die Nase in die Luft hielt.
»Hühnchencurry«, sagte Islama, lächelte und schenkte ihr ein Glas Wein ein. »Ich kann zwar nicht so gut kochen wie du, aber die Currys gelingen mir einigermaßen. Das habe ich von meinem Vater gelernt.«
»Wenn's halb so gut schmeckt, wie's riecht, dann bin ich zufrieden«, grinste Charlotte und beugte sich über den Topf auf dem Herd, dem aromatische Dampfschwaden entwichen und durch die Küche zogen.
»Riecht ganz ungewohnt«, meinte sie, »was für Gewürze sind denn da drin?«
»Oh, eine ganze Menge. Geröstete Curry-leafs zum Beispiel, Kreuzkümmel, Kurkuma, Knoblauch, Koriander und Garam Masala natürlich, das ist eine Mischung, ohne die ich kein Curry zubereite.« Er lächelte, und seine Augen sprühten Funken.

Er ist wirklich ein Bild von Mann, dachte Charlotte und versuchte, die Erinnerung an den gemeinsamen Abend heraufzubeschwören. Vergeblich. Der Kuss blieb unwiderruflich das Letzte, woran sie sich erinnerte.
»Nimm Platz!« Mit einer einladenden Geste zog Islama einen Stuhl unter dem Tisch hervor. »Es ist gleich so weit.«
Wenig später stellte er zwei Schälchen mit bunten Gemüsestreifen auf den Tisch. »Vorspeise, bitte sehr.«
Sie setzte sich, steckte ihre Gabel in die Gemüsestreifen und kostete.
»Oh, lecker! Was ist das denn Köstliches?«
»Avocado, Mohrrüben und Weißkraut in einer Zitronen-Vinaigrette mit geraspeltem Ingwer, frischen Korianderblättchen und Peperoni.«
»Wirklich köstlich!« Charlotte leckte sich genüsslich die Lippen. »Ein bisschen scharf, aber das Aroma ist wunderbar. Du musst mir unbedingt das Rezept geben.«
»Kannst du gern haben.« Er prostete ihr zu. »Tut mir übrigens Leid, dass ich heute Mittag so schnell wegmusste, aber ich hatte einen wichtigen Termin in der Praxis.«
»Ach, das machte gar nichts, im Gegenteil. Es war gut so, denn ich hatte viel mit Regine zu bereden. Wir haben uns vor ein paar Wochen in die Wolle gekriegt und seitdem nicht mehr gesehen.«
»Na, dann hat es ja gepasst. Sehr sympathisch übrigens, diese Regine.«
»Ja, sie ist meine beste Freundin ... wir kennen uns schon ewig.« Sie grinste. »Regine kenne ich übrigens auch von Greifenstein her. Sie war mit mir in einer Klasse, und meine Zimmerkameradin war sie auch.«
»Ich weiß.«

Charlotte schaute ihn überrascht an.
»Woher weißt du das denn?«
»Ganz einfach, weil du es mir erzählt hast.«
»Wie bitte?! Ich habe es dir erzählt?« Charlotte riss die Augen auf. »Wann denn?«
Dann schlug sie sich die Hand an den Kopf. »Wann wohl? An besagtem Abend natürlich ...«, murmelte sie zerknirscht. »An den ich mich kaum noch erinnern kann.«
Islama räumte die Vorspeisenteller ab, füllte den Inhalt des Topfes in eine Porzellanschüssel und stellte sie auf den Tisch.
»Du kannst dich nicht mehr erinnern?« Er schmunzelte und schöpfte Curry auf Charlottes Teller. »Das ist aber schade!«
»Schade?« Charlotte stocherte mit der Gabel in den Fleischstückchen herum und schaufelte sie übereinander. »Wieso *das* denn?« Sie schielte Islama von unten herauf an. »Ist irgendetwas Bedeutsames vorgefallen?«
»Nun, ich weiß ja nicht, ab wann die Erinnerung dich verlassen hat«, sagte er und schob ihr die Reisschüssel hin. »Aber es war ein rundum gelungener Abend. Wir haben gelacht, geredet, und du hast mir viel aus deinem Leben erzählt.«
»Ach ja!?« Verdutzt schaute sie ihn an. »Was denn?«
»Von deinem Kindermädchen, deinen Eltern, deinem Mann ...«
»Wie bitte, von meinem Mann? Wirklich? Mein Gott, ist mir das peinlich!«
»Das braucht dir doch nicht peinlich zu sein, es ist doch schön, dass du Vertrauen zu mir hast.«
»Na ja ...«
»Keine Sorge«, lachte Islama. »Du hast keine intimen Geheimnisse preisgegeben, sondern lediglich erzählt, wie du ihn

kennen gelernt hast und dass er dir am ersten Abend einen Heiratsantrag gemacht hat.«

Perplex schaute sie ihn an.

»Nicht zu fassen …! Ich kann mich an kein Wort erinnern«, sagte sie. »An kein einziges Wort.«

»Das ist doch nicht schlimm«, lächelte er und strich mit dem Rücken von Zeige- und Mittelfinger zärtlich über ihre Wange.

»Das ist sehr wohl schlimm!«, gab sie zerknirscht zurück. »Wer weiß, was ich noch alles vergessen habe«, fügte sie murmelnd hinzu und warf Islama einen schuldbewussten Blick zu.

»Du hast mir auch von der Auseinandersetzung mit deiner Freundin erzählt«, sagte Islama, »und von deiner Arbeit. Du hast mir ganz einfach Dinge aus deinem Leben erzählt.«

»Und mehr ist nicht passiert?« Verunsichert schaute sie ihn an.

»Was sollte denn noch passiert sein?«, fragte Islama belustigt.

»Nun ja, ich weiß ja auch nicht …« Sie schlug verschämt die Augen nieder. »Ich weiß nur noch, dass wir uns geküsst haben. An alles danach kann ich mich nicht mehr erinnern.«

»Ach so … jetzt verstehe ich, was du meinst.« Islama lachte herzhaft. »Stimmt, wir haben uns geküsst … und das fand ich sehr schön.« Er lächelte verschmitzt. »Weißt du was? Wir wiederholen einfach den verloren gegangenen Teil des Abends.« Er hob sein Glas. »Prost, liebe Charly!«

»Prost«, brummte Charlotte erleichtert. »Aber heute werde ich nicht so viel trinken wie das letzte Mal, darauf kannst du Gift nehmen! So etwas passiert mir nie wieder!«

»Never say never!«, entgegnete Islama und lächelte. »Das Leben ist für viele Überraschungen gut.«

Er stand auf, ging um den Tisch herum und baute sich vor

ihr auf. »Am besten fangen wir da an, wo deine Erinnerung aufhört.« Er griff nach ihren Händen und zog sie langsam nach oben.

einundzwanzig

Es war kurz vor ein Uhr nachts, als Charlotte die Souterrainwohnung verließ und den karg beleuchteten Flur vorsichtig nach oben tappte.

»Ich wünsche dir schöne Träume«, rief Islama leise hinter ihr her. »Und ich hoffe, dass die Erinnerung dir dieses Mal treu bleibt.«

»Worauf du dich verlassen kannst!« Charlotte beugte sich über das Treppengeländer und winkte nach unten. »Nicht eine Minute werde ich vergessen!«, rief sie fröhlich.

Dann betrat sie ihre Wohnung und ging rasch ins Arbeitszimmer. Dort legte sie eine CD auf, schaltete den Computer ein und öffnete ihre Mailbox – was mittlerweile zur obligatorischen Handlung geworden war.

Wie erhofft, befand sich der Name »Titan« auf der Mailliste, und daneben, im Betreff, stand: »Happy birthday!« Ungeduldig klickte sie drauf und las.

»Liebstes Geburtstagsröschen,

für jeden Tag in deinem neuen Lebensjahr wünsche ich dir einen Sonnenstrahl, der dein Herz erwärmt, deine Seele erhellt und ein Lächeln auf dein schönes Gesicht zaubert. Außerdem wünsche ich dir, dass all deine Träume wahr werden. Und mir wünsche ich, dass meine Träume ebenfalls wahr werden – obwohl ich heute keinen Geburtstag habe ;-)))

Ich umarme dich ganz herzlich und bin in Gedanken bei dir.

Bis sehr bald – dein Fabian«

Charlotte legte die Beine auf den Schreibtisch und schaute aus dem Fenster nach draußen, wo es nach wie vor ohne Unterlass schneite und der Weihnachtsbaum, den sie vor einigen Tagen gekauft hatte, nur noch an seinen Konturen zu erkennen war. Aus den Lautsprechern klangen leise Klavier- und Saxophontöne, vermischt mit Schlagzeug und der sanften, lieblichen Stimme einer Frau. »The look of love is in your eyes ...«, sang sie gerade. Charlotte klickte auf die Datei, in der sie das Foto von Fabian abgespeichert hatte. »What my heart has heard takes my breath away ...«, sang die Frau, während Fabians graue Augen auftauchten und Charlotte einen tiefen Atemzug nahm. »Now, that I found you ...« Sie schluckte und spürte dem Gefühl nach, das in ihr aufkeimte, und von dem sie nicht wusste, wie und wo sie es einzuordnen hatte. »I can hardly wait to hold you ...« Sie atmete tief. »... And feel my arms around you ...« Sie schloss die Augen und saß plötzlich an dem Ecktisch bei Tino, zusammen mit Daniel. Ihre Gläser schlugen aneinander. »Don't ever go ...« Tränen drängten aus Charlottes Augenwinkeln. »... I love you so ...« Tränen liefen über ihre Wangen. »I love you so ...«, wiederholte die Sängerin noch einmal, und die tremolierenden Töne des Saxophons setzten zu einem sanften Schlussakkord an. Charlotte drückte ihre feuchten Wangen in das Fell von Max, der es sich in der Mitte des Schreibtischs bequem gemacht hatte. Schnurrend lag er da, hielt ihr seinen Bauch hin und stupste seine Pfote auf ihre Wange. »Ach, Mäxchen«, schniefte sie in sein Fell, »I love you so ...«

Dann stand sie auf, ging ins Bad, schnäuzte sich entschlossen die Nase, wusch das Gesicht mit kaltem Wasser, ging wieder in ihr Arbeitszimmer, setzte sich vor den Computer und schrieb:

»Liebster Fabian,
Mitternacht ist seit einer Stunde vorbei. Durch die schwarze Nacht tanzen dicke Schneeflocken, ich höre meine Lieblingsmusik und versuche, Ordnung in meine verworrenen Gefühle zu bringen. Träge, ungestüm, übermütig, bedächtig, lachend, traurig, überlegen, verunsichert – so chaotisch und widersprüchlich toben sie in mir. Mal getragen von einem beruhigend sicheren Lüftchen, dann wieder durcheinander gewirbelt von zornigen Böen. Und mittendrin bin ich. Liege auf einer weichen, Wonne verheißenden Wolke und lasse mich von ihr tragen. Die Augen vertrauensvoll geschlossen, im nächsten Moment wieder ängstlich aufgerissen, kralle ich mich fest im weißlich durchsichtigen Nichts. Spüre, wie ich falle und durch Zauberarme aufgefangen werde. Mit der Sehnsucht nach Abenteuer reiße ich mich von der Geborgenheit los und treibe ohne Orientierung durch die Lüfte. Schaue. Beobachte. Empfinde. Wundere mich. Freue mich. Lache. Weine. Spüre Glück. Spüre Traurigkeit. Spüre Leben. Spüre Erstarrtsein. Rebelliere, protestiere. Gebe mich hin. Wende mich ab. Bin Frau. Bin Mann. Bin verletzlich. Bin unverwundbar. Bin alles. Bin nichts.
Ja, Fabian, so fühle ich mich im Moment. Und trotzdem (oder vielleicht gerade deswegen) bin ich glücklich darüber, dass du in meinem Leben bist. Du bringst es durcheinander, machst es aber auch auf besondere Art und Weise lebendig, und deswegen freue ich mich sehr auf unser erstes Treffen. Allerdings muss ich zugeben, dass ich auch Angst davor habe, weil ich nicht weiß, ob ich mich nicht irgendwelchen Wunschträumen hingebe, die mit der Realität nichts zu tun haben und unsere Begegnung dann zwangsläufig zu einer Enttäuschung werden lassen. Andererseits wieder bin ich si-

cher, dass zwischen uns schon so viel Nähe entstanden ist, dass es jetzt nur noch darauf ankommt, behutsam aufeinander zuzugehen, sich in die Augen zu schauen, sich vorsichtig zu beschnuppern und die Seelen miteinander sprechen zu lassen.
Aus diesem Strudel ambivalenter Gefühle heraus grüßt dich ein sehr verunsichertes Dornröschen.
PS: Ich werde jetzt schlafen gehen und wünsche mir, dass du in meine Träume schlüpfst. Das wäre ein wunderbares Geburtstagsgeschenk – wenn du schon nicht persönlich hier sein kannst.«
Sie schickte die Mail ab, lud dann eine Fotodatei herunter, die die Redaktion geschickt hatte und die sie für einen Artikel brauchte, und wollte gerade ihr Mailprogramm schließen, als das Posteingangssymbol blinkte.
Fabian hatte geantwortet.
»Danke für deine wunderbare Mail! Aber du brauchst keine Angst zu haben, liebes Dornröschen. Das Schlimmste, was passieren kann, ist, dass nichts passiert. Doch daran glaube ich nicht. Denn ich bin fest davon überzeugt, dass wir uns auch riechen mögen. Was wir dann mit uns anfangen, das liegt einzig und allein in unserer Hand.
Herzliche Grüße schickt Fabian, der es kaum abwarten kann, in deine Träume zu schlüpfen. Also, flugs ins Bett mit dir ;-))
PS: Ich mag dich und deine ambivalenten Gefühle, weil sie nur allzu menschlich sind. Und dafür, dass du sie auch zulässt, mag ich dich noch mehr ...«

zweiundzwanzig

Das Wetter am Heiligen Abend präsentierte sich dem Anlass angemessen. Petrus, der in den vergangenen Tagen nichts als Dunkelheit und Schneestürme ins Land geschickt hatte, hatte es sich anders überlegt. Über Nacht war der Himmel aufgerissen, klar und wolkenlos lag er über der weihnachtlichen Landschaft, in der die Farben Weiß und Blau dominierten. Gleißendes Sonnenlicht brach sich in den Schneekristallen, die glänzten, funkelten und blitzten, als habe ein übermütiger Weihnachtsengel einen riesigen Sack Edelsteine über der Erde ausgeschüttet. Das Wasser des Ammersees schimmerte wie blank polierter Stahl, mit länglichen, flimmernden Schlieren in der Oberfläche. Die Äste der Bäume und Sträucher waren von Raureif überzogen, der je nach Sonneneinfall schmolz und wie Glasperlenschnüre an den schwarzen Ästen hing.

»Mein Gott, ist das ein Wetter«, sagte Regine, die mit einem Sektglas in der Hand auf Charlottes Terrasse stand und um sich blickte. »Das perfekte Geburtstagswetter ... aber jeder kriegt, was er verdient.«

Sie steckte ihr Glas in den Schnee auf der Brüstung, legte ihre Arme um Charlotte und küsste sie auf beide Wangen. »Ich wünsche dir alles, alles Liebe und Gute zum Geburtstag.« Sie drehte sich um, zog ihr Glas wieder aus dem Schnee und prostete Charlotte zu. »Vor allem aber wünsche ich dir endlich wieder einen Mann in deinem Leben.« Sie nahm einen Schluck. »Und in deinem Bett«, fügte sie grinsend hinzu. »Apropos ... hast du jetzt rausgekriegt, ob du mit Islama im Bett warst?«

»Ja«, sagte Charlotte und lächelte.

»Und, was soll das jetzt bedeuten? Warst du mit ihm im Bett oder nicht?«

»Ja«, sagte Charlotte ohne jegliche Emotion in ihrer Stimme.
»Echt?« Regine starrte Charlotte entgeistert an.
»Tja«, lachte Charlotte, »der Umgang mit dir scheint allmählich abzufärben.«
»Ach, du willst mich nur veräppeln!«
»Stimmt«, lachte Charlotte wieder. »Aber im Ernst, ich war tatsächlich mit ihm im Bett, nur ... geschlafen haben wir nicht miteinander.«
Regine grübelte. »Petting also ...«, meinte sie schließlich.
»Wenn du Küssen als Petting bezeichnest ...«
»Mein Gott, Charly«, Regine rümpfte die Nase. »Jetzt mach's doch nicht so spannend ... erzähl endlich!«
»Da gibt's gar nicht viel zu erzählen. Wir haben uns geküsst. Ja. Und wir lagen miteinander im Bett beziehungsweise auf dem Bett. Weil er ja kein Sofa hat. Dort haben wir gelegen und uns gegenseitig Geschichten aus unserem Leben erzählt. Mehr hat nicht stattgefunden.«
»Es ist einfach nicht zu fassen«, stieß Regine hervor. »Da liegt sie mit dem schönsten Mann der Welt im Bett, und was macht sie? Geschichten erzählen.« Sie schüttelte den Kopf. »Ts, ts, ts ... aber, was nicht ist, kann ja noch werden.«
»Da wird gar nichts werden!«
»Wieso denn nicht?«
»Weil ich jetzt definitiv weiß, dass ich in Islama nicht verliebt bin.«
»Ich sag's ja, Perlen vor die Säue ...«, sagte Regine mit gespieltem Bedauern. »Andererseits aber hat diese Tatsache auch ihre Vorteile.« Sie rollte vergnügt mit den Augen. »Oder ist er etwa schwul?« Sie legte ihre Stirn in Falten. »Gut aussehende Typen sind ja oft schwul, leider ...«
»Keine Bange, er ist nicht schwul«, beschwichtigte Charlotte.

»Aber *du* wirst ihn nicht vernaschen! Islama kommt nicht auf deine Abschussliste, dafür werde ich sorgen.«
»Gönn mir doch auch mal was ...«, lachte Regine. »Du hast ja schließlich deinen Schmied.« Sie sah Charlotte von der Seite an. »Was ist übrigens mit diesem Herrn? Weilt er noch in Venezuela, oder ist er bereits in Deutschland?«
»Er ist noch in Venezuela.«
»Schade. Sehr schade! Auf dieses Wundertier hätte ich doch *zu* gern einen Blick geworfen. Ein Mann, der es schafft, dich zu erobern, der hat ja schon grundsätzlich was. Aber ein Mann, der es schafft, dich per Internet zu erobern, der sollte eigentlich einen Preis kriegen. Hat er übrigens heute schon 'ne Mail geschickt?«
»Ja.« Charlotte lächelte.
»Und, was hat er geschrieben?«
»Nichts Besonderes. Er hat mir gratuliert ...«
»Mehr nicht?« Unzufrieden runzelte Regine die Stirn. »Ich frage mich, was du an diesem Typen so umwerfend findest«, murmelte sie. »So was Besonderes ist er ja nun auch nicht. Und im Vergleich zu Islama kannst du ihn gleich ganz vergessen.«
»Du und deine Äußerlichkeiten. Es kommt doch auf ganz andere Dinge an.«
»So, auf was denn?«
»Auf den Geruch beispielsweise ...«, lächelte Charlotte.
»Wie wird er schon riechen? Nach Pferd natürlich ...«, meinte Regine und grinste spöttisch. »Aber jetzt müssen wir uns um die Vorbereitungen kümmern. Und wie ich dich kenne, steht uns da noch ein Stückchen Arbeit ins Haus. Also komm!« Sie packte Charlotte bei der Hand und zog sie in die Wohnung.

dreiundzwanzig

Es war fünf Uhr am Nachmittag und die Dunkelheit bereits hereingezogen. Die Stellfläche des Tresens, der Charlottes Wohnzimmer von der Küche trennte, war übersät mit gefüllten Platten und Schüsseln. Das Kaminfeuer knisterte, der Geruch von Tannenreisig und Glühwein lag in der Luft, aus den Lautsprechern drang leise Musik, in den Gläsern auf dem Esstisch spiegelte sich das Licht des Feuers und Dutzender Kerzen.

Regine saß auf einem Fensterbrett und ließ ihren Blick schweifen. »Nicht zu fassen, wir sind tatsächlich fertig, bevor die Gäste kommen«, sagte sie und klatschte zufrieden in die Hände. »Das ist ja ganz was Neues.«

Kaum gesagt, klingelte es, und gleich darauf stand Otto in der Tür, einen großen Strauß weißer Moosröschen in der Hand.

»Die soll ich Ihnen überbringen«, sagte er und lächelte listig. »Sie wissen schon, von wem ...« Er zog Charlotte an seinen Bauch, umarmte sie und küsste sie auf beide Wangen. »Alles, alles Gute zum Geburtstag, meine liebe, sehr verehrte Charly«, sagte er. »Auf dass all Ihre Wünsche in Erfüllung gehen. Ja, das wünsche ich Ihnen von ganzem Herzen!«

Charlotte steckte ihre Nase in die Blüten, schnupperte und lächelte.

Wenige Minuten später tauchte Charlottes Mutter auf, Seite an Seite mit Marlene und gefolgt von Klara. Es wurde umarmt, geküsst und gelacht, und so ging es in der folgenden Stunde weiter. Ein Gast nach dem anderen traf ein. Der von Blumensträußen eingerahmte Geschenkestapel in der Wohnzimmerecke wuchs, irgendwer hatte eine aus Tannenzweigen gebundene Girlande von Wand zu Wand gezogen, Lachen und Gesprächsfetzen schwebten durch den Raum, vermischt mit den Klängen von Musik. Prächtig gelaunte Menschen schlugen die Gläser aneinander, füllten ihre Teller, aßen, tranken, standen in kleinen Grüppchen zusammen, lümmelten auf Kissen vor dem Kamin herum, bevölkerten Stühle, Fensterbretter und die Treppe zur Galerie und ließen immer wieder die Jubilarin hochleben.

Mit pendelnden Beinen saß Charlotte am frühen Abend auf der Anrichte und betrachtete stillvergnügt die Gästeschar. Ihre Mutter unterhielt sich mit Otto. Eine Gruppe von Kollegen diskutierte mit fröhlich fuchtelnden Händen. Regine und Islama steckten lachend die Köpfe zusammen. Alles war bester Stimmung.

Charlotte nippte an ihrem Glas, als ihre Mutter sich in Bewegung setzte und mit Otto im Schlepptau auf sie zukam.

»Na, war das nicht eine prima Idee mit dem Fest?«, meinte sie Beifall heischend und hakte sich bei Otto ein.

»Ja, Mama, das war es.« Charlotte strich ihrer Mutter liebevoll über die Wange. »Es ist ein wirklich schönes Fest, es könnte nicht besser sein.«

»Ach«, meinte Otto und grinste, »man soll den Tag nicht vor dem Abend loben.« Er warf einen Blick auf seine Armbanduhr. »Obwohl ja längst Abend ist«, fügte er hinzu und hob sein Glas. »Also nochmal, liebe Charly, alles erdenklich Gute!«

Charlotte stieß gerade ihr Glas an das von Otto, als sie plötzlich die Klänge eines Saxophons vernahm. Überrascht hob sie den Kopf. Die Klänge kamen nicht aus den Lautsprechern, sondern aus dem Flur. »Happy birthday«, so tönte es von dort. »Happy birthday to you.« Irritiert schaute Charlotte erst ihre Mutter an und dann Otto. Auf beiden Gesichtern lag der gleiche verschmitzte Ausdruck.

Charlotte blickte wieder in Richtung Flur, wo die Saxophonklänge immer näher kamen. Dann tauchte die Silhouette eines hoch gewachsenen Mannes im Türrahmen auf und blieb reglos stehen.
Im ersten Moment glaubte Charlotte an eine Halluzination. Entgeistert starrte sie der Silhouette entgegen, die sich jetzt aus dem Rahmen löste und sich langsam auf sie zu bewegte. In Zeitlupentempo rutschte Charlotte von der Holzplatte, lehnte sich an die Anrichte und sah wie in Trance der Gestalt entgegen, die näher und näher kam und wenige Sekunden später vor ihr stand.
»Guten Abend, Dornröschen«, sagte Fabian leise.
Seine tiefe Stimme verlor sich in der Geräuschkulisse, die Charlotte nur noch wie durch eine Wand aus Watte wahrnahm. Auch die Menschen waren in weite Ferne gerückt und wirkten wie Statisten in einem Traumszenario.
Ihr fehlten die Worte.
Benommen schaute sie den Mann an, der seit Wochen in ihrem Kopf herumgeisterte. Und während sie mal wieder nicht wusste, ob sie wach war oder träumte, legte Fabian seine Arme um ihre Schultern und flüsterte: »Du riechst genau so, wie ich es mir vorgestellt habe ...«

ENDE

Uli Aechtner

Meine erste Million

Roman

Band 15487

Erika hat ihr gepflegtes Reihenhausdasein satt: putzen, kochen, Kind hüten und nett zum Gatten sein. Ein Leben, in dem nichts passiert. Alles ändert sich, als ihr ein anonymer Anrufer Tipps zum Aktienkauf gibt. Erika zockt heimlich an der Börse und wird reich! Doch der geheimnisvolle Fremde will abrechnen.

Eine Satire auf den Traum vom großen Geld.

Fischer Taschenbuch Verlag

fi 15487 / 1

Karin Hartig

Ein Hausfreund kommt selten allein

Roman

Band 14859

Romea hat sich gerade mit ihren drei Kindern ein neues Leben aufgebaut, als ihr Exmann die Unterhaltszahlungen einstellt. Den Kampf um die Existenz zu gewinnen erfordert mutige Entscheidungen und auch ein Quäntchen Glück. Das hat Romea schließlich, und alles könnte wunderbar sein, wäre da nicht die leise Ahnung, dass ihre neue Beziehung auf wackligen Beinen steht. Doch Cupidos Pfeil fliegt manchmal in Schlangenlinien, man muss es nur merken.

Ein heiterer Roman über die Umwege des Lebens – und der Liebe.

Fischer Taschenbuch Verlag

fi 14859 / 1

Bettina Albrod
Eine Frau will hoch hinaus
Roman
Band 15022

Theresa hat es eilig. Sie will zu einem Vorstellungsgespräch, das ihr endlich die ersehnte Stelle als Lektorin einbringen soll. Doch dann geht gleich zu Anfang alles schief: Der Fahrstuhl nach oben bleibt stecken. Und nicht nur das. Im letzten Moment ist auch noch ein Mann dazugestiegen. Stundenlang sind die beiden eingesperrt – eine prekäre Situation. Die Zeit vergeht nur langsam, aber als die Türen sich wieder öffnen, ist Theresa fast ein Fahrstuhlfan ...

Ein origineller, gelungener Debütroman.

Fischer Taschenbuch Verlag

fi 15022 / 1